UNE BELLE JOURNÉE
POUR MOURIR

Suzanne Martel

Les coureurs des bois

* * *

UNE BELLE JOURNÉE
POUR MOURIR

Grandes histoires

Illustration de la couverture et cartes:
Thomas Corriveau

Données de catalogage avant publication (Canada)

Martel, Suzanne, 1924-
Les coureurs des bois
Éd. rev. et corr.
(Grandes histoires)
L'ouvrage comprendra 4 v.
Vol. 1 et 2 publiés antérieurement sous le titre Menfou Carcajou.
Montréal: Leméac, 1980.
Publ. antérieurement dans la coll.: Collection Roman québécois.
Sommaire: v. 1. Menfou Carcajou – v. 2. La baie du Nord
– v. 3. Une belle journée pour mourir – v. 4. Les chemins d'eau
Pour adolescents.

ISBN 2-7621-1675-9 (v. 3, Une belle journée pour mourir)

I. Titre. II. Titre: Menfou Carcajou. III. Collection.
PS8526.A726M45 1993   jC843'.54   C93-096298-2
PS9526.A726M45 1993
PZ23.M37M45 1993

Dépôt légal: 4ᵉ trimestre 1993
Bibliothèque nationale du Québec
© Éditions Fides, 1993

Les Éditions Fides bénéficient de l'appui du Conseil des Arts du Canada
et du ministère de la Culture du Québec.

À Carole B., qui faisait deux cents kilomètres chaque semaine pour venir voir où en étaient ses amis Sophie, Menfou Carcajou et Rupalest.

Lac Grothé, automne 1980

AVANT-PROPOS

lin et eci?

Écrire un roman historique est une aventure à la fois exaltante et dangereuse. Les héros doivent agir sans trop de contrainte, mais pour évoquer les événements, coutumes, faits et gestes de l'époque choisie, on doit s'en tenir à une exactitude rigoureuse.

Le pauvre auteur de ces épopées, la tête farcie de dates, les mains remplies de documentation, l'imagination hantée par ses personnages, doit replacer tous ces éléments entre les deux couvertures d'un livre.

De nombreux ouvrages de référence tracent une image du XVIIe siècle. Je l'ai peint d'après ces renseignements. Des héros fictifs y côtoient des célébrités dont la réputation n'est plus à faire. On ne peut pointer chacun du doigt et dire: «Celui-là est réel. Celle-ci est une invention. Ce gouverneur a régné, mais son aide-de-camp est fictif. Ce chef indien a fait la guerre, mais ce guerrier est né de la plume de l'auteur.»

Si certains grands noms sont familiers, des gens humbles mais non moins réels méritent d'être salués au passage. Au fil du récit, vous croiserez des personnages qu'on retrouve dans les vieilles archives, surtout parmi les habitants de La Chine. J'ai essayé, autant que possible, de reconstituer leur famille et leur caractère.

Les noms propres qui sont suivis du signe † indiquent des personnes ayant réellement vécu ces années-là.

La Chine est écrit en deux mots, comme on le faisait dans le temps, allusion ironique à l'expédition manquée de Cavelier de La Salle, parti de sa seigneurie du Sault Saint-Louis pour trouver une route vers la Chine.

Tous mes héros n'emploient pas le langage ampoulé du grand siècle et tous les *habitants* ne parlent pas la langue du terroir, car alors, ce ne serait plus moi qui saurait les faire dialoguer. Seul Hugo de Rupalest, fidèle à lui-même, converse avec l'emphase d'un digne courtisan de Louis XIV.

On doit entrer dans ce récit comme si on débarquait dans un nouveau pays. Il faut s'y promener sans hâte, étudiant en badaud les mœurs, l'habillement, la nourriture, la politique de ses habitants. Il faut penser que ces gens du XVIIe siècle auraient pu être nous sous les crinolines, les perruques ou les *tapabords**.

Certains jours, j'écrivais avec plus de quarante livres de référence ouverts autour de moi. Chaque détail de logement, d'accoutrement et de déplacement me plongeait pour des heures dans les documents fascinants compilés par nos grands historiens. Je les remercie d'avoir mis à notre disposition les éléments de notre passé. Ces livres

---

* Chapeaux d'hommes à large bord, faits de feutre noir.

renferment assez de sujets pour inspirer une bibliothèque entière de romans historiques.

En voici un, écrit bien simplement, où j'ai rencontré nos ancêtres. Permettez-moi de vous les présenter.

Suzanne Martel

opwiste.

Résumé des deux premiers volumes
MENFOU CARCAJOU ET LA BAIE DU NORD

La Chine, 1688. Xavier Cormier de Villefoy, né en 1660, a été enlevé par les Iroquois à l'âge de douze ans. Adopté par le clan des Ours, chez les Tsonnontouans, il a appris leur langue, leurs coutumes et est devenu un chasseur et trappeur expérimenté. Une captive blanche, plus âgée que lui, Dosithée Blaise, l'a aidé à s'adapter à cette nouvelle vie.

Revenu à Montréal, Xavier devient coureur des bois et interprète. Son indépendance et son caractère irascible lui méritent le surnom de Menfou Carcajou.

Il est tenu pour le «mauvais garçon de Ville-Marie» par ses concitoyens et est exposé au pilori de la place du Marché pour ses nombreuses frasques.

Ses quatre demi-frères en sont bien marris. L'aîné, Pierre dit Primo, tient un magasin général rue Saint-Paul. Ses cadets, Simon dit Secundo et Thomas dit Tertio, l'aident dans cette entreprise. Le benjamin, Jean-Marie, marchera sur leurs traces. Menfou, aussi brun et mince que les Cormier sont blonds et costauds, ressemble à ses frères iroquois et préfère leur compagnie, surtout celle de son cousin La Tortue.

Menfou retourne dans le clan des Ours d'où il ramène une épouse à cheveux gris. C'est Dosithée Blaise qu'il a arrachée à vingt-sept ans de captivité. Il lui rend sa liberté en «cassant les baguettes» du mariage indien et repart en forêt.

Primo Cormier est marié à Clairette et Secundo à Isabelle de Rouville dont la mère était une fille du Roy*. Son frère Nicolas a été plusieurs fois compagnon de chasse de Menfou Carcajou avec un troisième associé, le vieux Pit-la-Mitaine. Tertio a épousé sa voisine, la mercière Bernadette Quesnel. Ils sont établis à La Chine où ils ont ouvert un magasin, succursale de celui des Cormier de Montréal. C'est chez eux qu'habite la plus jeune des sœurs Quesnel, Sophie.

À treize ans, la fillette aide sa sœur à prendre soin de sa marmaille et va à l'école des Sœurs de La Chine. Myope comme une taupe, Sophie a reçu de Menfou des lunettes qui ont transformé sa vie. Elles lui ont été apportées de la baie du Nord où Menfou avait participé à une expédition pour enlever des forts aux Anglais.

En compagnie de ses amis Pierre Le Moyne d'Iberville, du capitaine Viateur du Nord, officier de la Marine royale, du Parisien Hugo de Rupalest et de Nicolas de Rouville, Menfou avait hiverné dans le Grand Nord.

À son retour à Montréal, le coureur des bois apprend que celle qu'il aimait, la belle Perrine Quesnel, a épousé le vieux notaire Raguindeau. Une mauvaise nouvelle ne venant jamais seule, le gouverneur Denonville a, quant à lui, organisé une campagne punitive en Iroquoisie et envoyé

---

* Voir *Jeanne, fille du Roy* dans la même collection.

---

aux galères trente-six prisonniers iroquois, dont le père adoptif de Menfou.

Dépité et révolté, le coureur des bois refuse l'offre de Lacasse, capitaine de milice, qui lui propose de devenir espion auprès des Iroquois.

— Ce sont mes frères, rétorque Menfou Carcajou.

Il s'enfuit en canot pour rejoindre sa tribu et la vie en forêt où il se sent plus à l'aise qu'en ville. Il laisse derrière lui une accusation de trahison et une jeune amie désolée, Sophie Quesnel. On n'a eu aucune nouvelle de lui depuis sept mois.

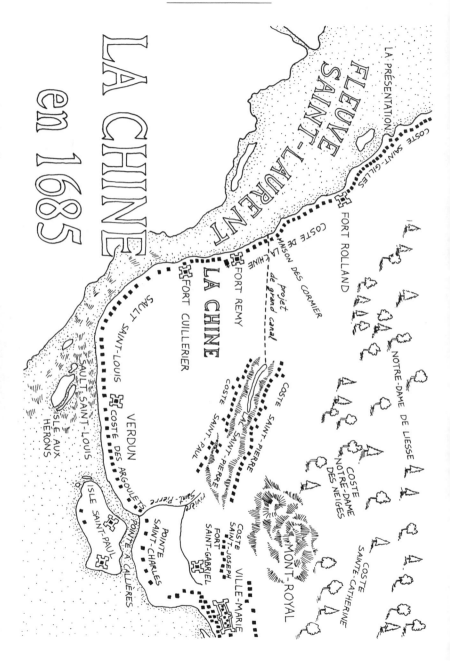

LA CHINE en 1685

FLEUVE SAINT-LAURENT

LA PRÉSENTATION

COSTE SAINT-GILLES

FORT ROLLAND

COSTE DE LA CHINE

MAISON DES CORMIER

de projet de grand canal

FORT REMY

LA CHINE

FORT CUILLERIER

SAULT SAINT-LOUIS

SAULT SAINT-LOUIS

ISLE AUX HÉRONS

COSTE DES ARGOULETS

VERDUN

ISLE SAINT-PAUL

POINTE-À-CALLIÈRES

POINTE SAINT-PAUL

POINTE SAINT-CHARLES

rivière Saint-Pierre

COSTE SAINT-PIERRE

COSTE SAINT-PAUL

COSTE SAINT-PIERRE

COSTE SAINT-PIERRE

COSTE SAINT-JOSEPH

FORT SAINT-GABRIEL

VILLE-MARIE

MONT-ROYAL

COSTE NOTRE-DAME DES NEIGES

NOTRE-DAME DE LIESSE

COSTE SAINTE-CATHERINE

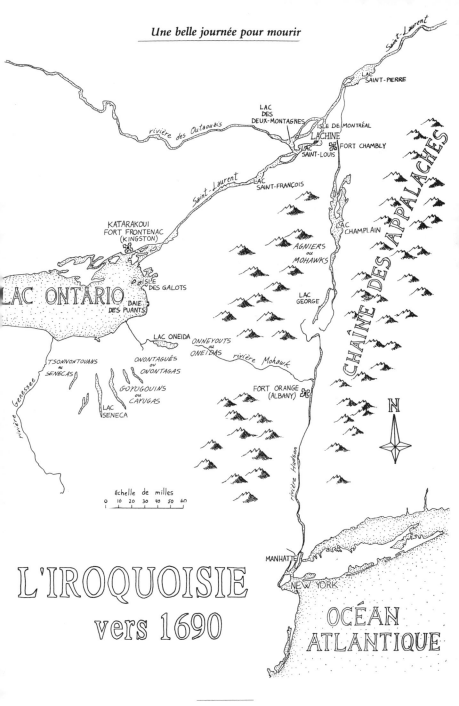

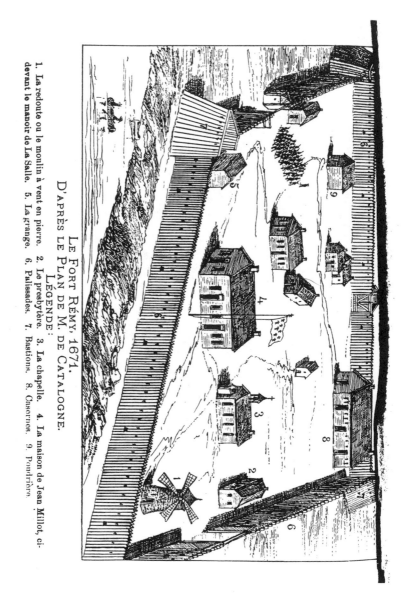

Le Fort Rémy, 1671.
D'après le Plan de M. de Catalogne.
Légende :

1. La redoute ou le moulin à vent en pierre. 2. Le presbytère. 3. La chapelle. 4. La maison de Jean Millot, ci-devant le manoir de La Salle. 5. La grange. 6. Palissades. 7. Bastions. 8. Casernes. 9. Poudrière.

1

«Un... deux... trois... quatre. Sophie! T'as vu tous les ricochets? Mon caillou a *retonti** quatre fois. T'as vu?

— J'ai rien vu du tout. J'ai pas mes lunettes.»

Le gamin perché sur une pierre au ras de l'eau se retourne brusquement, au risque de compromettre son équilibre.

— Si tu ne mets pas tes besicles, tu ne verras pas arriver les Iroquois.

Sophie referme ses doigts sur l'étui de bois suspendu à son cou. Ses petites lunettes rondes à monture d'argent y sont à l'abri, comme des joyaux précieux, dans un nid de fourrure douillette.

— Dès que le premier canot pointera au bout du lac, hèle-moi et je mettrai mes lunettes. Pour lors, les reflets de l'eau m'éblouissent.

La surface du lac Saint-Louis miroite par moments sous l'éclat intermittent d'un midi de juin. Des nuages blancs roulent paresseusement dans le ciel pur, s'amusant

---

* Canadianisme pour rebondir.

tour à tour à masquer le soleil. Autour des deux enfants, une foule inusitée s'agite sur la berge. Tous les Lachinois se sont rassemblés à la tête du portage du Sault Saint-Louis pour assister au passage de la délégation d'Iroquoisie.

Le beau temps et l'atmosphère de fête contribuent à la gaieté générale. Les gens s'interpellent, s'épongent le front, rattrapent leurs marmots qui frôlent la berge abrupte. L'exubérance des Canadiens de la Nouvelle-France perce à l'occasion de cette manifestation populaire.

Les causes de réjouissance ne sont pas nombreuses en cette triste année 1688 où tous les malheurs semblent s'abattre sur la colonie. Pour une fois, on pourra observer les *Sauvages** sans craindre d'y laisser son scalp. Tant que les ambassadeurs iroquois seront les hôtes du gouverneur de Denonville, à Ville-Marie, il n'y aura pas de raids. Cette assurance enivre petits et grands.

Sachant trop bien que tous les gamins feraient l'école buissonnière ce jour-là, maître Jean-Baptiste Pottier[†] a donné congé à ses élèves de la petite école. Même monsieur le curé Pierre Rémy[†], qui paie l'instituteur de ses deniers personnels, n'a pu refuser cette faveur

---

* Appellation acceptée à l'époque, même en Europe, pour désigner les Indiens d'Amérique.

[†] Les croix indiquent des personnes ou des familles qui ont réellement vécu à La Chine en 1688. On retrouve leur histoire dans les documents de l'époque. Je me permets de les faire revivre. Ils ne seront signalés par une [†] que la première fois où leur nom sera mentionné. Pour plus de renseignements sur eux, lisez les explications de la page 320.

---

extraordinaire. Pourtant les mois de classe, d'avril à novembre, sont déjà suffisamment hypothéqués par la nécessité pour les garçons de travailler aux champs, de garder les animaux ou de tendre des collets.

Catherine Soumillard [†], nièce de Marguerite Bourgeoys, a accordé le même congé aux filles de son école de la Congrégation. Tant d'indulgence de la part des autorités crée un climat de fête, rehaussé par la présence de plusieurs détachement militaires dont on ne sait trop s'ils jouent le rôle de comité d'accueil ou de gardiens de la paix.

Tous ces groupes effervescents fourmillent sur la berge, parlant fort, riant beaucoup et balayant les insectes avec le geste distrait de gens résignés à cette présence encombrante.

— Regarde! Sophie, regarde! piaille l'irrépressible Pierrot, oubliant encore une fois que son amie myope ne voit justement rien. Le bout de bois que j'ai lancé «prend» les rapides.

— C'est toi qui va enfiler le Sault, si tu n'y veilles pas, admoneste Sophie en retenant l'imprudent par sa chemise de toile. On entend gronder le courant jusqu'ici.

Le mugissement sourd des eaux bouillonnantes atteste la vélocité du torrent parsemé de rochers. Le fleuve se déverse en cascades entre les rives encaissées qui l'emprisonnent. Il s'engouffre de chaque côté de la petite île aux Hérons et dévale un long escalier aux paliers hérissés d'écume jusqu'au fief de Verdun, où l'on peut reprendre la navigation après un portage d'une lieue. La tête du Grand Sault n'est décidément pas l'endroit indiqué pour un plongeon inopiné.

Mais Sophie sait comment distraire ce jeune personnage dont elle prend soin depuis sa naissance. Pierrot est le neveu de sa sœur aînée Bernadette. Celle-ci a offert de le garder pour l'été, afin de lui laisser respirer l'air des champs et fuir Ville-Marie et ses rues étroites, malsaines en ces temps d'épidémie. Bernadette, avec son grand cœur, n'a pas craint d'ajouter ce gamin turbulent à sa maisonnée de quatre enfants qui héberge déjà Sophie, la plus jeune de ses trois sœurs. Elle a même la charité de prétendre que ses pensionnaires l'aident grandement, ce qui est vrai dans le cas de sa benjamine, mais moins certain en ce qui concerne le petit garçon.

— Pierrot, sais-tu pourquoi on appelle les rapides le Grand Sault Saint-Louis?

Sophie joue les ignorantes, sachant que son camarade dira n'importe quoi pour sauver la face. On est à une époque où les hommes sont censés détenir le monopole de la sagesse et de la science. Elle ne s'est pas trompée. Pierrot est catégorique.

— Ben… pardi! C'est saint Louis qui l'a sauté le premier.

— Mais non, corniaud! Un jour, il y a plus de soixante ans*, quand La Chine n'existait même pas encore, un explorateur, monsieur Champlain, est passé par ici. Un de ses hommes a traversé à l'île aux Hérons pour chasser. En revenant, il s'est noyé dans le torrent.

Pierrot plisse le front sous sa frange de cheveux filasse. L'explication ne lui semble pas claire.

---

* En 1611 précisément.

— Le pauvre chasseur s'appelait Louys, conclut Sophie, triomphante.

— Est-ce qu'on change le nom chaque fois que quelqu'un se noie ici?

— Tu voudrais qu'on le nomme Sault Saint-Pierrot? Il faudrait le rebaptiser souvent dans ce cas, car le Sault est très dangereux. On ne peut le passer qu'au sud de l'île et peu de gens osent s'y aventurer, à part les Indiens et quelques coureurs des bois trop paresseux pour entreprendre le portage. Je pense que ceux-là ne le font pas toujours exprès. Quelquefois ils sont ivres ou bien ils s'aperçoivent trop tard que le courant les charrie.

— Mazette, ce doit être excitant! commente Pierrot avec un frisson.

— Ton oncle Menfou Carcajou a déjà passé le Sault en canot. Il me l'a raconté, ajoute Sophie. Elle ne manque jamais une occasion de rappeler le nom de l'exilé, disparu chez les Indiens sept mois plus tôt.

— Était-il ivre? interroge Pierrot qui ne croit pas si bien dire.

— Mais non, voyons, puisqu'il s'en est tiré. Et il l'a refait plusieurs fois.

Sophie, indignée, ne tolère pas qu'on porte atteinte à l'intégrité de son héros. À ses yeux, Xavier Cormier de Villefoy dit Menfou Carcajou ne peut mal faire. Tous ses déboires ne dépendent que de la malveillance des «autres», qui ont récemment affiché son nom à la porte de l'église et sur la place du Marché. Ils le proclament traître et transfuge, l'accusent de pactiser avec l'ennemi iroquois et promettent une prime pour sa capture.

Pierrot, ce jeune mâle de sept ans, ne perd pas une

si belle occasion d'épater les filles... même une vieille de treize ans comme son amie Sophie.

— Quand je serai grand, je ferai le Sault chaque jour... et je t'amènerai.

— Grand merci! proteste Sophie en riant.

Pourtant, n'accepterait-elle pas sans hésitation la même invitation si elle était faite par Menfou? Depuis toujours, elle rêve de naviguer dangereusement sous sa protection dans le grand canot d'écorce à la proue décorée de son totem, le Carcajou.

Autour d'eux, des groupes prévoyants déballent des pique-niques. Les mères de famille, assises dans les joncs ou sur les pierres de la rive, partagent les pâtés et les miches de pain. Les pères surveillent le va-et-vient de la cruche de bière d'épinette. Les enfants surexcités courent partout, mettent trop souvent les pieds dans les plats et s'attirent des représailles.

Bernadette Cormier a distribué des galettes et du sucre d'érable dès leur arrivée. Sophie et Pierrot sont allés les manger au bord de l'eau. La petite famille profite de leur absence pour se détendre en silence, à l'ombre d'un vieil érable. Thomas Cormier dit Tertio, son *tapabord* sur les yeux, est affalé entre les racines et somnole tout en retenant d'une main ferme la corde au bout de laquelle sa fille aînée Angèle est attachée par la taille. Avec l'énergie inlassable des enfants de deux ans, Angèle s'efforce d'explorer la nature, sans cesse freinée par cette contrainte incompréhensible qui lui fait perdre l'équilibre. Elle se relève laborieusement, le postérieur en premier, et court dans une nouvelle direction, empêtrée dans ses jupes de petite vieille, ses boucles blondes emmêlées de brindilles sous son *béguin de futaine**. Sa petite sœur Barbe somnole sur les genoux de leur mère.

Bernadette refuse de céder au délicieux engourdissement qui l'écrase, ne voulant pas perdre une seconde de cette paix qui lui semble une bénédiction. Sa voisine charitable, Dosithée Blaise, s'est chargée des jumeaux de trois mois pour la journée.

— Va, ma mignonne, je garderai les *bessons***, a-t-elle dit à la jeune mère harassée. Je n'ai que faire de rencontrer de nouveaux Iroquois. Pour toi, voir ces Sauvages de près t'enlèvera peut-être un peu de ta peur.

Dosithée a passé vingt-sept années de sa vie en captivité chez les Tsonnontouans. Son intuition lui a fait deviner le grand secret de la petite madame Cormier. Cette terreur de tous les instants s'accroît chez Bernadette avec chaque nouvelle maternité. Le nombre des êtres aimés qu'elle sent menacés augmente d'année en année.

Pendant que Tertio étend ses cultures, agrandit son magasin, multiplie ses enfants et gagne en assurance, son épouse se terre dans ses cauchemars et joue son rôle de femme forte auquel tous se font prendre, lui le premier. Personne, pas même Sophie, sa petite sœur et confidente habituelle, ne doit connaître la hantise qui empoisonne l'existence de Bernadette.

Aujourd'hui, entourée de tous ses voisins de La Chine, sous le riant soleil d'été, Bernadette perçoit ce que ce pourrait être de vivre sans la peur. Les Peaux-Rouges n'oseront aucune attaque pendant que leurs ambassa-

---

    * Bonnet d'enfant, en coton.
   ** Jumeaux.

---

deurs seront reçus à Montréal. Cette trêve, même éphémère, est une oasis. La jeune femme ne partage pas la fascination de sa petite sœur pour tout ce qui est iroquois. Contrairement à Sophie, de tous les récits qu'elle a entendus des lèvres de son beau-frère Menfou Carcajou ou de celles de madame Blaise, elle n'a retenu que les aspects négatifs, les actes de cruauté, la barbarie. Les histoires d'héroïsme, d'amour familial, de solidarité fraternelle ne l'ont pas touchée. Elle pense avec horreur: «Ce sont des barbares. Ils menacent ma famille, et me voici installée avec les autres, tout bêtement, à les attendre comme on attendrait la procession de la Fête-Dieu.»

❀   ❀   ❀

Sous l'érable voisin, un groupe de religieux et de militaires causent en partageant discrètement une jarre de grès remplie de vin. Un soldat vient de la retirer de l'eau où il l'avait calée entre deux pierres pour la rafraîchir. Monsieur Rémy, curé de La Chine, s'évente avec son chapeau de paille. Des pères jésuites récemment revenus de mission en Iroquoisie et quelques officiers de la Compagnie Franche de la Marine échangent leurs commentaires.

— Nous verrons des délégués onnontagués, onneyouts et goyogouins. Ils sont sous les ordres d'Otréouati, «sachem» des Onnontagués.

— En autant que des Iroquois puissent être sous les ordres de quelqu'un! Ce sont gens fort indépendants, intercale un jésuite qui s'y connaît.

— Savez-vous messieurs que ces ambassadeurs, pacifiques nous l'espérons, ont laissé un déploiement de mille deux cents guerriers campés au lac Saint-François*?

— Cela prêtera du poids à leurs arguments, n'en doutons pas.

— Que discuteront-ils, cette fois? Le savez-vous, lieutenant Beaune? Apportent-ils des propositions de paix?

Au moment où le militaire va répondre, un nouveau groupe fait irruption sur la berge. Ce sont des gentilshommes élégamment vêtus escortés d'un détachement de soldats et suivis de deux capitaines à cheval. La vue des montures, si rares en Nouvelle-France, attire immédiatement tous les enfants, qui se pressent jusque sous les sabots pour mieux admirer ces grandes bêtes à peu près inconnues à La Chine.

— Voilà la délégation de notre gouverneur, annonce le lieutenant Beaune en se levant. Vous trouverez parmi eux des gens mieux renseignés que moi.

Il va au-devant des cavaliers et ramène triomphalement le plus jeune d'entre eux, qui abandonne avec plaisir son cheval piaffant aux mains de ses soldats. Le nouvel arrivant s'efforce de masquer une forte claudication sous une démarche digne.

— Messieurs, s'exclame Beaune, j'ai l'honneur de vous présenter le capitaine Viateur du Nord, aide-de-camp de son excellence monsieur le gouverneur, marquis de Denonville.

Le capitaine s'incline et tire de sa manche un mouchoir de toile avec lequel il éponge son visage bronzé ruisselant de sueur.

---

* Environ 60 kilomètres plus haut sur le Saint-Laurent, en face du Valleyfield actuel.

— Ventre Saint-Gris! Mais lorsque ce pays se résoud au soleil, il nous en assomme!

Le curé Rémy, hôte parfait, fait les honneurs de son érable et décline les noms et titres de tous ses invités.

— Asseyez-vous ici, à l'ombre, capitaine, et acceptez un verre de ce vin que m'a offert mon supérieur de Montréal, monsieur Dollier de Casson.

— Méfiez-vous, capitaine, l'avertit Beaune. Si ce digne curé vous abreuve, c'est pour mieux vous interroger ensuite.

— Laissez-moi reprendre mon souffle et je suis à vous, messieurs.

Viateur du Nord dépose son tricorne sur l'herbe et rajuste sa perruque blanche, plus chaude qu'un casque de fourrure. Il indique sa botte poussiéreuse:

— Son excellence m'accorde le privilège de monter un cheval à cause de cette infirmité rapportée de la baie du Nord*. Mais le trajet depuis Ville-Marie n'en est pas facile pour autant, sous un uniforme d'apparat.

— Tout ce faste pour des barbares, murmure un vieil officier grisonnant, d'un ton désapprobateur. On n'en ferait pas plus pour Sa Majesté elle-même.

— Pourtant ces barbares tiennent l'avenir du pays entre leurs mains. S'ils passent définitivement aux Anglais, c'en est fait de la Nouvelle-France.

Le père Rémy revient à la charge avec sa question.

— Que désirent les Iroquois, cette fois?

Viateur du Nord ne fait pas mystère d'une rumeur

---

* Voir *La baie du Nord*, deuxième volume de la série «Les coureurs des bois».

qui bourdonne déjà dans les salons de Ville-Marie et de Québec.

— Je vous le dirai en bref, messieurs. On nous rapporte que le «sachem» Otréouati, surnommé Grande Gueule, réclamera le retour de ses trente-six compatriotes si cavalièrement expédiés aux galères après la campagne de 86.

— Notre gouverneur fait parfois des choses qui ne sont pas à faire, remarque imprudemment un missionnaire connu pour son franc-parler.

— Il tenait ses ordres du Roy, monsieur, rétorque le capitaine du Nord avec hauteur. Sa Majesté exigeait des rameurs Peaux-Rouges pour ses galères.

Le curé Rémy s'interpose pacifiquement entre les deux interlocuteurs.

— Cependant, capitaine, pourquoi cette revendication tardive? Après deux ans, bien de l'eau a coulé sous… les galères, si j'ose dire.

Viateur du Nord, bien informé et flatté de cet appel à ses lumières, partage volontiers ses intelligences.

— Ce serait le gouverneur Dongan de la Nouvelle-York qui aurait mis cette idée dans la tête des Iroquois. Il les a même informés qu'ils étaient désormais sujets britanniques et que leur territoire appartenait à la couronne d'Angleterre.

— Juste ciel! Comment les Indiens ont-ils réagi à cette surprenante déclaration? demande un jésuite.

— Fort mal pour l'heure. C'est la carte que Denonville compte jouer. Les Iroquois sont jaloux de leur liberté. Mais d'un autre côté, Dongan les fournit très généreusement en armes et les excite contre nous.

— Dongan et l'Angleterre font la guerre aux Français par la main des Iroquois, affirme le lieutenant Beaune.

Un murmure d'assentiment général accueille cette déclaration.

Le plus âgé des militaires ajoute avec dépit:

— Nous ne pouvons terminer une bonne fois ces hostilités contre les Sauvages, car elles risquent de se tourner en conflit avec l'Angleterre.

L'aide-de-camp du gouverneur en sait quelque chose puisqu'il doit assister aux frustrations du marquis de Denonville lorsque celui-ci reçoit ses ordres pacificateurs de Louis XIV. Il précise, pour justifier son illustre employeur sans cesse forcé de renoncer à tous ses projets guerriers:

— La France et l'Angleterre ont signé à Londres une trêve d'un an pendant laquelle on étudiera la question iroquoise et les articles de possession de leur territoire.

Le curé Rémy porte la main à la croix suspendue à son cou, comme pour se faire pardonner le ressentiment qu'il éprouve. Il murmure:

— Il appert que ces gens des métropoles ne vivent pas comme nous sous les tomahawks des barbares et qu'ils ne risquent pas d'y laisser leur... perruque, ajoute-t-il en passant sa main sur son crâne chauve.

Un des missionnaires se penche vers Viateur du Nord avec un sourire narquois:

— Un fait m'intrigue, capitaine. Monsieur le gouverneur nous a tous rappelés, pour ne pas dire arrachés, à nos missions lointaines où nos vies étaient menacées par la guerre. Il n'y a plus personne en place pour lui faire rapport sur les Indiens et les Anglais. Mais il semble malgré tout magistralement informé.

Le capitaine du Nord se montre cette fois moins empressé à fournir des explications. Il sourit, énigmatique:

— Mon père, nous avons nos sources.

— Mais encore? insiste le jésuite inquisiteur.

Une exclamation reprise sur tous les tons évite à Viateur de répondre, à son profond soulagement.

— Ils arrivent! Les voilà! Voyez pointer les canots!

Chacun se lève et se bouscule pour trouver place aux premiers rangs, sur la rive.

La voix claire de Pierrot Cormier clame avec jubilation:

— Voilà les Sauvages! Je vois leurs plumes!

Ce rappel à la réalité produit l'effet d'une douche glacée. Un silence oppressé tombe sur l'assemblée. Les époux se rapprochent de leurs femmes. Celles-ci posent leurs mains sur les épaules de leurs enfants. Les Lachinois font front commun contre l'ennemi héréditaire. Pendant un temps, ils avaient volontairement oublié que ceux qu'on attendait étaient les Iroquois, épreuve de leur existence.

2

La nature elle-même contribue à faire de l'arrivée des Iroquois un événement inoubliable. Au moment où le soleil reparaît pour illuminer la scène, le vent tourne vers l'est, apportant les premiers échos de la chanson des rameurs.

Une flottille débouche à la tête du lac Saint-Louis et s'avance vers le haut du portage. Les spacieux canots de guerre des Indiens transportent les «sachems» en grande pompe. Ils sont entourés de canots plus petits où voyagent les chefs de moindre importance et les interprètes. Ces bateaux d'écorce ont été achetés ou échangés aux Algonquins, car le bouleau ne pousse guère en Iroquoisie.

Les lourdes barques militaires dans lesquelles les soldats français souquent ferme s'efforcent de maintenir la vitesse du reste de l'escadre. Autour d'eux papillonnent les dizaines d'embarcations légères vigoureusement manœuvrées par des coureurs des bois qui escortent les Iroquois. Ce sont les plus agitées et les plus bruyantes, car les *Voyageurs** n'ont jamais été reconnus pour leur discrétion.

Les voici en train de gueuler à pleine voix une chanson entraînante. Imperceptiblement, les Canadiens accélèrent la cadence, espérant arriver bons premiers au portage. Piqués au jeu, dans un silence complet, les Iroquois pressent aussi le rythme, sur un signal des «sachems» qui trônent, imposants, au centre de chaque canot. Heureusement les longues embarcations des Iroquois, propulsées chacune par dix avironneurs expérimentés, sont impossible à dépasser; sinon l'arrivée triomphante risquait de tourner en compétition dangereuse pour l'honneur chatouilleux des Indiens.

Pierrot, juché sur une pierre, reprend son rôle de gazette officielle pour Sophie, car même avec ses lunettes sur le nez elle ne distingue pas les détails de loin. Elle plisse les paupières et place ses mains en écran au-dessus de ses yeux.

— Je vois leurs plumes, répète Pierrot. Ils ont la peau barbouillée de toutes les couleurs.

Une note de crainte s'insinue dans sa voix:

— C'est peut-être la peinture de guerre qu'ils mettent pour scalper?

Les enfants de la colonie n'ont pas d'illusions au sujet des dangers qui planent sur eux.

— Ils sont «mattachés», explique Sophie avec assurance.

Ses conversations avec Menfou et madame Blaise en font une experte en mœurs iroquoises.

------

* Nom que l'on donnait aux coureurs des bois.

— Cela fait partie de leur tenue de gala. Pour affronter des ennemis, ils se peignent surtout en noir et rouge.

À ce moment, une adolescente se faufile au premier rang et se jette au cou de Sophie. Celle-ci, étonnée, s'exclame avec plaisir en embrassant son amie:

— Honorine de Rouville! Quelle belle surprise!

Elle questionne aussitôt, avec sa franchise spontanée:

— Que fais-tu à La Chine, si loin du Richelieu?

Honorine de Rouville, ses yeux verts pétillants de joie, explique:

— Maman m'a amenée voir arriver les Sauvages. M'est avis que c'est surtout une excuse pour venir au-devant de Nicolas. Il a hiverné au fort Katarakoui et il paraît qu'ils ont pâti autant qu'on peut, là et au fort Niagara*.

Pierrot, avide d'images morbides, précise, avec le sadisme des gamins de son âge:

— Ils ont tous péri de faim. Ils avaient épinglé les justaucorps des morts à la palissade de Katarakoui. Il y en avait quatre-vingt**.

— Mon frère n'est pas mort, triomphe Honorine. Il arrivera tantôt avec l'escorte des Sauvages.

Très fière de sa famille, elle ajoute d'un air détaché:

— Mon père est demeuré à Ville-Marie pour aider le gouverneur à recevoir les chefs indiens. Il parle toutes leurs langues.

— Comme Menfou, intercale Sophie. Elle retrouve ses bonnes manières pour s'informer avec une pointe

---

* Voir la carte.
** Incident authentique.

d'envie, car elle n'a jamais connu d'autres déplacements que ceux de Ville-Marie à La Chine:

— Tu as fait bon voyage?

— Très plaisant. Nous nous sommes arrêtés aux forts à Chambly et à Sorel. Mais le trajet de notre maison à Ville-Marie est toujours un peu épeurant. La rivière Richelieu s'appelle le Chemin des Iroquois et on croit en voir partout. Heureusement, mes parents ont des mousquets et savent s'en servir.

— Même ta mère? interroge Pierrot, sceptique.

— Certainement, monsieur. Et pourquoi pas? Une femme peut très bien faire le coup de feu.

Le garçon retient ses réserves masculines devant le ton sans réplique.

— Où demeureras-tu, à La Chine? demande Sophie.

— Chez les Tourangeau[†] à la Grande Anse. Madame Tourangeau est une «Fille du Roy» arrivée sur le même bateau que ma mère. Elle a une fille de notre âge, Jeanne.

— Je la connais. Elle vient à l'école de mademoiselle Soumillard.

Elle ajoute avec condescendance:

— Elle est plus vieille que nous. Elle a au moins quinze ans. Nous demanderons à Bernadette et à ta mère si tu ne pourrais pas coucher dans notre maison à la place. Nous avons tant de choses à nous dire!

— Ce sera comme autrefois, à Ville-Marie. Tu te souviens du mariage de nos grandes sœurs?

Isabelle de Rouville et Bernadette Quesnel ont épousé le même jour les deux frères Cormier, Secundo et Tertio. Cet événement est le plus beau souvenir dans la vie des fillettes.

— Moi aussi, je m'en souviens, intercale Pierrot qui se sent négligé.

Les deux filles le toisent en même temps.

— C'est impossible! Tu étais trop petit.

— Je m'en souviens, insiste Pierrot, offensé. Mon oncle Menfou a trop bu. Il s'est battu dans la cour et maman a pleuré*.

Devant cette preuve irréfutable, les demoiselles sont forcées d'admettre qu'en effet, Pierrot «s'en souvient». Tous les trois se tournent vers le lac où la flottille se rapproche.

Pendant ce temps Jeanne de Rouville, la mère d'Honorine, s'est jointe aux Cormier avec qui elle échange les nouvelles de l'hiver.

Tertio a juché Angèle, sa fille aînée, sur ses épaules. La fillette se cramponne aux cheveux raides et pâles de son père qui domine tous ses voisins de la tête. Il rougit et annonce, fanfaron:

— Nous en avons deux autres, aussi blonds, à la maison. Des jumeaux. Guillette et Fabien. Mon premier fils, précise-t-il avec une fierté naïve.

— Que de tracas pour toi, sympathise Jeanne en se tournant vers Bernadette.

— Oh! Sophie m'aide beaucoup, ainsi que ma voisine, madame Blaise.

— La Dosithée Blaise que Xavier Cormier a ramenée de chez les Iroquois? Elle habite La Chine?

Bernadette, tout heureuse d'avoir une nouvelle à

---

* Voir *Menfou Carcajou*, premier volume de la série «Les coureurs des bois».

apprendre à madame de Rouville, qu'elle admire beaucoup, explique:

— Madame Blaise a épousé le Tondu, l'engagé du magasin Cormier. Ils ont construit une cahute sur notre *emblavure**. Tondu aide Tertio avec le magasin, et sa femme est une voisine bien avenante.

On distingue maintenant les paroles de la chanson des rameurs:

Lève ton pied, légère bergère,
Lève ton pied, légèrement.

Le curé et les âmes dévotes froncent les sourcils devant le caractère frivole de la ballade. Ils auraient préféré un cantique religieux. Ils seraient bien édifiés d'apprendre qu'on leur offre une version pieusement censurée des aventures de la bergère «à la cuisse légère».

Majestueusement, les proues élevées des grands canots indiens pointent vers la rive. L'écorce blanche est ornée de dessins représentant les totems de leurs occupants. Entre les deux rangées de rameurs, les «sachems» impassibles, les bras croisés, la tête ornée de casques de plumes, fixent droit devant eux.

Bernadette Cormier se rapproche instinctivement de Tertio. Il entoure ses épaules d'une étreinte protectrice. Il y a des remous dans la foule. Les enfants au premier rang ne veulent rien manquer du spectacle coloré. Derrière le large dos des colons, des soldats dissimulent leur mousquet chargé. Une vigilance discrète s'impose.

---

* Champ de forme allongée, dont une extrémité donne sur le fleuve.

On ne désarme pas facilement devant un ennemi com-battu depuis des années.

La scène serait digne du pinceau d'un grand maître, avec son panorama magnifique de flots miroitants cein-turés d'arbres verts sous un ciel pur. Pour la reproduire, l'artiste n'aurait qu'à mélanger ensemble toutes les nuan-ces du noir et du brun jusqu'au blanc, sans un seul ac-cent de couleur: jupes grises, fichus noirs, coiffes blan-ches, chapeaux de paille, *tapabords* et justaucorps de laine rude. Les soldats en gris ou bleu terne, les coureurs des bois sous leurs habits de peaux, les religieux en sou-tanes sombres.

Seul le petit nœud des officiers, dont les boutons de cuivre lancent des éclairs, et les gentilshommes de la maison du gouverneur, en satin multicolore, apportent une note de gaieté.

Par contraste, les Iroquois resplendissent sous le faste de leur plumage de cérémonie. Le torse nu des ra-meurs révèle des muscles puissants qui jouent sous la peau bien huilée. Des décorations bigarrées et des barres de couleurs vives ornent leur visage, leur poitrine et même leurs bras et jambes. À ces parures, ils ajoutent des coiffures où s'entremêlent des perles, du duvet d'oiseau ou des rubans voyants. Des colliers d'os, de griffes ou de dents d'animaux s'entrechoquent à leur cou.

Ces ornements suffisent à les habiller semble-t-il, car ils ne portent qu'un *brayet** de peau brodé et des mocassins perlés. Seuls les chefs plus âgés ont revêtu des

---

* Bande de peau de chevreuil passée entre les jambes, retenue à la taille par une lanière de cuir.

tuniques à franges, magnifiquement décorées avec des piquants de porc-épic teints de couleurs vives. Tous sont grandioses et barbares.

Un frisson involontaire parcourt les spectateurs lorsque quatre rameurs sautent dans l'eau jusqu'à la taille pour freiner et maintenir le grand canot. Avec dignité, les premiers «sachems» s'avancent jusqu'à la proue et mettent les pieds à l'eau. Ils se rangent en silence sur la plage, préférant sans doute être rassemblés pour daigner se tourner vers la délégation qui les attend à quelques mètres du rivage.

La chanson des «Voyageurs» a fait place à un silence solennel que personne n'ose interrompre. Les Lachinois passent leurs commentaires à voix basse, comme on le fait à l'église. Les Sauvages catholiques des missions du Sault et de Kahnawake, de l'autre côté du fleuve, ne les ont pas habitués à ces déploiements vestimentaires, ni non plus à ces regards froids et hautains.

Sophie, au premier rang, dévore les Iroquois des yeux. De près, elle peut admirer tous les détails de leur costume, leur attitude altière, leur tête au profil aquilin.

Honorine lui chuchote à l'oreille:

— Ils sont terribles! On dirait quasiment des démons.

— Ils sont magnifiques! rétorque Sophie dont les mains crispées tremblent d'émotion. Elle voit enfin ces guerriers dont madame Blaise a vanté le courage, dont Menfou Carcajou est un frère.

— Voilà Nicolas, murmure Honorine en désignant un des frêles canots d'écorce qui papillonnent autour de la flottille. Je me rappelle son chapeau de feutre. C'est monsieur de Rupalest qui le lui a offert.

Jeanne de Rouville a identifié son fils au même instant. Le large couvre-chef beige au bord recourbé, plus propre à une chasse à courre à Versailles qu'à une épopée sur des rivières du Canada, coiffe des cheveux noirs aussi raides que ceux de Simon son père.

Nicolas de Rouville, assis à l'arrière du canot, le dirige d'un aviron habile. À l'avant, un homme plus petit, qui porte un bonnet de fourrure, se laisse guider paresseusement.

— Il est avec Pit-la-Mitaine, constate Tertio qui reconnaît bien l'ancien compagnon de course de son frère aîné, Menfou Carcajou.

Jeanne a hâte de voir dans quel état son fils revient d'un hivernement si dur que cent quatre-vingt des deux cent quarante hommes des forts Niagara et Katarakoui ont péri du scorbut ou des attaques iroquoises. Au mois de mai, la colonne de ravitaillement venue de Ville-Marie a trouvé les survivants dans un pitoyable état. Les guerres iroquoises avaient coupé toute communication avec l'extérieur, confinant les garnisons dans leurs murs, interdisant les excursions de chasse ou de pêche.

Le chevalier de Troyes, héros de la baie du Nord et commandant de Niagara, était mort du scorbut lui aussi, après avoir passé à un cheveu d'être exécuté par ses propres soldats révoltés par son despotisme. Le nom de Nicolas de Rouville figurait heureusement sur la liste des survivants, mais il faudrait probablement voir à le remplumer, à lui rendre sa joie de vivre.

❀   ❀   ❀

Nicolas de Rouville ignore qu'on est venu à sa rencontre et qu'on se fait du souci pour lui. Il a déjà oublié les misères de l'hiver. Avec l'insouciance de ses vingt ans, il propose à Pit, qui se prélasse à la proue du canot:

— Si on sautait les rapides? Cela leur en boucherait un coin, à ces Sauvages!

Le vieux coureur des bois se redresse, incapable de refuser un défi. Il enfonce son bonnet sur son crâne dégarni, se crache dans les mains et déclare:

— Suis-moi mon gars! On va leur jouer un tour à la Menfou Carcajou!

Les deux canoteurs peuvent se vanter d'avoir, à tour de rôle, emprunté ce chemin dangereux avec leur ami Cormier. Forts de cette expérience, ils font dévier leur canot vers la droite. Poussant un long hurlement provocant, ils contournent l'île aux Hérons et s'engagent dans les premières cascades du Grand Sault Saint-Louis.

Le nez du canot s'avance sur l'eau qui se gonfle en ondes satinées d'un vert sombre. Un étroit passage entre deux pierres grises marque le seuil des rapides. À partir de cette coulée irrésistible, le bateau, happé par une force démente, n'appartient plus à ceux qu'il porte. Tout au plus peuvent-ils d'un coup d'aviron puissant faire dévier la poupe ou la proue pour chevaucher le torrent.

Une série de vagues hérissées ballotte le fétu de paille sur lequel les deux imprudents risquent leur vie. Ils filent comme le vent entre des masses d'écume, véritables meules de foin liquides fracassées contre les pierres. Le dos luisant des rochers noirs paraît et disparaît en un instant.

Le mugissement du torrent emplit leurs oreilles et comprime leurs poumons. Nicolas et Pit hurlent des conseils qu'aucun des deux n'entend. Une exaltation terrifiée les possède, l'éternel optimisme de l'homme en lutte contre les éléments.

Il s'agit de percevoir à temps le point faible d'un remous, d'y diriger le nez du canot avec exactitude et d'enfiler la glissade en évitant d'être entraîné dans le tourbillon. Deux dangers surtout les menacent: les pleureuses, ces rochers acérés au-dessus desquels ils bondissent, et les murs fluides qu'ils frôlent d'un côté ou de l'autre, toujours prêts à les engloutir. Des paquets d'eau les écrasent et des tornades de vent les étouffent.

Ils existent dans un moment suspendu hors du temps, d'une violence telle que tout paraîtra fade à ceux qui y survivront. Pendant quelques minutes, ils perçoivent le sens de l'éternité, ils ont le goût de la mort dans la bouche. Quoi qu'il advienne, l'aventure en aura valu la peine.

— Yippee! crie la Mitaine de sa voix de fausset. Sa bouche édentée est grande ouverte pour lui permettre d'aspirer l'air qui manque à ses poumons.

— Jésus! Marie! Jésus! Marie! marmonne Nicolas entre ses dents serrées. La pensée de sa mère lui traverse un instant l'esprit. Dieu merci, elle ne saura pas ce qu'il a fait aujourd'hui. Si tout va bien, elle ne l'apprendra jamais.

Il se trompe. Jeanne, le cœur serré, a vu le chapeau de feutre disparaître derrière le rideau d'arbres de l'île aux Hérons. Par-dessus le cri de triomphe des canoteurs, elle entend gronder le torrent menaçant. Une prière monte à ses lèvres.

— Jésus! Marie! Protégez-le! Sauvez-les tous les deux!

Autour de Jeanne, les spectateurs sidérés commencent à réagir. On murmure, on s'exclame. Les Iroquois se sont redressés, soudain tendus. Ils se retrouvent en sûreté sur la plage pendant qu'un Visage pâle téméraire, lançant un défi, leur donne une leçon de bravoure.

Les hommes du gouverneur pressentent le danger. Il leur importe peu que les deux imprudents survivent ou périssent, mais l'orgueil susceptible des Indiens est froissé.

— Voilà qui est diantrement dangereux! confie le capitaine Viateur du Nord au lieutenant Beaune.

Viateur connaît bien Nicolas de Rouville. Sa sympathie ne l'empêche pas de vouer le jeune écervelé à tous les diables.

Honorine sanglote dans son fichu et Pierrot, enthousiaste, saute de joie devant une telle audace. Sophie, partagée entre l'envie et l'angoisse, donnerait cher pour pouvoir vivre aussi dangereusement. Sous ses airs de petite fille sage, elle cache une âme de guerrier.

Le curé Rémy et quelques missionnaires élèvent la main dans une bénédiction qui se veut une absolution.

Au bord de l'eau, les Iroquois forment une sorte de tableau vivant figé dans des attitudes rigides. Les deux derniers grands canots se sont immobilisés. Les rameurs debout dans l'eau tournent la tête vers le large. On sent dans tous leurs muscles bandés le désir de sauter à bord, de faire volte-face et de foncer dans le Sault, même si aucune embarcation lourde n'a la moindre chance de s'en tirer. On meurt souvent en Iroquoisie pour sauver l'honneur de la tribu.

Mais voilà qu'un dernier canot, manœuvré cette fois par deux Peaux-Rouges aux cheveux hérissés de deux plumes écarlates, se dirige à grands coups d'aviron vers la rive sud de l'île aux Hérons. Au centre de l'embarcation, un chef emplumé et rigide ne daigne même pas décroiser les bras. Il attend probablement d'avoir disparu à la vue pour s'agripper au bordage de son esquif. Avant de contourner l'île qui les masquera, les canoteurs élèvent leur pagaie en salutation. Leur cri de guerre monte derrière le voile des arbres. Il est repris d'une seule voix par les Indiens de la rive.

Le long hurlement rauque s'amplifie, jetant la terreur dans l'âme des Lachinois. Pour la première fois, les Iroquois se départissent de leur flegme et réagissent en êtres humains. Les colons portent instinctivement la main à leur couteau. On leur a demandé, par exception, de ne pas apporter leur indispensable fusil aujourd'hui. Les enfants reculent, épouvantés; les plus jeunes éclatent en sanglots. Les soldats serrent convulsivement leur mousquet, prêts à la défense. Les femmes, pâlies, croient voir leurs pires cauchemars se réaliser.

Mais le cri de ralliement ne marque pas cette fois le début des hostilités. Il signale plutôt une victoire facile, baume pour l'orgueil national. Il rompt en même temps la paralysie générale. Les derniers «sachems» sautent à l'eau et s'avancent fièrement vers la plage sans paraître remarquer leurs *mitasses**** et leurs mocassins détrempés.

---

* Jambières de cuir.

Pendant que les rameurs tirent soigneusement les canots fragiles sur le sable, les chefs se joignent à ceux qui les attendaient sur la rive. Grande Gueule en tête, ils se dirigent, le front haut, vers les délégués du gouverneur.

Ceux-ci poussent un soupir de soulagement collectif. Pendant un instant, ils ont cru tout perdu.

Quel que soit le résultat du duel qui se livre actuellement dans le Grand Sault, la tension est passée. Les Iroquois sourient même avec une pointe d'ironie. Ils ont battu les Blancs à leur propre jeu. Trois des leurs ont ramassé le gant et ont osé affronter ces rapides nouveaux pour eux, alors que les coureurs des bois doivent en connaître déjà le parcours.

Les rameurs bariolés démontrent leur force en soulevant les lourds canots sur leurs épaules et en s'éloignant au pas de course sur la voie accidentée du portage. Lorsque leurs chefs déboucheront à pied au fief de Verdun, leurs canots les attendront auprès des barges du gouverneur pour exécuter une entrée triomphale à Ville-Marie.

Les gens de Denonville escortent l'ambassade iroquoise sur le chemin des Argoulets, piste étroite taillée à même la forêt et descendant jusqu'à Verdun. On entend à droite le grondement insistant du fleuve. Ce bras impassable du Sault s'engouffre entre des rives rétrécies et dévale en cascades vertes, hautes de deux ou trois mètres.

Viateur du Nord et l'autre capitaine à cheval ferment la procession officielle, suivis de leurs soldats, mousquet à l'épaule. Les «sachems» examinent les deux montures à la dérobée, ne voulant pas s'abaisser à admettre une curiosité naïve devant la docilité des «orignaux de France si traitables et si souples à la volonté de l'homme».

Plusieurs garçons suivent le défilé, pour en rapporter des nouvelles. Des militaires pressés, des coureurs des bois retardataires, leur canot au bout des bras, passent en trombe devant les Lachinois qui les examinent en badauds. L'esprit de fête reprend, un peu atténué par les émotions passées. Un grand soulagement a marqué le départ des Iroquois. Même en délégation pacifique, leur présence est ressentie comme une menace.

Une cacophonie d'exclamations s'élève maintenant. On s'interpelle, on commente les événements, on critique Nicolas et Pit, ou on les admire. On bénit l'intervention des braves à la plume rouge qui ont poussé leur canot à la suite du leur. René Cuillerier [†], autrefois prisonnier des Iroquois, affirme que ces plumes écarlates sont la coiffure distinctive des Tsonnontouans.

Ceux qui connaissent Jeanne et Honorine de Rouville ont pitié de leur pâleur, de leur angoisse, évidentes chez la petite, bien camouflées d'optimisme chez sa mère. À cause de leur présence, on n'ose blâmer ouvertement Nicolas. Peut-être le sort s'est-il chargé de le punir d'une façon radicale?

Retenus par le besoin de prolonger cette réunion inusitée et la curiosité de connaître le dénouement de l'affaire, les Lachinois se rassoient au soleil. Ils partagent les dernières gorgées au fond des cruches de bière ou de *bouillon**, les derniers croûtons et les fruits, échangent les derniers potins.

---

* Boisson fermentée préparée avec de la pâte à levain.

Au bout d'une heure, des gamins hors d'haleine remontent au pas de course le chemin du portage. C'est à qui serait le premier à haleter les nouvelles de Verdun. On se presse autour d'eux en silence.

— Ils sont passés!

— Les deux canots!

— Sains et saufs!

— Un des gars a perdu son chapeau de feutre, mais on est quittes, car le chef indien aussi a perdu ses plumes.

Les deux canots sont repartis pour Ville-Marie aussitôt après avoir vidé l'eau qui les emplissait presque jusqu'aux plats-bords. Le «sachem» avait recroisé les bras, digne et échevelé. On aurait dit qu'il était demeuré ainsi pendant toute la descente. Pit-la-Mitaine avait avoué qu'il ne recommencerait plus jamais ces «folleries». Et Nicolas de Rouville avait fait force de rames pour filer et éviter les remontrances que Viateur du Nord et le second capitaine à cheval se disposaient à lui administrer.

— Son père y verra bien à Ville-Marie, s'exclame Tourangeau, hôte des dames Rouville. Personne ne doute que chacun, du gouverneur en descendant, et à plus forte raison son père, le sieur de Rouville, fustigera l'inconscient.

Jeanne dissimule un sourire espiègle. Si elle connaît son époux Simon comme elle croit le connaître, ce rebelle dans l'âme montrera plus d'indulgence pour son héritier que sa mère ne se propose de le faire. Lorsqu'elle aura l'écervelé sous la main, elle lui fera passer le goût des escapades périlleuses, inutiles et gratuites. Jeanne est persuadée que ce soir, dans son miroir, elle comptera ses premiers cheveux blancs.

Sophie Quesnel a rangé ses lunettes. Assise sous l'érable, elle berce sa nièce Barbe en fredonnant une nouvelle chanson:

Lève ton pied, légère bergère,
Lève ton pied, légèrement.

Devant ses yeux rêveurs défilent des guerriers au teint cuivré, aux cheveux ornés de plumes rouges. Ils ont tous le regard et le sourire de Menfou Carcajou.

3

Vers quatre heures, par petits groupes de parents ou de voisins, les Lachinois reprennent le chemin de leur demeure. Trêve ou non, personne ne veut se retrouver seul, au soir tombant, à la tête du portage. La pensée des mille deux cents Sauvages campés au lac Saint-François cause une appréhension qui est précisément celle escomptée par les Iroquois en vue d'inspirer le respect à la colonie.

Remorquant ou portant les enfants fatigués, hommes et femmes avancent à pas lourds, repris par la prudence, la méfiance et l'angoisse, leur état d'âme habituel.

On traverse la prairie commune où quelques infortunés désignés par le sort ont dû se résigner à garder les animaux des colons en cette journée fériée. Pierrot casse une branche d'arbre et s'approche des bovins déjà en alerte, car leur horloge naturelle leur signale l'heure de rentrer au bercail.

— Vénus! Courte-Queue! clame-t-il d'une voix perçante. Pervenche! Chicorée! Pissenlit! Ti-Corne!

Il égrène la litanie familière des noms du bétail de la famille. À cet appel les vaches et le bœuf se séparent du troupeau et forment la file dans l'ordre de priorité établi par eux-mêmes et fidèlement repris chaque jour. Les grosses bêtes placides trottinent devant Pierrot qui fait siffler sa branche et de temps en temps stimule les lambins d'un caillou bien lancé.

On longe la clôture de pieux de la solide maison où René Cuillerier élève ses cinq fils et ses nombreuses filles. Pompeusement baptisée fort Cuillerier*, la redoute abrite quelques soldats. C'est le premier des trois forts de La Chine, support moral pour tous les habitants dont aucun n'est jamais très loin de la protection militaire.

Après trois autres kilomètres, on arrive au fort Rémy, haut lieu de la paroisse. Monsieur le curé, d'un geste large, invite ses ouailles à «venir saluer le bon Dieu» dans la chapelle, en passant. La petite troupe franchit l'enceinte flanquée de ses trois bastions et dominée par le clocher et les ailes du moulin.

Sophie et sa compagne Jeanne Tourangeau en profitent pour faire les honneurs de leur école à Honorine. L'ancien presbytère rafistolé sert de résidence à Catherine Soumillard et à sa compagne de la Congrégation.

L'humble église paroissiale, construite de pièces de bois blanc, mesure douze mètres sur huit.

Sur la porte de l'église, un parchemin délavé par la pluie bat au vent. C'est un avis public daté de la semaine précédente et signé par monsieur François Dollier de Casson, supérieur du Séminaire de Montréal. Les sulpiciens demeurent toujours les «Seigneurs de l'Isle». Ils ne l'oublient pas et ne le laissent pas oublier à

---

* Voir la carte.

leurs censitaires, propriétaires de concessions à La Chine.

La requête enjoint «les habitants de La Chine qui sont débiteurs envers le Seigneur [et qui ne l'est pas dans cette paroisse pauvre?] d'aller rencontrer au plus tôt le curé Pierre Rémy avec leur pioche et leur hache. Il leur marquera des travaux à exécuter en place de paiement».

Jeanne, toujours curieuse, s'attarde à déchiffrer le papier déjà jauni. Tourangeau et Tertio Cormier, loin d'être humiliés par cet aveu de leur endettement, s'empressent de lui avouer qu'ils ont été de corvée, avec presque tous les Lachinois d'ailleurs.

— Que vous a fait construire monsieur le curé? s'informe-t-elle, intriguée, cherchant des yeux à l'intérieur du fort des preuves de ce labeur général.

— J'ai nettoyé les *ferdoches* autour de la palissade, déclare Tourangeau. Il ne faut pas laisser aux Sauvages des commodités de s'embusquer près des murs.

— Moi, dit Tertio, j'ai été du lot qui a rassemblé des pierres pour ériger un mur au nord du pacage de la prairie commune. Nous y avons aussi creusé un fossé. Cela évitera les inondations au printemps.

Tourangeau confie, de l'air important de celui qui est dans le secret des autorités:

— Il semble même que nos seigneurs en soutane parlent de faire creuser aux corvées un canal pour rendre navigable la petite rivière Saint-Pierre et la relier au lac Saint-Louis*.

— Un canal à La Chine! s'émerveille Jeanne. Quelle magnifique idée!

---

* Voir la carte.

— Si votre fils avait attendu un peu, madame, plaisante Tertio, il aurait pu contourner les rapides au lieu de les sauter.

— L'idée d'un canal est peut-être bonne, intercale Bernadette dont la douceur ne parvient pas à exprimer l'indignation, mais les hommes n'ont pas de temps à perdre en rêvasseries de la sorte, en temps de semences. Il y a pourtant déjà assez de tous les jours chômés.

Jeanne sait par expérience que ces fêtes d'obligation, dont la stricte observance est surveillée de près par le clergé, enlèvent aux habitants un tiers des jours ouvrables pendant la période de travail la plus intensive de l'année, entre la semence et la récolte. Chacun ressent le poids de ces restrictions mais aucun n'ose les critiquer ouvertement ou risquer de s'y soustraire.

Toujours en révolte contre l'autorité, Simon de Rouville, dont la seigneurie éloignée échappait à la juridiction immédiate du clergé, se fichait royalement de ces interdictions rigoristes.

— Te rends-tu compte, disait-il indigné à Jeanne, que nous perdons chaque année quatre-vingts jours en dimanches et fêtes d'obligation? Et qu'avec les jeûnes on nous affame pendant deux mois? Si tu y ajoutes les jours d'abstinence, cela fait cinq mois complets où nous sommes privés de viande*.

Bernadette, les joues rosies par sa désapprobation, balaie d'une phrase les tentatives d'améliorations des sulpiciens:

----

* Exact à cette époque.

— C'est un projet beaucoup trop ambitieux pour un petit peuple comme celui de La Chine.

Elle en arrive à son véritable grief:

— Tertio a encore les mains pleines d'ampoules de sa dernière corvée. Pourtant, ce n'est pas faute de savoir manier la pelle. Comme toujours, il a voulu faire plus que les autres. S'il doit entreprendre un canal, il y laissera ses os.

Tertio tente de modérer l'ardeur de son champion qui ne lui arrive pas à l'épaule. Conciliant, il conclut en riant:

— Nos enfants termineront le canal après nous. Fabien le verra peut-être bien aboutir.

— Doux Jésus! s'exclame Bernadette rappelée à ses devoirs. Parlant de Fabien, les «bessons» doivent mener le bal à cette pauvre madame Blaise. C'est l'heure de la tétée. Rentrons vite!

Les Tourangeau, Rouville et Cormier contournent le moulin perché sur une petite butte dans l'enceinte de la palissade. Sa tour circulaire en pierres des champs constitue une véritable redoute sous son toit conique et ses grandes ailes pacifiques.

— C'est ici qu'on moud notre grain, explique Bernadette à Jeanne. On y fait bonne farine.

— Quand le vent veut bien souffler, spécifie Tertio. Surtout au printemps et à l'automne.

Jeanne sait que la construction d'un «moulin banal» créait souvent le noyau d'une paroisse. En plus de s'y réfugier en cas d'attaque, les cultivateurs étaient tenus d'y apporter leur grain à moudre et de payer une redevance au seigneur. Habituellement, l'église suivait de près le moulin et, ensuite, l'école. Cela avait été le cas pour La Chine, vingt ans plus tôt. Maintenant, la Côte comptait vingt-sept maisons habitées par trois cent soixante-quinze personne. C'était une grosse paroisse.

La longue marche reprend. La luminosité d'une fin d'après-midi d'été fait vibrer les couleurs de la nature toute neuve. Le vert tendre des premières pousses de blé d'Inde, l'or du jeune froment et la floraison joyeuse des boutons d'or et des pissenlits clament la joie de vivre que démentent les regards méfiants lancés inconsciemment à chaque bouquet d'arbres, à chaque bosquet susceptible de masquer un ennemi. Le chemin court parallèlement au fleuve à vingt arpents à l'intérieur des terres, car il passe sur le bout du champ de chaque habitant, reliant les «devantures» et traversant toutes les *emblavures* à la suite. Comme le prescrit le contrat: «Sera tenu ledit concessionnaire laisser Sur le Commencement de sa dite concession un chemin de trente-six pieds Delarge Sur La Largeur d'Icelle, qu'il nettoyera en telle sorte que les charrettes y puissent passer.»

Sophie marche entre Jeanne de Rouville et Honorine et leur explique dans son langage imagé:

— Le chemin est comme la signature de chaque propriétaire. Il y en a des paresseux, comme on voit ici. Tintamarre[†] est bien trop occupé à se chamailler avec sa femme ou ses voisins pour boucher les trous ou arracher les *ferdoches* sur ses trois arpents de route.

— Tintamarre?

— Tout le monde a oublié son vrai nom. Ce surnom lui va si bien! Même son chien est bruyant. Il a des pommiers sauvages au bord du fleuve. Il ne veut même pas nous laisser ramasser les pommes qui choient. À chaque fois il fait un boucan de tous les diables. Il prétend les garder pour ses porcs.

— Cela me semble raisonnable, objecte Jeanne.

— Oui, sauf qu'il n'a pas un seul porc. C'est un vieux grippe-sou détestable.

Sous le ressentiment de la fillette, on devine une guérilla ancienne. Sa violence fait sourire Jeanne. Oui, vraiment, cette pauvre Sophie est bien différente de ses trois sœurs aînées Bernadette, Eulalie et Perrine.

Soudain Tertio s'arrête pour faire rouler un gros caillou jusqu'en bordure du fossé. La route balisée de pieux solides est bien entretenue. Les vaches tournent d'elles-mêmes sur le petit chemin qui suit le fossé commun et mène à la grange rustique.

— Ici, c'est notre *emblavure*, annonce Bernadette avec fierté. Elle fait ses adieux à la ronde et se hâte vers la maison d'où émerge un duo de rage enfantine. L'heure de la tétée est passée depuis longtemps. Tout en courant, elle dégrafe son corsage et on entend sa voix rassurante:

— Me voilà, les *bessons*! Voilà maman!

Madame Blaise est relevée de son gardiennage. Honorine a obtenu aisément la permission de coucher chez les Cormier. Sa mère poursuit sa route avec les Tourangeau vers le domicile de ces derniers. Sophie et Honorine annoncent:

— Nous allons faire un bout d'escorte à madame de Rouville.

— N'allez pas plus loin que le fort Rolland, recommande Tertio les bras chargés de ses deux fillettes endormies.

— Nous dévierons aux palissades, promet Sophie. Elle ne peut s'empêcher de taquiner son pacifique beau-frère:

— À moins que tu n'aies besoin de quelque denrée rare au magasin des Rolland?

Une rivalité amicale existe entre les deux commerçants, qui ajoutent tous deux à leurs marchandises de traite des articles de première utilité pour les colons. Cependant Tertio est un pauvre petit marchand, alors que François Lenoir, dit Rolland[†], avec ses cinq domestiques et ses dépendances, est de loin le plus gros fournisseur de La Chine.

C'est même pour protéger ce commerce qu'il a dû prendre femme quelques années auparavant. L'intendant Talon, pour encourager le peuplement de la colonie, avait défendu aux hommes non mariés les privilèges de la chasse, de la pêche, et surtout le trafic avec les Sauvages et l'entrée des bois, essentiels à un traiteur.

Rolland, célibataire endurci, avait dû s'engager à prendre femme trois semaines au plus tard après l'arrivée du prochain vaisseau de France. Il avait tenu sa promesse et épousé en 1673 la fille nouvellement débarquée d'un ancien officier de la maison du Roy, Marie-Magdeleine Charbonnier*.

— Nous avons tout ce qu'il nous faut chez nous, grogne Tertio à qui sa défunte mère a légué son manque complet d'humour en plus de ses cheveux pâles et de sa stature imposante. C'est d'ailleurs le seul défaut que Sophie peut reprocher aux quatre cadets des Cormier. Leur demi-frère Menfou, par contre, a reçu plus que sa

---

* Incident authentique.

part de l'esprit sarcastique de leur père Félix-Damien Cormier de Villefoy, dit la Fleur d'épée.

Sophie a mis ses lunettes et observe le sol poussiéreux d'un œil critique. Elle se penche et lance près du fossé tous les cailloux qui lui semblent trop encombrants.

Ce bout de route est celui des Cormier et elle en est partiellement responsable. Pierrot et elle n'ont-ils pas passé des heures à réparer les dégâts du dégel, au printemps, sur leur portion du «Chemin du Roy»?

4

Cinq jours plus tard, une grande effervescence régnait chez les Cormier. On y projetait une fête pour célébrer le passage de la famille Rouville à La Chine et le retour de Nicolas après dix mois d'absence. Bernadette, aidée de Jeanne de Rouville, de madame Blaise et des deux fillettes, Sophie et Honorine, préparait un banquet. On le servirait suivant l'habitude chez tous les marchands, dans le magasin attenant à la maison.

Le Tondu et Jean-Marie, benjamin des Cormier, étaient revenus la veille d'une chasse fructueuse. Le chevreuil et les lièvres qu'ils rapportaient feraient les frais du festin.

Autre aubaine inespérée, qui aurait pu facilement tourner au désastre, ce même jour, une nuée de *tourtes** s'était abattue sur les champs, menaçant de dévorer les récoltes. Les Lachinois étaient entrés en guerre tel un régiment bien entraîné. Les femmes agitaient des couvertures ou frappaient sur des casseroles. Les enfants couraient

---

* Tourterelles.

en hurlant, bras étendus entre les rangs de blé d'Inde, levant des nuages d'oiseaux affolés dont le battement d'ailes les effrayait un peu. Les plus âgés lançaient des pierres, faisant mouche à tout coup parmi les oiseaux entassés. Tous les mousquets de la région crépitaient en même temps, abattant les *tourtes* par dizaines.

Devant cette contre-attaque concertée, les envahisseurs avaient fui dans un envol bruissant pour aller fondre sur d'autres *emblavures* moins bien défendues. Ils abandonnaient des champs presque indemnes, laissant derrière eux des centaines de cadavres blancs ensanglantés. Les habitants essoufflés avaient clamé leur victoire et rapporté à leur maison une manne ailée. Elle compenserait en pâtés savoureux pour les quelques dégâts à leur récolte.

Les Lachinois pouvaient se compter chanceux. Il y eut plusieurs occasions où l'invasion avait été si massive que l'évêque du Canada s'était vu contraint de faire des prières publiques pour exorciser ces bestioles indésirables.

— Avec tous ces oiseaux, nous n'aurons pas besoin de tuer de poules, avait jubilé Bernadette, économe.

Sophie, Honorine et Pierrot, dans le duvet jusqu'aux genoux, avaient plumé les *tourtes*, aidés de Jean-Marie, tout heureux de la compagnie de si jolies demoiselles. À seize ans, déjà un homme avec la carrure imposante de ses aînés et leurs cheveux blonds presque blancs, l'adolescent encore imberbe jouait les conquérants. S'il coulait des yeux doux vers Honorine qui minaudait, c'était pour attirer la jalousie de Sophie, la seule qui comptait à ses yeux.

La petite Quesnel continuait sa politique habituelle

de le mener par le bout du nez, aussi à l'aise avec lui qu'avec ses sœurs, trop familière pour voir en ce garçon autre chose qu'un frère. Jean-Marie attendait patiemment son heure, convaincu depuis toujours que l'avenir les destinait l'un à l'autre.

Les femmes avaient fait boulangerie pendant deux jours dans la chaleur du fournil. Beaucoup de tâches domestiques s'accomplissaient dans cet appentis adossé au logis: la cuisson du pain, le barattage du beurre, l'enroulage du tabac et le cardage de la laine. Les cuisinières y confectionnaient pains, tourtières et gâteaux à l'arôme alléchant.

Jeanne, plus fortunée que les Cormier, avait fourni sa large part des victuailles. Son époux et son fils seraient parmi les invités.

La délégation d'Iroquoisie retournait chez elle, vers les contrées d'amont. Plusieurs Montréalais, dont les Rouville, lui feraient escorte jusqu'à La Chine d'où ils la laisseraient remonter le Saint-Laurent. Ils se contenteraient de la surveiller de loin pour prévenir toute incursion de la part des jeunes guerriers de la troupe, plus enclins à l'embuscade qu'aux ambassades.

Simon et Nicolas de Rouville, le capitaine Viateur du Nord et plusieurs autres souperont chez Tertio. Pierre Cormier, dit Primo, et son épouse Clairette, parents de Pierrot, profiteront de l'occasion pour amener de Ville-Marie un chariot à bœuf rempli d'approvisionnement pour le magasin de La Chine, succursale de «Cormier et Fils, Fournitures générales» de la rue Saint-Paul.

L'unique pièce de la maison résonne d'appels et de rires, du braillement des bébés, des espiègleries d'Angèle et de Barbe. On réclame aux hommes plus de bois et encore plus d'eau du puits ou du fleuve. Tertio, Jean-Marie, Tondu et même Pierrot s'empressent à des corvées entre les travaux des champs.

Personne ne regimbe à l'effort. Tous les voisins ont obligeamment prêté des plats, des casseroles et des chaises. Chaque réunion sociale est un événement dont les détails seront ressassés pendant les mois à venir.

Un garçonnet au teint brun, évidemment un Indien, vient dans l'après-midi porter avec précaution un panier contenant douze assiettes de faïence fleurie.

— Qui est ce bel enfant? demande Jeanne lorsque le gamin s'éloigne en bondissant, mordant à pleines dents une galette offerte par Dosithée Blaise.

Bernadette, enfarinée jusqu'aux coudes, répond distraitement en pétrissant sa pâte:

— C'est un Panis*, l'esclave des Chartier. Marguerite me prête ses assiettes en échange de ma casserole de cuivre pour faire ses confitures.

— Un esclave à La Chine! s'exclame Jeanne, indignée. Quelle misère!

— Mais non, la rassure Bernadette qui n'a pas sa soif de liberté. Ne vous apitoyez pas. Il est très bien traité, comme un membre de la famille.

— Il vient à l'école avec moi, renchérit Pierrot.

— Et il lit mieux que tous les élèves de la classe, note Sophie avec satisfaction. Elle ajoute en elle-même: «Ça leur apprendra, à ces Visages pâles... Je pense en

---

* Peuplade originaire de l'Arkansas. Plusieurs esclaves canadiens étaient panis.

Menfou», constate-t-elle avec le petit frisson qui accompagne chaque allusion à celui qu'elle aime sans même s'en rendre compte.

Le sieur Simon de Rouville arrive bon premier. Il enlace impétueusement son épouse et l'embrasse avec une fougue qui scandalise un peu Bernadette, encore prude. Il appuie son mousquet près de la porte, à côté de celui de Jeanne. Celle-ci, bien endoctrinée, ne va nulle part sans son arme, excepté dans les rues de Ville-Marie. Simon a perdu une première femme aux mains des Iroquois. Il n'a pas l'intention de leur sacrifier la seconde*.

Le visiteur dépose avec soin deux cruches de vin d'Espagne sur le bord de la fenêtre et jette son sac à dos dans un coin. Il s'assoit à la table, sort sa pipe et sa blague à tabac, et s'exclame de sa voix forte:

— Comment est ma «fille du Roy»? Tu dois me narrer en détail tout ce qui t'est advenu depuis notre séparation. Je t'ai laissé amplement de temps pour vivre de nouvelles aventures.

Jeanne, habituée à ces exigences devant lesquelles Bernadette serait atterrée, entreprend un récit animé de l'arrivée des Iroquois. Tout en parlant, elle coupe des choux en gestes précis. Sophie pèle les pommes de terre près d'elle, ses lunettes sur le bout du nez. Elle ne perd pas un mot de cet échange. La petite orpheline voit l'image de ce qui lui semble le mariage idéal, une camaraderie amoureuse où chaque retrouvaille est une reconquête. En comparaison, la placidité des Cormier et de leurs épouses paraît fade à ses yeux inexpérimentés.

---

* Voir *Jeanne, fille du Roy*.

Honorine, assistante-éplucheuse, est habituée depuis toujours à ces épanchements tout à fait naturels dans sa famille.

Jeanne en est arrivée à l'escapade de Nicolas, «ce faraud sans cervelle à qui je frotterai bellement les oreilles lorsque je l'aurai sous la main».

— Justement, interrompt Simon en allumant sa pipe à un tison de l'âtre, ce même faraud sans cervelle attend, fort marri, derrière le battant de la porte pour voir un peu si sa mère le veut battre ou enlacer.

— Nicolas! crient en même temps Jeanne et Honorine.

La porte s'ouvre pour des embrassades où il n'est question ni de frottage d'oreilles, ni de Grand Sault et encore moins de reproches. Le garçon est décharné mais alerte. Ses yeux verts si semblables à ceux de son père et de sa sœur brillent de larmes contenues. Jeanne l'a toujours dit: «Comment résister à des yeux verts?»

Elle tire affectueusement les cheveux noirs et raides retenus sur la nuque par un lacet de cuir et lui secoue la tête en grondant:

— Grâce à toi, j'ai sauté les rapides Saint-Louis en esprit. J'espère que nous n'en ferons pas une habitude.

Nicolas sourit par-dessus l'épaule maternelle. Son regard rencontre celui de Sophie, tout embué d'émotion. Il s'exclame:

— Mais n'est-ce pas mademoiselle Quesnel, cette délicieuse créature que j'aperçois là? Sophie, vous voilà diantrement enjolivée et ces lunettes vous sont un charme de plus.

Il s'avance galamment pour baiser la main rugueuse et sale que Sophie n'a pas eu le temps de cacher sous son tablier. Elle sourit en rougissant, flattée de ce vou-voiement nouveau qui la classe maintenant au rang des jeunes filles. Elle s'amuse du compliment habile où elle décèle des traces de l'influence de cet incurable courtisan Hugo de Rupalest.

Nicolas de Rouville pratique les manières galantes qui manquent à son père. Comme l'a si bien deviné Sophie, elles sont copies fidèles des façons exquises du Parisien dont il est grand admirateur. Cela a d'ailleurs été une déception pour Nicolas de ne pas retrouver à Ville-Marie ce compagnon extravagant de leur expédition à la baie du Nord. Rupalest était, paraît-il, reparti pour Paris régler des problèmes de famille et présenter ses hommages à son souverain Louis XIV.

Honorine reçoit sa part des galanteries adressées à son amie. Nicolas a laissé des fillettes gauches et dégin-gandées, voilà un an. Il retrouve des adolescentes. Elles sont bien avenantes, les jolies demoiselles, avec leur taille mince, leurs longues jambes et des petits seins aguichants pointant sous le corselet lacé. Leurs cheveux ondulent miraculeusement, grâce à une nuit misérable la tête héris-sée de bigoudis de guenilles enroulés à la manière de Per-rine. Les boucles sombres d'Honorine, les brunes de So-phie s'échappent des bonnets de dentelle à rubans, autre héritage de l'élégante mercière. Les gros bas blancs et les *souliers de bœuf* * rappellent qu'on a affaire à des filles de la campagne. Elles n'auront pas droit aux fines chaussu-res de cuir tant que leurs pieds n'auront cessé de grandir.

---

* Prononcer: souliers de «beu». Ils étaient confectionnés de peaux d'animaux morts sur la ferme, chevaux ou bœufs.

Nicolas est lui-même accoutré de neuf par les soins de son père qui l'a amené dans les boutiques de Ville-Marie et l'a revêtu d'un pourpoint de drap, d'un pantalon élégant et de bottes de cuir. Finis pour un temps les vêtements de daim, les mocassins légers et du même coup la belle liberté des forêts. L'aîné des Rouville vient d'être accepté dans les troupes de la Marine comme «cadet à l'aiguillette», titre donné aux fils de famille qui font leur entraînement avant d'être nommés officiers. Nicolas ira recevoir sa formation en France et reviendra poursuivre sa carrière militaire au Canada. Cette bonne nouvelle l'attendait à son retour du fort Katarakoui.

Pressé de questions par sa mère, sa sœur et Sophie, le jeune homme relate les misères et l'héroïsme de ce dur hivernement. Raconté au milieu de cette abondance de plats mijotants et d'odeurs appétissantes, le récit de ces gens morts de faim n'en paraît que plus terrible.

Bernadette, le dos discrètement tourné, nourrit ses bébés goulus. Des larmes de compassion coulent sur le duvet blond de leur tête. Elle les serre contre son cœur, espérant pouvoir les protéger toute leur vie des rigueurs du pays rude où ils sont nés.

5

Peu à peu les autres invités arrivent. Pierrot accueille ses parents avec une exubérance surprenante de sa part. L'exemple des démonstrations enthousiastes des Rouville a laissé sa marque.

Trois couples de Lachinois se joignent aux convives. Il y a d'abord les Dalny, dits Tourangeau de la Grande-Anse, hôtes de Jeanne chez qui les Rouville retourneront coucher après la soirée. La perspective de ce départ en force avec deux coureurs des bois experts comme Simon et Nicolas de Rouville, sans compter Jeanne armée de son mousquet, rassure tout le monde.

René et Marguerite Chartier [†] se présentent ensuite, un vieux mari et sa jeune femme. Ce sont les maîtres du jeune Panis. Jeanne les observe, se demandant comment on peut vivre avec un esclave sous son toit. Sophie, taquine, chuchote à l'oreille de Bernadette:

— Madame Chartier vient compter les assiettes qu'elle t'a prêtées.

Puis Jean Moufflet dit Champagne [†] et son épouse Anne Dodain font leur entrée. On raconte à leur sujet que

Moufflet avait résilié un contrat de mariage avec sa fiancée pour en signer un nouveau, le même jour, devant les mêmes témoins et chez le même notaire, avec mademoiselle Dodain qu'il trouvait plus séduisante. Ils se sont établis à La Chine. L'échange semble lui avoir réussi car ils élèvent de nombreux enfants*.

À la dernière minute, le capitaine Viateur du Nord et le lieutenant Beaune font leur apparition, à cheval tous deux. Décidément, le marquis de Denonville ne recule devant aucune extravagance pour impressionner les Iroquois par des escortes montées. Le Tondu installe les bêtes dans la petite grange de troncs d'arbres et se propose de veiller sur elles. Les «orignaux dociles» pouvaient très bien présenter une tentation irrésistible pour les Sauvages.

Le Tondu, rancunier, n'entretient aucune illusion au sujet des Iroquois, qu'ils soient ambassadeurs ou pilleurs. Ils l'ont scalpé autrefois. Il a survécu grâce au secours du père des Cormier et aux bons soins de mademoiselle Jeanne Mance à l'Hôtel-Dieu. Été comme hiver, il dissimule son affreuse calvitie sous une tuque de laine rouge.

Les muscles de son visage, partiellement sectionnés par l'opération brutale, se sont affaissés, comme il arrive parfois aux rares survivants. Cela lui donne une expression morose, une bouche aux coins abaissés comme pour pleurer. Une grosse moustache grise et raide n'égaie pas le tableau. Cependant, cette contenance déprimante cache une humeur agréable. La seule rancœur du Tondu se manifeste contre ses bourreaux auxquels il ne pardonne pas, malgré les exhortations de ses confesseurs.

---

* Incident authentique.

Son mariage tardif à Dosithée Blaise, elle aussi victime et captive des Sauvages, a transformé sa vie. Peu lui importe que la Dosithée soit piètre ménagère, qu'elle tienne maison à l'iroquoise et lui fasse avaler d'affreuses concoctions. Elle sait le faire rire, ignore cavalièrement ses ordres et le rend heureux.

L'argent offert si inopinément par Menfou Carcajou avant son départ pour l'Iroquoisie leur assure l'indépendance. Ils habitent une cabane rustique au bord du fleuve, sur l'emblavure de Tertio Cormier, et retrouvent dans la jeune famille les petits enfants qu'ils n'auront pas.

Après une ronde d'inspection prudente autour de la maison d'où émergent des éclats joyeux, le Tondu entre participer aux réjouissances. On s'installe autour des tables de planches dressées sur des tréteaux et recouvertes de toutes les nappes et draps du trousseau de Bernadette. La *bancelle** du magasin, appuyée au comptoir, sert de siège; des bûches coupées suppléent aux chaises insuffisantes. Harnais de cuir, gibecières et pièges festonnent les murs. Une rangée d'étagères monte jusqu'au plafond, encombrée de toutes les marchandises nécessaires aux trappeurs et aux chasseurs. Bernadette s'est réservé un coin où elle écoule le restant du stock de son ancienne mercerie de la rue Saint-Paul: pièces de cotonnades, bobines de fil, rubans et boutons.

Les douze assiettes de faïence sont remplies et vidées plusieurs fois, ainsi que les écuelles de terre cuite destinées aux invités de moindre importance. Les Cormier possèdent assez de cuillères et presque assez de fourchettes

---

* Genre de banc long et étroit.

pour tout le monde. Les couteaux sont une autre affaire. Heureusement, plusieurs convives ont apporté leur *jambette** et s'en servent pour beurrer le pain et piquer la viande.

Les femmes courent dans un va-et-vient incessant entre le magasin où l'on festoie et la grande salle de la maison attenante où l'on cuisine. Les ragoûts mijotent dans des casseroles pendues à la crémaillère ou posées sur des grils à trois pattes sous lesquels on glisse des braises. Pierrot, cramoisi, est accroupi devant l'âtre et manipule le soufflet, conscient de l'importance de sa mission.

Le vin coule à flots dans les gobelets d'étain. On boit à la santé du Roy et à celle des dames, après quoi tout est prétexte à jouer du coude. La petite Angèle, solidement attachée dans la chaise haute confectionnée par son père, contemple la scène avec des yeux ronds.

Sommés de raconter les «iroquoiseries» auxquelles ils ont assisté à Ville-Marie, Simon de Rouville et Viateur du Nord en donnent chacun une version. Ils sont d'accord pour convenir que rien n'a été épargné pour charmer les délégués par des présents, de bons repas, de beaux logements.

Le gouverneur de Denonville a habilement ouvert les pourparlers en avouant n'en pas voir l'utilité: Dongan lui avait écrit à plusieurs reprises que les Iroquois, étant sujets britanniques, se trouvaient soumis au gouverneur de New York et au roi d'Angleterre. «C'est donc aux Anglais qu'il eût fallu vous adresser», conclut le très habile marquis.

---

* Aussi appelée flatin. Couteau dont la lame se replie dans le manche (un canif).

Suivant la coutume protocolaire des Indiens, le chef Otréouati, piqué au vif, attendit au lendemain pour riposter. Ce délai assurait le calme et la pondération dans les débats oratoires chez les «Cinq Nations».

— Il serait à souhaiter que nos politiciens adoptent cette retenue, raille le sieur de Rouville qui n'est pas toujours lui-même le dernier à s'emporter. Il raconte:

— Otréouati a réaffirmé l'indépendance des Iroquois en proclamant: «Dieu, Créateur du monde, nous a donné un pays qui n'appartient qu'à nous seuls. Nous ne sommes ni français, ni anglais, n'ayant jamais été vaincus par les uns ou les autres.» En vérité, Grande Gueule est un magnifique orateur et un fin politique. Denonville lui-même a dû admettre «qu'il n'était Sauvage que de nom».

Viateur du Nord acquiesce:

— C'est la plus forte tête et la plus forte voix des Iroquois.

— D'où lui vient ce nom approprié de Grande Gueule?

— Un de ses noms était Grangular, dans sa langue. La transposition a été facile. Il y a trente ans, lorsqu'il était un jeune guerrier, Otréouati a été incarcéré à Ville-Marie avec huit Onnontagués prisonniers de guerre. Ils se sont enfuis en rompant les barreaux de fer de la fenêtre. Les Sauvages n'oublient jamais les injures. Trois ans plus tard, Otréouati a pris le sentier de la vengeance avec trente guerriers. Ils ont surpris un sulpicien qui travaillait aux champs de céréales avec d'autres Français. Les Sauvages ont tué deux hommes et amené des captifs pour les brûler. Un des morts était le sulpicien, dont Grande

Gueule a endossé la tunique noire. Il s'est pavané ainsi, brandissant la tête de sa victime sous les regards des habitants de Montréal pour les narguer. Ça ne l'a pas empêché de signer depuis plusieurs traités de paix avec les Français*.

— Il est assez difficile de se fier à la bonne foi d'un tel ambassadeur.

— En effet! D'autant plus qu'hier encore, Grande Gueule a laissé planer le spectre des ravages possibles de ses guerriers contre la colonie vulnérable. «Vous ne pouvez défendre à chaque instant chaque camp, chaque maison», a-t-il déclaré.

Les convives frissonnent à cet écho de leurs craintes les plus secrètes. Viateur du Nord affirme avec condescendance:

— En vérité, les Iroquois n'ont pas encore mesuré l'efficacité de nos nouvelles défenses, de nos nombreux forts et des trente-cinq compagnies de la Marine qui les garnissent. Les Sauvages auront la surprise de se voir culbuter de belle manière.

— Finalement, conclut Rouville, Grande Gueule a exigé le retour des galériens de France. C'était l'appât du gouverneur.

— Monsieur de Denonville n'attendait que ça pour paraître l'obliger, renchérit l'aide-de-camp. Une missive réclamant le rapatriement des prisonniers est déjà en route vers la France. En échange, le gouverneur demande que des propositions d'alliance franco-iroquoise soient discutées en juillet, lors de l'assemblée

---

* Authentique.

annuelle des cinquante «sachems» des «Cinq Nations*».

— Ces Sauvages ont un parlement démocratique qui ferait envie à plusieurs peuples civilisés, intercale Rouville. Otréouati s'est engagé à rapporter le verdict de ses compatriotes à la dernière lune d'août.

Il a signé une sorte d'accord préliminaire, un vrai parchemin à la manière iroquoise, rempli de symboles dessinés. Tous les délégués présents y ont apposé leur totem, même les interprètes.

— Donc, interrogent anxieusement les convives, on peut espérer la paix? Est-ce Dieu possible?

— Après tous nos malheurs, voilà enfin de quoi nous ragaillardir. Mes amis, buvons à la paix!

— Qu'elle dure et dure et perdure toujours!

— Buvons à la fin des épidémies!

Ce vœu pieux arrive un peu tard. L'automne précédent, cinq cents personnes étaient mortes dans la colonie des «fièvres ardentes et pourpres», comme on appelait la rougeole.

Tertio et les Lachinois cultivateurs proposent un toast à une bonne récolte, après deux mauvaises. Primo, marchand intéressé, boit à la prospérité économique. Son commerce est affecté par un chômage dû à la disette de fourrures. Les Iroquois empêchent la traite et bien des gens en sont réduits à l'assistance publique.

Chacun y va de sa suggestion. On célèbre le nouveau grade militaire du «cadet à l'aiguillette», Nicolas, et le

---

*Onnontagués, Onneyouts, Agniers, Goyogouins et Tsonnontouans. Les Tsonnontouans sont appelés Senecas par les Anglais, et les Agniers, Mohawks.

mousquet de sa mère. Jeanne porte une santé «aux fils dignes de leurs pères», ce qui amuse Simon. Bernadette suggère «la famille», et Clairette souhaite «du soleil tout l'été», ce qui fait sourciller les cultivateurs. Finalement, on arrive bruyamment au fond des cruches et à la seule qui n'a encore rien dit.

— Sophie, c'est ton tour! Voilà la dernière lampée. Pour quelle cause désires-tu nous faire boire?

La fillette se lève; son regard vague de myope parcourt l'assemblée d'amis aux traits flous. Par une économie un peu folle, elle ne porte jamais ses lunettes pour manger, les réservant à des tâches utilitaires. L'étrange grain de beauté entre ses sourcils arqués souligne son front bombé et la forme allongée de ses yeux gris.

Sophie tend son gobelet vers le plafond, se recueille et propose au milieu des acclamations le toast qui lui paraît le plus important de tous:

— Je lève mon verre à tous ceux qui s'aiment.

6

À plusieurs reprises pendant le souper l'un ou l'autre des hommes s'était levé, avait empoigné son fusil près de la porte et était sorti discrètement pour une tournée d'inspection. C'était routine pour le colon. Seule l'épouse tendue guettait anxieusement le retour de son mari.

On nettoya les tables et on les rangea le long du mur. Les dîneurs émoustillés ne demandaient qu'à danser. Faute d'instruments de musique, on improvisa un orchestre de fortune: une casserole, des cuillères de métal, une cruche vide dans laquelle un artiste soufflait en cadence. Toute la compagnie chantait à tue-tête pour s'accompagner dans les rondes, la chaîne des dames ou le quadrille. Viateur du Nord, ne pouvant danser à cause de sa claudication, fut embrigadé pour battre le tambour sur la table de bois.

Le vacarme réveilla les bébés qui mêlèrent leurs hurlements à la cacophonie. Sophie se dévoua pour les rassurer. Elle apporta une chandelle dans la maison et s'installa sur un tabouret près du ber dans lequel les jumeaux, tête-bêche, reposaient tous les deux. Elle les berçait du bout du pied en fredonnant l'aventure de la bergère légère.

Comme elle avait été habituée à ne jamais perdre son temps, elle attira l'*ouragan* *, y prit une chaussette trouée et s'appliqua à la ravauder. Malgré ses lunettes, elle travaillait le nez sur son ouvrage, à la mauvaise lueur vacillante de la chandelle.

Peu à peu les petits, rassurés par sa présence, s'accoutumèrent au bruit. Nicolas vint galamment la chercher avec, sur les talons, Jean-Marie dépité de n'y pas avoir pensé le premier. Sophie accrocha soigneusement son étui à lunettes à la patère et passa dans le magasin où elle fut conquise à son tour par le plaisir de la danse.

Elle tournoyait, légère et essoufflée, chantant à pleine voix, redevenue pour quelques heures la petite fille insouciante qu'elle oubliait souvent d'être.

À minuit, l'épuisement terrassa les plus enthousiastes et la soirée se termina. On sella les chevaux et les deux officiers escortèrent les Chartier et les Moufflet jusqu'à leur demeure avant de revenir passer la nuit au fort Rolland.

Les Tourangeau et les Rouville, y compris Honorine qui repartait avec ses parents, emprunteraient une barque au fort pour continuer jusqu'à la Grande Anse **, car la route n'était pas encore ouverte jusqu'à ce bout de la paroisse.

La nuit était belle, le chemin éclairé par la pleine lune, et le groupe comptait plusieurs mousquets. On espérait qu'aucun guerrier iroquois n'oserait compromettre une paix que ses chefs discutaient depuis plusieurs jours.

---

* Panier à ouvrage fait d'écorce.
** Pointe-Claire.

Le Tondu et son épouse descendirent vers leur cabane au bord du fleuve, bras dessus, bras dessous comme des jouvenceaux. Primo et Clairette s'installèrent sur des paillasses dans le magasin. Pierrot, avide de nouveauté, abandonna le grenier pour s'étendre près d'eux.

Sophie grimpa l'échelle de la soupente et referma la trappe derrière elle. Il était bien rare qu'elle ait une chambre pour elle seule et cela lui parut le summum du luxe. Elle repoussa le volet de bois qui fermait l'unique petite fenêtre sans vitre orientée vers le sud. Les eaux argentées du fleuve miroitaient au loin sous la lune.

Dans le noir, elle enfila sa longue robe de nuit de coton. Elle hésita un instant au moment de compléter sa routine et de natter ses cheveux pour se coucher. Heureusement, Bernadette n'insistait pas pour lui faire porter en toutes saisons le bonnet de nuit sans lequel une honnête femme ne pouvait songer à poser sa tête sur l'oreiller. On ne dormait pas *en cheveux*, à l'époque.

Tant pis pour le décorum, Sophie était trop fatiguée et ses boucles trop laborieusement gagnées pour être emprisonnées dans des tresses.

La petite fille tire son matelas rempli de paille devant la fenêtre basse et s'étend à plat ventre dans un rayon de lune, la tête encore pleine de chansons. Un rectangle jaune s'allume soudain au bord de l'eau. Tondu et son épouse étaient arrivés au foyer. Très vite, cette lumière fut soufflée. La Dosithée ne croyait pas au gaspillage de chandelles, ayant appris à s'en passer pendant un quart de siècle.

Une brise légère dispersait les insectes. Le temps des exécrables mouches noires était passé. Un concert nocturne de *criquets** et de grenouilles emplissait la nuit chaude. Les minuscules lanternes des «mouches à feu» dansaient ici et là. On distinguait à peine les étoiles éclipsées par la pleine lune.

«La même lune pour tout le monde», pensa Sophie avec émerveillement. Comme elle en avait vu des pays, des gens et des choses, cette bonne vieille figure blafarde. Elle éclairait même, à cet instant précis, tout le pays des Tsonnontouans, toutes leurs bourgades, les longues maisons et les forêts où dormaient les chasseurs. «Si on pouvait communiquer à travers elle», soupira Sophie toujours prête à adapter à des situations concrètes ses rêves les plus romantiques.

C'est un peu à la lune, comme une païenne, que la fillette adressa une vague prière du soir. Elle s'endormit avant de l'avoir achevée, la joue appuyée sur son bras replié.

Une heure plus tard, elle ouvre soudain les yeux avec une impression de malaise. Immobile, figée, elle cherche la cause de cette inquiétude lorsqu'un léger projectile atterrit sur son dos. Le cœur battant, elle se recule rapidement, sans lever la tête. Avec un petit bruit sec, un nouveau caillou la frappe à la main. Rigide, l'oreille tendue, elle fixe avec angoisse le carré de ciel découpé dans le mur, s'attendant à y voir surgir une forme emplumée.

— Psstt! siffle imperceptiblement une voix sous la fenêtre. Et, si bas qu'elle croit l'avoir imaginé, elle perçoit son nom:

— Sophie!

---

* Canadianisme pour grillons.

Et un peu plus fort, une appellation familière:

— Otsi'nió:karon*!

Aussitôt, prudence et frayeur oubliées, elle se précipite à la fenêtre. En bas, éclairé par la lune, la même silhouette emplumée qu'elle redoutait lève vers elle un visage bariolé fendu d'un large sourire. Un doigt devant les lèvres enjoint au silence.

— Menfou! murmure Sophie,

L'homme va au fossé proche, se penche et en retire le tronc d'arbre qui sert d'échelle à Sophie et dont l'existence est un secret partagé avec la seule Dosithée. Sophie s'échappe parfois pour un bain clandestin dans le fleuve, pendant la chaleur des nuits d'été, en compagnie de madame Blaise que cette audace ne scandalise pas, bien au contraire. Ces soirs-là, la jeune aventurière sort la dernière, sous le prétexte d'aller à la latrine. Elle range le tronc d'arbre le long de la maison et en attache la tête à une corde dont l'autre extrémité pend de son volet.

Lorsque Tertio a terminé sa tournée vigilante et que la maisonnée roupille, Sophie tire doucement sur la corde et appuie le bout de l'arbre sur le rebord de sa fenêtre. Elle a fixé quelques morceaux de bois transversalement au tronc au moyen de lanières de cuir. Ils lui servent d'échelons rudimentaires pour descendre et remonter allègrement du sol à la soupente.

La Dosithée a dû mettre Menfou, son ancien époux tsonnontouan, dans ses confidences, puisqu'il n'a pas hésité un instant. Il redresse le poteau de bois et l'adosse au mur, sans bruit. Puis il attend, tête levée, les poings

---

* Taupe: surnom donné par Menfou lorsque Sophie était petite.

sur les hanches, ne doutant pas un instant qu'elle ne descende.

Sophie tend la main vers sa jupe pendue à un clou au mur. Puis elle se ravise. S'habiller serait trop long. Elle attrape au vol son châle de laine noire, le jette sur ses épaules et enjambe la fenêtre en robe de nuit sans une pensée pour sa réputation, la bienséance ou l'opinion des autres. Menfou l'a appelée, Menfou l'attend. Cela lui suffit.

Dès que ses pieds nus touchent le sol, l'homme retire l'échelle improvisée et la dépose près du mur.

— Tu sauras la replacer? demande-t-il en guise de salutation.

Sophie fait signe que oui, trop émue pour parler. Comme il paraît féroce, vu de près, avec ses barres rouges et blanches sur le front et les joues, et cette ligne noire qui commence entre ses sourcils, suit l'arête de son nez, traverse ses lèvres et se poursuit jusqu'à sa pomme d'Adam. Elle ne distingue pas les détails de sa coiffure, toute rassemblée sur le côté gauche d'où se dressent deux plumes rouges.

— Viens! ordonne Menfou en lui agrippant le poignet. Il l'attire vers l'ombre des deux arbres que Tertio a fort imprudemment conservés sur son emblavure, entre le fleuve et la maison. Bernadette ne pouvait se résigner aux champs dévastés conseillés par la prudence. Sophie suit son ami sans hésiter, confiante, les yeux brillants de joie. L'étreinte vigoureuse sur son bras lui brûle la peau. Sans un mot, il l'entraîne jusqu'aux joncs qui bordent le fleuve. Veut-il l'enlever? L'amener en canot dans son lointain royaume iroquois? Elle le suivrait volontiers au fond des forêts, au bout du monde.

Hélas! Il ne va pas plus loin que la berge. Lâchant son poignet, il s'accroupit parmi les hautes herbes avec l'aisance d'une longue habitude. Toujours en silence, il tapote le sol devant lui. Sophie s'assoit à son tour, les genoux bien collés repliés sous elle. Nerveusement, elle serre son châle autour de ses épaules. Un remords tardif lui fait entrevoir la consternation de Bernadette et Tertio s'ils l'apercevaient à cet instant, dehors, seule en robe de nuit dans l'obscurité. Déjà le scandale est immense, mais il le devient encore plus quand on constate que son inter-locuteur est un Sauvage à demi nu qui lui serre les mains avec affection et la dévisage au clair de lune. Un sourire heureux détend les lèvres de Sophie.

Menfou murmure en laissant retomber les petites mains tremblantes:

— Asanaki* m'avait affirmé que tu n'aurais pas peur, que tu ne crierais pas.

Son ton satisfait vaut tous les éloges. Il continue, comme si leur rencontre avait lieu dans un salon:

— Je suis venu aux nouvelles.

— Madame Blaise... Je veux dire Asanaki ne t'en a pas donné?

— Elle m'a surtout questionné sur la vie chez les Ours, sur ses amis là-bas, sur les ragots de la bourgade.

Menfou chuchote, mais ce n'est pas la raison pour laquelle Sophie a peine à reconnaître sa voix. Il parle avec un accent étrange, guttural, qui éveille de vagues souve-nirs. N'est-ce pas la manière dont s'exprimait madame Blaise, à son arrivée d'Iroquoisie? C'est le langage de

---

* Nom donné par les Iroquois à Dosithée Blaise.

quelqu'un qui n'a pas employé le français depuis long-temps. C'est surtout une imitation fidèle de la prononciation d'un Tsonnontouan servant d'interprète et voulant éviter d'être reconnu par des interlocuteurs trop familiers, comme Viateur du Nord ou Simon de Rouville. Emplumé, *mattaché*, méconnaissable, Xavier Cormier a rempli un rôle effacé auprès de «sachems de moindre importance». Il a été ce que les Français appellent un *truchement*, un interprète. Sa grande audace a été de circuler dans la ville, de pénétrer dans la résidence du gouverneur alors que sa tête est mise à prix et qu'un mandat d'arrestation pèse sur lui.

C'est ce qu'il explique avec jubilation à Sophie.

— Mon plus beau triomphe a été de tracer solennellement mon totem au bas du parchemin maintenu par Viateur en grand uniforme. J'espère pouvoir le lui dire un jour.

— Mais alors, fait Sophie tout à coup, l'Iroquois qui a passé le Grand Sault, c'était toi?

— Hé oui, ma mie! Il le fallait bien pour sauver l'honneur de nos plumes de guerre. Et pour racheter l'imprudence de ce jeune fou de Rouville que le diable emporte*.

Menfou n'a jamais surveillé son langage devant elle, ce que Sophie considère comme un acte de confiance. Il est secoué d'un rire narquois:

— C'était d'ailleurs une excellente revanche contre mon rameur avant, ce pauvre La Tortue qui s'est retrouvé dans le torrent avant de s'y reconnaître.

---

* Voir *La baie du Nord*, deuxième volume de la série «Les coureurs des bois».

— L'affreux qui t'avait presque tué dans les rapides d'Iroquoisie?

— Le même. J'en ai fait un héros malgré lui. Notre «sachem» a moins prisé la plaisanterie. Il a même trouvé un prétexte pour ne pas remonter avec nous. C'est ce qui m'a permis d'arrêter ici ce soir.

Sophie jette un regard inquiet autour d'elle à la rive mystérieuse, au fleuve miroitant:

— Où est-il ton vilain cousin?

En guise de réponse, Menfou imite à la perfection le hululement d'une chouette. De la berge derrière lui, une chouette lui répond. Il indique les joncs d'un geste sec:

— Là, quelque part avec le canot. Tu sembles craintive. Tu ne te doutais pas que vos joyeux ébats avaient eu des témoins si indiscrets?

— Tu as observé nos festivités?

— Par la fente des volets. Je vous ai regardés danser. Je t'ai même vue coudre, le nez sur ton aiguille, ma pauvre petite taupe.

Sophie se sent le cœur déchiré à la pensée de l'exilé, tapi dans l'ombre, incapable de partager la joie des siens. En manière de consolation, elle réitère sa reconnaissance pour le don des lunettes.

— Si je peux coudre, c'est grâce à toi Menfou.

Elle porte soudain les mains devant sa bouche. Ses yeux agrandis de frayeur fixent l'homme devant elle.

— Mais alors, nous étions en grand péril! Si ça n'avait pas été toi? Si… si…

— Vous êtes toujours menacés. Plus tôt vous vous en rendrez compte, mieux cela vaudra.

— Et les tournées d'inspection des hommes?

— Vos sentinelles vigilantes sont passées à un pas de nous. Seul le sieur de Rouville aurait pu déceler notre présence. Même lui ne l'a pas fait.

— Nous ne pouvons donc rien contre vous... je veux dire contre ces méchants?

— Un chien aurait flairé le danger. Dis à Tertio de se procurer un chien. Cela vaut toutes les rondes de nuit.

— Tu as raison. Dès demain, je demanderai à monsieur Tintamarre de me donner un de ses chiots tapageurs, même si Bernadette les a en horreur.

— Ne révèle surtout pas d'où te vient ce sage conseil.

— Pas même à tes frères? À Primo? À Tertio? À Jean-Marie?

— À personne. La moindre indication attirerait des ennuis à tout le monde, à commencer par moi. Tu te souviens de mon exposition au pilori? C'est bien assez éprouvant pour ma famille d'avoir comme aîné un traître passé aux Sauvages. Si on me dénonce maintenant, je me retrouverai aussi vite aux galères... comme mon pauvre père.

— Ton père a été aux galères? La Fleur d'épée?

Menfou explique d'une voix dure:

— Mon père tsonnontouan est parmi les prisonniers réclamés par Otréouati. Avant d'en faire une tradition familiale, il vaut mieux pour moi plonger dans l'oubli.

— Moi je ne t'oublie pas, Menfou.

— Je sais, petiote. C'est pourquoi nous voici à *jaspiner** tous les deux. Tu es la seule sur le silence de qui

---

* Bavarder.

je puisse compter. À ce propos, ajoute-t-il en se retournant pour prendre un objet long et étroit qui était demeuré invisible derrière lui, tu es aussi la seule digne de recevoir cet héritage de mon père.

Il déroule le tissu et laisse tomber entre eux une longue épée au manche et au fourreau ciselés. La lune argente le métal luisant, lui conférant une qualité magique. Menfou saisit l'arme à chaque extrémité et l'offre à Sophie qui tend ses deux mains pour la recevoir, avec la même émotion que les preux d'antan lorsqu'on les sacrait chevaliers.

— L'arme de monsieur Fleur d'épée, chuchote la petite fille incrédule. Tu l'as enlevée à Primo?

Depuis son enfance, Sophie a vu la splendide rapière, héritage du fils aîné Xavier Cormier, suspendue au-dessus de la cheminée de ses voisins, les Pierre Cormier. Menfou ne lève pas les yeux pour répondre d'un ton âpre, pendant que sa figure se durcit en un masque cruel:

— C'est tout ce qui me reste de mon père. Tondu a trouvé l'épée dans un chariot de marchandises du magasin de Ville-Marie. Il semble que Clairette ne veuille rien conserver qui lui rappelle le passage d'un transfuge sous son toit. Primo devait être du même avis. Tertio et Bernadette en étaient eux-mêmes bien embarrassés. Tondu l'a confisquée en attendant mes instructions. C'est à toi que je la donne, puisqu'elle ne servira plus à défendre l'honneur douteux des Cormier de Villefoy.

— Je ne pourrai la cacher à Bernadette et Tertio, objecte Sophie dont la nature franche se refuse aux subterfuges.

— Évidemment pas, ma taupe. Tondu dira que je

lui ai fait savoir ma volonté et que je te confie l'épée. J'ai toujours communiqué par lui, depuis mon enfance. Personne ne le questionnera sur ses sources de renseignements.

Rassurée de ce côté, la fillette serre l'épée sur son cœur et déclare solennellement:

— Je la garderai toujours pour toi, Menfou. Je ne m'en séparerai jamais. Si tu la veux un jour, tu n'auras qu'à me rechercher.

— Je m'en souviendrai, ma belle. Maintenant, donne-moi des nouvelles des miens, des tiens, de toi. Dis-moi tout! Je veux entendre tous les potins de la famille, insiste ce Tsonnontouan exceptionnellement bavard.

Sophie reconnaît le même intérêt flatteur manifesté par Simon de Rouville lorsqu'il retrouve son épouse. À la manière remplie d'aisance et de vivacité qu'elle admire tant chez Jeanne, elle se lance dans une énumération détaillée de chacun des frères de Xavier Cormier et de leur famille. Elle décrit les enfants de Primo, ceux de Tertio depuis Angèle jusqu'aux jumeaux.

— Quatre marmots déjà? s'exclame Menfou en évitant d'élever la voix. Mazette! Ce jeunet se donne de grands défis.

Lui-même comprend mal cet enthousiasme pour des liens qui attachent un homme au travail plus sûrement que des chaînes et en font un esclave de ses responsabilités. Sophie termine par un éloge enthousiaste des exploits de chasse du benjamin, Jean-Marie.

— Tu seras content de lui, s'exclame-t-elle, très fière elle-même de son camarade d'enfance. Menfou saute aux conclusions et la croit amoureuse de Jean-Marie. Il l'a écoutée sans un mot, dans un silence attentif. Sophie avait toujours été sa gazette bavarde et indiscrète à chacun de ses retours de la course. La veine Cormier épuisée, la narratrice se tait.

— Et maintenant, ta famille, insiste Menfou. Que deviennent les dames et les demoiselles Quesnel?

Sophie éprouve un petit pincement de jalousie. La fait-il parler des autres pour en venir à la seule qui l'intéresse, Perrine Raguindeau, la trop jolie épouse du trop vieux notaire? Repoussant ce soupçon injuste, Sophie poursuit son récit.

— Perrine porte toujours de belles robes et se promène en cabriolet. Je la vois moins depuis que j'habite La Chine. Elle m'envoie des lettres parfois où elle se dit heureuse. Mais je pense que le temps lui pèse. Elle se morfond à ne rien faire. Son mari lui interdit de travailler. Il dit que ce n'est pas le fait d'une dame.

Soudain, elle pouffe de rire et continue:

— Pour ce qui est de Lalie, tu ne devineras jamais.

— N'est-elle pas novice chez les sœurs de l'Hôtel-Dieu?

Les activités de la dévote Eulalie laissent le coureur des bois plutôt indifférent. Mais Sophie, qui l'a deviné, reprend en riant de plus belle:

— Elle a soigné un soldat, un sergent de la milice. Ils se sont plu. Elle a bien réfléchi. Et la voilà mariée.

— Eulalie, cette sainte nitouche? Mariée à un soldat?

Menfou, ébahi, regarde son informatrice, bouche bée.

— Vrai comme je suis là! Il a fallu une dispense de l'archevêché pour la relever de ses vœux car elle était déjà postulante. Le couvent était aux abois. Et sais-tu le plus cocasse de tout? Le sergent Lalancette... ne ris pas! c'est son nom... ne peut enfiler trois mots sans y glisser un gros jurement. Lalie l'écoute discourir avec autant de respect qu'elle le ferait d'un sermon de monsieur le curé. N'est-ce pas une belle histoire d'amour?

— Bon sang! Où irons-nous si nous perdons nos saintes femmes? Et où iront-elles?

— Au paradis, Menfou! Mais par un autre chemin.

— Et toi, ma jolie, que deviens-tu?

— Je vais à l'école, j'aide Bernadette et je confectionne des mocassins avec madame Blaise. Nous les échangeons contre d'autres denrées. Quelquefois on me les paie en monnaie. Je suis presque assez riche pour te faire tout un collier de sous troués.

Elle est flattée de voir accroché à son cou la pièce à l'effigie du Roy qu'elle avait fait percer pour la lui offrir quelques années auparavant. Il l'avait ajoutée à la courroie de cuir où sont accrochés ses *otharas**, la griffe d'ours de son clan et les crocs du carcajou. Elle ajoute timidement:

— J'apprends beaucoup de choses sur les Tsonnontouans par madame Blaise. Je sais même plusieurs mots dans ta langue.

Elle accepte comme parfaitement naturelle la transformation de son ami en Iroquois. Elle le bombarde de questions indiscrètes comme elle l'a toujours fait.

— Pourquoi as-tu un côté de la tête rasée?

— Le côté droit, pour faciliter le tir à l'arc.

— Et à gauche, pourquoi ces cheveux attachés?

* Mot iroquois pour totem, lequel est un mot algonquin.

— Pour défier mes ennemis en leur offrant un scalp tout préparé, à la mode des Tsonnontouans.

— Tu dis des choses horribles.

— Elles me paraissent très sensées, et s'accordent à ma logique d'Iroquois.

— Parle-moi de toi, Menfou. Tu es heureux?

— C'est une vie qui me plaît, sans la contrainte dont les Blancs savent s'embarrasser. Nous travaillons fort à relever les villages ravagés par ce belliqueux marquis de Denonville. Je vais parfois en Nouvelle-York, comme interprète auprès de Dongan. Les Anglais ont pris soin de m'enseigner leur langue lorsqu'ils m'avaient sous les chaînes, dans la baie du Nord. J'en tire parti.

— Alors, tu travailles contre eux? Pour nous?

— Je ne travaille pour personne, je n'ai d'autre allégeance que celle de Menfou Carcajou et maintenant de Teharouhiaká:nere*. Ne te fais pas d'illusions sur mes vertus, mignonne. Elles sont inexistantes, comme celles de mon *ohtara*, le carcajou.

Sophie n'a nullement l'intention de renoncer à son admiration sans réserve pour son ancien voisin. Une chouette hulule doucement derrière eux. Menfou se redresse aussitôt.

— Je dois partir. Mon cousin s'impatiente.

— Pars-tu pour toujours, Menfou? Tu ne reviendras plus?

— C'est ce que je croyais à l'automne et tu me vois pourtant. Comme dit la chanson de mon ami Rupalest:

---

* «Celui qui regarde le ciel», nom tsonnontouan de Menfou.

Attendez-moi sous l'orme,
Vous m'attendrez longtemps.

À ce propos, comment se porte notre ineffable Parisien?

— On dit qu'il est retourné en France rendre hommage au Roy à sa cour de Versailles.

Sophie est visiblement impressionnée. Menfou ne l'est pas du tout.

— Grand bien lui fasse! Il y sera chez lui. Ce n'est pas mon fait. Quand on ne croit pas au Roy, il vaut mieux ne pas vivre sous son talon. C'est toi-même, ma taupe, qui m'a enseigné cette belle indépendance.

Le jeune homme malicieux presse entre ses doigts le sou percé accroché à son cou.

Devant la figure soucieuse de Sophie, Menfou s'aperçoit que ces départs qui lui sont un plaisir sans cesse renouvelé peuvent éprouver ceux qui restent. Il est tellement plus facile d'aller vers l'inconnu attirant que de faire face à une existence routinière où manque une présence familière. Sophie, indulgente, lui prépare déjà une échappatoire. Elle dit avec un petit soupir:

— Je suppose que tu devras aller où t'enverront tes chefs?

Piqué dans son honneur d'Indien, l'homme se redresse:

— Personne ne donne d'ordres à un Iroquois. Nos «sachems» nous annoncent leurs projets de voyage, de guerre ou d'ambassade et ceux qui le désirent les accompagnent si cela leur convient. Ainsi, j'irai à la Nouvelle-York avec Grangular, car il est fascinant de voir cet

Onnontagué rusé tenir tête à l'Anglais Dongan aussi madré que lui.

Sophie a baissé le nez, croyant ainsi dissimuler sa tristesse. Comme autrefois, Menfou saisit les boucles des longs cheveux qui encadrent le visage en forme de cœur. Il noue les mèches sous le menton de la fillette, la forçant à relever la tête. Il la secoue doucement:

— Je serai probablement de l'expédition qui descendra d'Iroquoisie à la lune des esturgeons, en août, avec la réponse des Cinq Nations. Si un projectile atteint tes volets, descends me rencontrer ici.

Un sourire radieux efface le chagrin de Sophie.

— Je t'attendrai sous l'orme, promet-elle, taquine.

Elle s'interrompt, inquiète, et fixe le fleuve par-dessus l'épaule de Menfou. Un canot s'approche silencieusement de la rive. Les premières lueurs hésitantes de l'aube ont remplacé la clarté de la lune. L'embarcation et son rameur d'avant se découpent en silhouette noire sur l'horizon pâli.

Sophie essaie de distinguer les traits de cet authentique Sauvage qui est le cousin, le compagnon d'enfance et l'ami de Menfou Carcajou, intriguée que ces hommes, considérés comme des démons par tous les colons, puissent éprouver des attachements familiaux.

— Ton cousin n'a pas le visage barbouillé, constate-t-elle pendant que La Tortue, impassible, étudie à son tour cette squaw blanche pour laquelle Carcajou court tant de risques.

Menfou, les pieds dans l'eau, répond, moqueur:

— Il s'est lavé. Il ne craint pas d'être identifié et trahi. Mon *mattachage* vaut tous les masques. Tu vois? Personne ne m'a reconnu à Ville-Marie.

— C'est parce qu'on s'attendait si peu à une telle... effronterie.

Son ami agite brièvement le bras, comme pour saluer quelqu'un derrière Sophie. Celle-ci se retourne, méfiante. Y a-t-il un autre Iroquois dans l'ombre? Le coureur des bois a un sourire amer:

— Le Tondu monte la garde. Même lui se méfie du Tsonnontouan qu'il a élevé.

Menfou a pris place à l'arrière du canot. Il élève la main, paume en avant et prononce la phrase traditionnelle d'adieu:

— *Aia:wens ne sonkwaia'tison taienhia:ron tsi ni:kon taesatenhniseraien:take ne ken:en tsi ionwentsa:te, Otsi'nió:karon**.

À sa grande surprise, Sophie, d'une voix ferme, lui répond sans hésiter par la formule d'usage:

— *Aia:wens i:se' o:ni, Teharouhiaká:nere***.

Menfou se retourne un instant, surpris. Sophie ajoute, si bas qu'il peut à peine l'entendre:

— Je l'ai appris exprès pour te le dire un jour.

En elle-même, elle pense: «Je ne savais pas que cela me semblerait aussi triste.» Mais elle a obtenu son effet, car un petit rire satisfait lui répond.

C'est l'adieu de son ami, le son qui résonne à ses oreilles pendant que le canot s'éloigne vers le large portant deux Iroquois semblables en tous points. Très vite, Sophie les perd de vue. Il lui semble qu'elle a bien souvent

---

* Que le Créateur veille sur tes jours et tes nuits, ma Taupe.

** Et sur toi pareillement, Celui qui regarde le ciel.

regardé s'éloigner ainsi dans la brume des distances celui qu'elle considère comme son meilleur ami au monde.

Le Tondu surgit près d'elle, son mousquet à la main. Il dit d'une voix enrouée par l'émotion:

— Remonte te coucher, petiote. Celui-là n'est plus des nôtres maintenant.

Sophie enroule l'épée dans le tissu. Le métal lui semble froid et dur. Elle remonte à petits pas vers la maison où la lucarne de sa soupente découpe un trou sombre sur la pente du toit rosi par le soleil levant.

7

Les habitants de la Nouvelle-York* s'inquiétaient beaucoup du campement quasi permanent d'Iroquois installés autour des palissades de Manhatte, leur principale ville.

La capitale de la Nouvelle-Angleterre, construite sur l'embouchure de la rivière Hudson, est l'un des plus beaux ports de l'Amérique, ouvert en toutes saisons en raison de son climat doux. Manhatte est protégée par un fort de pierre et des canons. Ses quatre cents habitants et une garnison de huit compagnies, moitié cavalerie, moitié infanterie, en font un centre animé, où civils et militaires vivent en bonne intelligence. Le sol est fertile, le commerce avec l'Europe actif. La seule ombre au tableau est ce voisinage encombrant de délégués de toutes les tribus iroquoises du pays, venus pour traiter, reçus avec égards et invités à rester.

Le gouverneur Dongan affirmait que ces barbares étaient sujets britanniques et leurs alliés. Leur présence offrait une garantie contre toute agression des troupes

---

* Voir la carte.

françaises. Mais personne n'oubliait que ces dangereux associés ne se privaient pas d'attaquer les colons de la Virginie et du Maryland, de les scalper et d'amener des prisonniers en captivité dans leurs bourgades.

Chaque jour, le gouverneur donnait audience aux chefs iroquois et tentait de gagner leur confiance par des promesses, des présents et des armes. Les Iroquois paradaient dans les rues de la ville, revêtus de leurs plus beaux atours, curieux, apparemment imperturbables, fiers comme les grands seigneurs qu'ils étaient. Quelques rares Indiennes les accompagnaient parfois, suivant à trois pas derrière eux. Elles examinaient les Anglaises à la dérobée mais refusaient de répondre aux sourires aimables que chacun leur adressait, plus pour obéir aux instructions des autorités que par cordialité.

Les Iroquois avaient amené ces quelques femmes pour porter les bagages, lever les tentes et s'occuper des feux et de la cuisine. Un guerrier ne s'encombrait jamais de ces corvées, ayant toujours besoin de ses deux mains pour être prêt à combattre à une seconde d'avis. Tel l'avait établi la tradition immémoriale et personne n'aurait songé à y déroger, les femmes moins que tout autre. C'était leur part dans la survie de la tribu.

Le soir tombé, le clairon sonnait et les visiteurs regagnaient leurs tentes. On refermait les barricades et les New-Yorkais se terraient derrière leurs volets clos.

Sur les recommandations de leur chef, les officiers de Dongan visitaient le camp, le soir, et s'assoyaient autour des feux pour entretenir des relations amicales avec les Indiens. Les échanges se faisaient dans toutes les langues et dans plusieurs dialectes iroquoïens. La plupart des sachems, habitués à traiter avec les Français, comprenaient un peu cette langue. Ils devaient maintenant s'initier aux mystères de l'anglais. En général, ils laissaient les Blancs faire les frais de la traduction par l'intermédiaire de leurs interprètes.

Toujours impassibles, parlant peu et réservant leur jugement, les Iroquois méfiants cherchaient où était leur intérêt dans la rivalité opposant Français et Anglais. Ils soupçonnaient toujours les Visages pâles de projeter entre eux une alliance pour s'emparer de leurs territoires.

Leur instinct ne les trompait pas. Les Blancs revendiquaient l'Iroquoisie. Mais loin de s'entendre entre eux, chaque parti convoitait pour son roi les terres riches en fourrure. Les Iroquois étaient très conscients qu'on s'appliquait à les «caresser» et à gagner «sous terre», suivant leurs expressions. Pas plus bêtes que d'autres, ils en profitaient, pendant que leurs grands sages étudiaient la question des allégeances.

En ce soir de juillet, un des secrétaires particuliers du gouverneur Dongan passe d'une tente à l'autre, saluant bien bas à grands coups de chapeau à plume les sachems fascinés par son apparence remarquable. Avec ses bas de soie, ses souliers à talons rouges, son épée d'apparat et son pourpoint de satin écarlate, Hugo de Rupalest est l'image du parfait courtisan de la cour du Roi-Soleil. Ses boucles d'or artistiquement étalées sur un large col de dentelle, son collier de barbe frisée et ses moustaches retroussées aux pointes bien cirées en font un personnage haut en couleur.

Son exquise courtoisie et les manières nonchalantes populaires à Versailles contrastent avec le sans-façon des

colons et les attitudes rigides des militaires qui fréquen-
tent habituellement les Indiens. Dongan ne pouvait
trouver d'ambassadeur plus efficace lorsqu'il avait
encouragé son nouveau secrétaire à profiter de son
bilinguisme pour plaider la bonne cause autour des feux.
Peu d'Indiens pouvaient suivre son discours français
ampoulé ou son anglais tout aussi grandiloquent, mais sa
prestance impressionnait ces amateurs de belles paroles et
d'ostentation.

Cependant, ce soir, la tournée amicale de Rupalest
n'est pas exécutée au hasard. Parmi ces centaines de
Peaux-Rouges, il cherche un homme vaguement aperçu
depuis quelques jours aux réunions du gouverneur. Un
interprète «mattaché» qui s'assoit derrière quelques
sachems et, penché sur leur épaule, leur traduit à mi-voix
les éclats oratoires de Dongan et de ses conseillers.

Une progression lente et affable, des questions dis-
crètes amènent notre Parisien à la périphérie du camp où
sont dressées les tentes sans ornements des Iroquois de
moindre importance.

Trois Tsonnontouans, reconnaissables aux deux
plumes rouges glissées dans leur chevelure, jouent aux
osselets à la lueur de leur feu. À tour de rôle, ils lancent
en l'air huit petits os comportant chacun six surfaces inégales dont les deux principales sont peintes, l'une en noir,
l'autre en blanc. Les osselets en retombant doivent présenter la même couleur.

La partie est animée. Les joueurs apostrophent les
osselets et expriment bruyamment leur joie ou leur déception. Ils s'invectivent amicalement. Jamais Rupalest
n'a vu d'Indiens manifester autant d'entrain. On lui a

raconté que les Sauvages ont pour le jeu une passion aveugle, y risquant allègrement leurs biens, leur épouse ou même leur liberté. Il en a la preuve ce soir.

Il observe de loin les joueurs absorbés. Ce sont des hommes jeunes, de magnifiques athlètes aux membres souples et bien développés. Pour cette soirée de détente, ils ont enlevé leur peinture faciale, et on peut enfin distinguer clairement leur visage. Deux d'entre eux ont les traits classiques et purs de leur race, yeux allongés, pommettes saillantes, nez en bec d'aigle. Le troisième joueur, malgré son teint basané, son regard de braise et sa coiffure barbare, n'est visiblement pas de la même origine. Sa figure un peu longue, ses épais sourcils noirs et une bouche expressive, facilement sarcastique, sont ceux d'un Européen. Rupalest ne s'était pas trompé. Ce Tsonnontouan est bien son ami Xavier Cormier de Villefoy dit Menfou Carcajou, qui remplit auprès de ses frères indigènes le rôle de *truchement**.

Conscients soudain d'être surveillés, les Indiens tournent vers l'arrivant des visages flegmatiques.

— Mes hommages, messieurs! s'exclame Rupalest en balayant le sol de sa plume blanche. M'autorisez-vous à me prévaloir de votre hospitalité pour quelques instants? Je suis Hugo de Rupalest de Sainte-Croix de Rouvray, secrétaire et interprète auprès de son excellence le gouverneur Dongan. À votre service, il va de soi.

Un des Indiens indique une place en émettant un son guttural que le beau Français choisit d'interpréter comme une invitation. Il étend avec soin un large mou-

---

* Terme de l'époque pour désigner un interprète.

choir bordé de dentelle et s'y assoit en relevant les basques de son habit. Les chevilles délicatement croisées, une main sur un genou, l'autre sur le pommeau de son épée, il attend courtoisement le premier geste de ses hôtes.

Menfou indique ses confrères du menton:

— Mes cousins La Tortue et Couteau Émoussé.

Il répète leurs noms en iroquïen.

De graves inclinaisons de tête de part et d'autre scellent les présentations. Un des Indiens étend un doigt accusateur et prononce avec difficulté:

— Français?

Rupalest lui adresse son sourire le plus désarmant:

— En vérité, monsieur l'Iroquois, je suis né français d'une famille où l'on est *huguenot** de père en fils. La couronne française a fort odieusement ruiné ma famille par ses persécutions. Ce que voyant, j'ai cherché refuge auprès des Anglais protestants d'Amérique, gens fort hospitaliers. En reconnaissance de quoi, j'ai offert mes services de «truchement» au colonel Dongan, qui les a agréés et y a même ajouté la fonction privilégiée de secrétaire particulier. Mon séjour de cinq ans comme page auprès de sa majesté Charles II d'Angleterre m'a habilité à l'usage de l'anglais. Et j'admets modestement posséder quelque facilité pour le maniement de la plume et du discours dans les deux langues.

Les Indiens impressionnés écoutent sans bouger cette preuve éloquente des affirmations du Parisien. Celui-ci ouvre une tabatière d'argent, d'où il extrait une pincée de tabac qu'il introduit délicatement dans sa narine

---

* Protestant calviniste, persécuté en France à l'époque.

droite. Il éternue avec dignité dans un second mouchoir. Les deux authentiques Iroquois se tournent d'un commun accord vers Teharouhiaká:nere, attendant visiblement sa version de la plaidoirie enflammée.

Leur cousin ne leur fait pas défaut. En trois mots, il résume toute l'affaire.

— Mais, proteste Rupalest piqué, vous n'avez certes pas rendu justice à toutes les nuances de mon exposé.

— Ils ont compris, cela suffit, réplique Menfou sans pitié. Il ajoute une phrase brève en iroquoïen. Couteau Émoussé ramasse les osselets. La Tortue pénètre dans la tente et en rapporte l'inévitable calumet. La longue cérémonie du bourrage de la pipe et de son allumage au moyen d'une braise se déroule dans un silence protocolaire. À tour de rôle, chacun tire une longue bouffée pensive du tabac qui doit éclaircir l'esprit pour la discussion.

Celle-ci n'a d'ailleurs pas lieu, car Menfou d'un nouveau commandement autoritaire chasse ses cousins. Ils s'éloignent après avoir prononcé quelques phrases en regardant leur visiteur.

— Palsembleu, mon cher, vous disposez bien cavalièrement de votre parenté! Que disaient à mon sujet messieurs vos cousins?

— Ils affirment que tu as le plus beau scalp de toutes les Amériques.

— Que voilà un compliment inquiétant!

Menfou est secoué d'un rire silencieux. Il ajoute:

— Ils disent aussi que ta langue habile laisse rouler les plus beaux discours. Chacun voudrait la posséder.

Rupalest, visiblement flatté, sourit modestement. Son interlocuteur impitoyable complète:

— Le favorisé qui la mangerait pourrait espérer ac-
quérir ton bagou.

— En vérité, Cormier, vous êtes né pour faire enrager les honnêtes gens! Vos cousins se sont sans doute of-
fensés de ce congédiement sommaire.

— Ils l'auraient été si je ne leur avais promis que
je t'extirperais de l'eau-de-feu au cours de notre tête-à-
tête.

Menfou Carcajou a retrouvé le tutoiement familier
dont le précieux marquis a toujours dû s'accommoder
dans leurs dialogues. Par contre, rien au monde ne ferait
changer ses habitudes à l'aristocrate pour qui le pronom
«tu» est réservé aux domestiques et aux inférieurs. Sa juste indignation devant l'effronterie de Menfou n'affecte en
rien ses bonnes manières.

— De l'eau-de-feu? Chère âme, vous n'y pensez pas!
Ce serait d'une rare imprudence. Son usage *embelliquose*
les Sauvages. Vous n'êtes pas sans savoir qu'on en interdit
l'usage dans ce campement.

— Je sais surtout que tu en as toujours dans ta
gourde d'argent… C'est un petit prix à payer pour le plaisir de ma compagnie.

— Vous m'offrez là un argument irrésistible,
ami Cormier. Mon maître lui-même s'y laisserait convaincre.

— Quel maître? Tu en changes souvent, il me
semble! Voilà un huguenot récemment converti et peu
convaincant, en vérité!

Menfou fume le calumet et contemple son vis-à-vis
d'un air sombre.

— Et que voilà un Iroquois suspect! rétorque l'autre

avec feu. Dites-moi, mon ami, n'êtes-vous pas ici, comme moi, pour le service du Roy?

Un ricanement irrespectueux lui répond.

— Si le Roy est aussi préoccupé de mon sort que je le suis de son service, nous ne perdons pas de temps l'un sur l'autre! Je suis ici pour la même raison qu'ils le sont tous.

D'un geste de sa pipe, Menfou indique les tentes et achève:

—Parce qu'il me plaît d'y être et parce qu'on m'a payé mes fourrures deux fois ce que m'en donnent les Français. Je n'ai de comptes à rendre à personne.

—Pourtant vous ne sauriez concevoir, Cormier, comme il est plaisamment émoustillant de jouer à l'espion, de rédiger des messages en code et d'utiliser toutes espèces de ruses et de mots de passe. Croiriez-vous que mes rapports sont acheminés par des barques de pêche, des coureurs des bois et même par un missionnaire, le tout au milieu des intrigues les plus délicieuses? C'est un passe-temps pour lequel je me découvre beaucoup d'aptitudes.

— Ta noble famille apprécierait fort d'apprendre que tu as été fusillé comme traître ou que tu languis en prison comme espion.

— Juste ciel! Ma mère en trépasserait sur l'heure. Mais mon père serait encore plus dépité de se voir qualifier de huguenot, lui qui est chevalier de l'Ordre souverain de Malte.

— Alors pourquoi courir de tels risques pour un métier qui n'est pas d'un gentilhomme?

Rupalest relève fièrement sa barbiche blonde et rétorque avec hauteur:

— On m'a éduqué à penser que j'avais tous les droits, même celui de jouer avec ma vie. Seul compte l'honneur et je ne crois pas forfaire au mien en le risquant pour la cause du Roy.

— Évidemment, raille Menfou, l'aristocratie ne peut se permettre de douter d'elle-même.

Il tend le calumet à son vis-à-vis. Rupalest ajoute, de sa voix un peu traînante:

— Il faut aussi avouer que ce métier peu prisé est assez lucratif. Le gouverneur, celui de la Nouvelle-France, s'est engagé à payer mes dettes de jeu. Madame la chance m'a franchement boudé, ces derniers temps. Tous mes amis de Ville-Marie me croient retourné à Versailles.

Menfou a un sourire entendu. Cré Parisien qui cache même ses actes d'héroïsme sous un voile de pudeur et qui pousse la témérité jusqu'à refuser l'anonymat!

— Ne crains-tu pas d'être trahi par ton nom même?

— Fi donc! Avant qu'un vaisseau n'arrive d'Europe avec des renseignements sur mon passé, je serai loin. J'ai forgé de magnifiques lettres de recommandation qui, pour l'instant, m'accréditent auprès du gouverneur anglais.

— N'oublie pas que les ports anglais, contrairement à ceux de la Nouvelle-France, sont ouverts en toutes saisons. Ne compte pas sur les glaces pour te protéger cet hiver.

L'autre répond par un haussement d'épaules. Toute l'entreprise est évidemment un divertissement nouveau pour le Parisien blasé. Il court les plus grands risques avec sa désinvolture habituelle. À son tour, il s'inquiète du statut social du Canadien.

— Vous-même, ne craignez-vous pas de vous venir

ainsi jeter dans la gueule du loup? Vos frères iroquois vous savent français et pourraient vous dénoncer aux Anglais ou, pis encore, vous accuser de les duper.

— Que non! Lorsqu'un Indien adopte quelqu'un, il le fait complètement. Et l'adopté accepte son nouvel état sans arrière-pensée. Tant que je ne leur prouverai pas le contraire, je serai aussi iroquois que chacun de ces Iroquois. Ils ne me trahiraient pas plus qu'ils ne vendraient un des leurs. Et je n'ai nullement le désir d'abuser de la situation pour leur nuire. C'est ce qu'on n'a pas compris, à Ville-Marie.

— Que voilà un discours bellement loyal et des sentiments qui vous honorent, chère âme! Vous m'en voyez fort édifié.

Si Rupalest est affecté par la fidélité de Cormier, celui-ci l'est moins par l'efficacité de l'espion amateur. Il interroge, un peu sceptique:

— Que comptes-tu apprendre de nouveau à Denonville, ton maître légitime?

— Je confirmerai ses soupçons, sans plus. Il se propose, l'automne venu, d'envoyer des émissaires discuter avec Dongan. L'un d'entre eux sera François Vaillant [†], un jésuite très au fait des problèmes iroquois. Ces gens doivent être avisés des pourparlers de l'été et de l'attitude des Sauvages. C'est là ma mission.

— Mon peuple ne désire pas s'impliquer dans vos guerres. Pour cette raison, il signera la paix avec Denonville. C'est ce qu'on dit autour des feux. Il aura son traité et nous récupérerons nos galériens. Fais-le savoir.

— Voilà réglé le problème français. Reste l'anglais.

Menfou a aussi son opinion là-dessus.

— Pour moi, qui passe allègrement d'un gouverneur à l'autre, je puis te dire que ces orgueilleux engagent un dialogue de sourds. Aucun des deux ne cédera.

— C'est bien là mon avis. Le colonel Dongan sert le duc d'York. Dans son zèle, il s'efforce mal à propos d'élargir le domaine de son prince au détriment des Français, qui furent les premiers en Iroquoisie.

— Il faudra d'abord voir ce qu'en pensent les Iroquois. Dongan a dit avec beaucoup de bon sens que «les Français sont gens bien étranges puisqu'ils ont seulement à marcher sur un territoire, sac au dos, pour le posséder».

— Il se peut, mais nos droits sont établis. Il nous reste à le prouver en Europe. Tant que cet Anglais ambitieux n'aura pas été révoqué, il n'y aura pas de paix à espérer entre le Canada et la Province de Nouvelle-York ainsi qu'avec les Iroquois.

— Va le dire à ceux qui parlementent à Londres sur notre destin, comme s'il leur appartenait! Leur présomption m'enrage. Avant l'arrivée de tous ces intervenants, mon peuple était libre.

Rupalest remet le calumet au Tsonnontouan indigné et réplique avec une pointe d'ironie:

— Vous en avez d'ineffables, mon cher Peau-Rouge! Sans ces ingérences, vous ne seriez pas de «votre» peuple, car votre véritable père, le sieur Fleur d'épée, ne serait pas passé en Nouvelle-France. Qu'eussent fait les Sauvages sans vous… et sans nous?

— Ils auraient continué à mener leurs guerres rituelles contre leurs ennemis héréditaires les Andastes, les Ériés, les Hurons, les Algonquins. Des escarmouches où l'on se tuait un peu et d'où la poudre et les armes à feu étaient absentes. Où l'honneur d'un guerrier comptait plus que le nombre de scalps. Alors, la plus grande bravoure consistait à pénétrer dans le camp ennemi armé seulement d'un bâton. On «comptait des coups» en touchant l'adversaire sans nécessairement le tuer mais sans se faire occire soi-même.

Un long silence suit cette description nostalgique. Chacun imagine les forêts comme elles étaient autrefois, alors que les Indiens y régnaient en maîtres.

— Il est vrai, admet finalement Rupalest, avec un soupir, que nous apportons avec nous discordes et ambitions chimériques.

Son ami n'est pas l'homme des longues introspections. La pipe est éteinte. Menfou la range soigneusement sur une bûche, car un calumet doit être traité avec respect. On ne le dépose jamais sur le sol. Il fixe Rupalest de ses yeux moqueurs et tend la main.

— Les Visages pâles ont aussi apporté l'eau-de-feu. J'accepterai la tienne en amende honorable pour vos dépradations.

— Voilà bien un chantage digne de votre esprit retors, cher ami! Mais je serai bon prince.

Rupalest se lève et plonge la main sous les basques de son habit rouge. Perdant généreux, il remet son flacon d'argent à Menfou qui n'a pas bougé.

— Vous trouverez ici la meilleure eau-de-vie de la région. Prenez garde que vos cousins, messieurs La Tortue et Couteau, ne perdent la tête.

— Je la leur casserai d'abord, promet le coureur des bois solennellement. C'est d'ailleurs plus pour moi que pour eux que je réclamais cette offrande. J'ai le gosier sec depuis trop longtemps.

Rupalest n'en a jamais douté. Il ramasse et secoue son mouchoir, rajuste son épée et s'attarde à lisser la plume de son feutre entre ses doigts.

— Cher ami, j'ai une invitation à vous transmettre. Messieurs vos cousins et vous-même êtes conviés à un dîner à la pension où on m'a logé. Dame Abigail Cockburn et ses charmantes filles n'ont jamais eu l'honneur de rencontrer un Iroquois. J'ai eu l'audace de leur promettre ce rare plaisir. Elles sont de fines cuisinières, presque comparables à celles de la France, soit dit sans blesser l'Amérique.

Menfou fronce les sourcils et grogne:

— Nous ne sommes pas des bouffons de cirque.

— À Dieu ne plaise que ce fût là notre intention! En vérité, le gouverneur encourage fortement ces rapprochements. Il en paie même les frais avec largesse. Si madame Cockburn brigue le plaisir de votre présence, c'est autant pour garnir sa bourse que pour rendre ses voisines jalouses. Je compte sur votre discrétion de gentilhomme à ce sujet, il va sans dire.

— Ton hôtesse doit savoir que nous ne sommes justement pas des gentilshommes. Quelques sachems pratiquent les bonnes manières européennes. Mes cousins ne sont pas de ceux-là. Ils sortent de la forêt et n'ont jamais mis les pieds dans une maison de Blanc. Nos usages sont primitifs et nous mangeons avec nos doigts... tous les trois, ajoute-t-il avec un regard de défi.

— Cela va de soi, mon ami. Madame Abigail et ses filles seront mises en garde. Nous vous attendrons dimanche.

— Ne servez pas de vin, c'est plus prudent, conseille encore le Canadien.

Le vent s'est levé et la nuit se refroidit. Menfou déplie une couverture placée derrière lui et s'en enveloppe. Il lève la main, paume en avant, et reprend son accent rude en même temps que son rôle d'Iroquois pour lancer en guise d'adieu:

— Que le Créateur guide tes pas furtifs et préserve ta langue succulente.

Rupalest réplique gravement par une magnifique courbette théâtrale. Pendant qu'il s'éloigne entre les feux mourants vers la forme sombre de la palissade, Menfou, dissimulé par sa couverture, avale l'alcool à longues lampées. Cela en fera autant de moins pour ses cousins moins résistants.

8

Dame Abigail Cockburn, veuve et dentellière, se souviendra longtemps du festin mitonné pour les invités de son pensionnaire, le charmant Hugo de Rupalest. Largement commandité par la bourse du gouverneur, le banquet a réclamé deux jours de préparatifs.

La bonne dame avait fait fi des conseils de simplicité du Parisien. Tout ce que la maisonnée comptait d'argenterie, de beaux plats, de verres fins avait été étalé sur la nappe de dentelle la plus somptueuse. Les femmes de la famille étant dentellières de mère en fille, leur domicile était pavoisé de leurs œuvres, rideaux, couvre-lits, jusqu'aux coiffes et aux robes de l'hôtesse et de ses deux filles.

Le niveau de vie était sensiblement plus élevé en Nouvelle-York qu'en Nouvelle-France. Les bateaux plus nombreux encourageaient le commerce et l'entourage du gouverneur comptait plusieurs bourgeois aisés, alors que la colonie française attirait plutôt des nobles peu argentés ou des colons démunis. Feu monsieur Cockburn avait été un armateur cossu ayant laissé une maison spacieuse, de beaux meubles et des revenus assurés. Ce n'était pas par nécessité financière que sa veuve accueillait des gentilshommes recommandés par le gouverneur. Elle cherchait plutôt des maris appropriés pour ses filles. Jusqu'à présent, cette proximité avait permis de déceler des failles dans les caractères de quelques partis pourtant prometteurs. Cette fois, elle croyait tenir la perle rare dans ce Français de bonne famille, prévenant et délicat. Elle était même prête à lui pardonner son insuffisance pécuniaire devant ses qualités morales et ses grâces sociales.

Sans l'avouer, ce n'était certes pas les invités barbares que dame Abigail comptait ébaudir. Si elle réussissait à convaincre son éblouissant pensionnaire de l'aisance de ses manières, peut-être se prononcerait-il enfin et arrêterait-il son choix définitif sur une de ses jolies filles? Il hésitait visiblement entre les charmes voluptueux de la brune Emily et la vivacité de Brenda la rousse, enjouée et coquette, butinant de l'une à l'autre avec ses baisemains, ses galanteries et ses discours irrésistibles.

Les verres à vin en cristal, dont cinq étaient à peine ébréchés, ne contiendraient que du jus de raisin et du cidre doux, sur les ordres du colonel Dongan. Mais les fumets qui s'échappaient de la cuisine permettaient d'espérer un repas délicieux.

Il le fut en effet et les invités y firent encore plus honneur qu'on n'avait osé l'espérer.

Les trois Tsonnontouans, revêtus de leur «brayet» le mieux décoré, de leurs mocassins à frange et de leur «mattachage» le plus élaboré, s'étaient présentés à l'heure. Des colliers de griffes et de crocs et un couteau dans un étui brodé complétaient leur costume de cérémonie. Ils étaient trop jeunes et trop peu importants pour posséder les magnifiques chemises de daim ornementées que revêtaient leurs aînés pour les réceptions.

Bras croisés, tête haute, plumes rouges au chignon, ils s'étaient assis bien raides dans les fauteuils de *peluche**
aux dossiers et aux bras ornés de têtières et de parements de dentelle. Hôte parfait, Rupalest racontait, en anglais, des anecdotes amusantes de ses voyages. Menfou les traduisait en quelques mots brefs qui ne pouvaient en rendre la saveur, jugeait Hugo, mécontent. Le fardeau de la conversation retombait sur Brenda, dont la tête rousse était penchée sur un délicat ouvrage au crochet.

Les chandelles, pourtant nombreuses, n'auraient pas suffi à éclairer convenablement ce travail de précision, mais les Cockburn possédaient un dispositif ingénieux appelé ballon de dentellière. C'était une sphère de verre transparent, grosse comme la tête, remplie d'eau et suspendue au plafond par une corde qui la maintenait au niveau de la table. Une seule chandelle placée derrière le ballon répandait à travers le prisme de l'eau un faisceau aussi brillant que celui du soleil.

Le spectacle de la jolie chevelure fauve et des doigts agiles éclairés par ce rayon de lumière en captivité eût suffi à occuper l'attention des trois Iroquois. Lorsqu'Emily s'échappa de la cuisine pour venir s'asseoir à l'*épinette***
où elle s'accompagna pour chanter des ballades d'une voix fraîche et juste, l'envoûtement fut complet. On en reparlerait longtemps autour des feux.

---

* Tissu à poils plus longs que ceux du velours.
** Petit clavecin.

Ce fut une des rares occasions où Menfou eut à déplorer ce rôle de Tsonnontouan qui l'emprisonnait dans un mutisme caractéristique pendant que ce fat de Parisien tenait sa cour de séducteur. Ce fut même par dépit, sinon par jalousie, que le coureur des bois exagéra sa performance de la soirée.

— Super! Super! s'exclama dame Abigail surgissant de son royaume culinaire et frappant dans ses mains d'un air enjoué.

Après quelques hésitations sur la façon de tirer leur chaise, les convives avaient pris place à la table. Chaque Iroquois, encadré de deux dames, examinait l'accumulation étonnante de vaisselle et d'ustensiles étalés devant lui. La soupe fumante placée devant chacun avait été immédiatement lampée bruyamment, à même l'assiette, pendant que Rupalest impassible, le petit doigt en l'air, dégustait élégamment la sienne en faisant la conversation avec les jeunes filles amusées.

Celles-ci ne pouvaient s'empêcher de jeter des œillades de côté aux épidermes bronzés exposés à leur regard. Les bandes-culottes rudimentaires révélaient vraiment beaucoup d'anatomie iroquoise. Jamais elles n'avaient aperçu autant de peau masculine et cela les excitait délicieusement. Rupalest se demandait lui-même comment Cormier, élevé dans la pruderie de son milieu blanc, pouvait avoir l'audace de se présenter ainsi devant des dames sans la moindre trace de scrupules.

Il ne connaissait pas tous les détails des préparatifs qui avaient précédé la soirée.

Teharouhiaká:nere avait dû user de toute son autorité pour forcer La Tortue et Couteau Émoussé à se laver afin d'enlever la graisse d'ours qui était pour eux presque un costume. Les chaises brodées de petit point ne s'en portaient que mieux, mais les jeunes guerriers regrettaient maintenant d'avoir obéi à ce faux-frère qui les empêchait de briller dans tous les sens du mot, et de faire jouer leur musculature bien lubrifiée sous les regards admiratifs des belles Blanches. N'était-ce pas de cette manière qu'ils réussissaient leurs conquêtes auprès des filles des bourgades?

Brenda n'avait pas plutôt déposé le plat principal devant sa mère que La Tortue y plongea la main sans façon. Il posa le gigot dégoulinant sur la nappe de dentelle devant lui et se servit de son propre couteau pour en couper un morceau. Couteau Émoussé tendit la main, prit sa part en maculant tout et offrit l'os à Menfou qui attendait, son poignard déjà en main. Ce qui restait du rôti fut finalement déposé devant Rupalest. Celui-ci s'essuya délicatement les doigts sur sa serviette brodée, l'étendit sur ses genoux pour prévenir les désastres et, se servant adroitement de son *flatin* et de sa fourchette à deux dents, dépeça à même la nappe la portion des dames. Celles-ci tendirent leur assiette en hésitant.

Pendant ce temps, avec des grognements satisfaits, les trois barbares dévoraient à belles dents la viande dont la sauce, délicatement aromatisée par la cuisinière, leur coulait sur le menton.

Les guerriers tsonnontouans suivaient tout bonnement leurs habitudes tribales où les hommes se servent en premier. Leur indépendance native leur avait fait oublier les multiples recommandations de Teharouhiaká:nere. Celui-ci, pour ne pas attirer l'attention sur sa personne, n'avait d'autre alternative que de les imiter. Le jeu l'amusa d'ailleurs rapidement. La déconfiture du Parisien et les gloussements des jeunes filles plaisaient à son humour impitoyable.

Emily tenta d'entamer la conversation avec son voisin, «Celui qui regarde le ciel». Rupalest lui avait dit qu'il comprenait et parlait l'anglais. Croyant se mettre à sa portée avec des questions simplistes, elle demanda aimablement:

— Quel est votre mets préféré, monsieur?

— Chien, rétorqua laconiquement Menfou, la bouche pleine. Pour continuer le dialogue, il interrogea à son tour en montrant du doigt l'os de gigot que Couteau Émoussé rongeait maintenant:

— Chien anglais? Bon.

— *Heavens, no!* s'exclama la demoiselle horrifiée. Mais cette réponse la fit réfléchir. Elle expliquait probablement l'éclaircissement graduel des rangs de la race canine dans la ville et, horreur, soulevait le mystère de la disparition de son propre petit *barbet* survenue la semaine précédente. «Darling», pleuré par toute la famille, le serait encore plus si on imaginait qu'il avait fini dans une marmite iroquoise.

Dame Abigail, avec un sourire pincé, fit signe à Emily de passer les plats de légumes. Pendant ce temps, Brenda s'était hâtée de glisser une assiette devant chaque convive. Cueillis à pleines mains, les légumes disparurent à leur tour. Menfou s'appropria même le plat de haricots et Rupalest dut le lui disputer avec force excuses.

Rendue prudente, l'hôtesse partagea dans la sécurité de sa cuisine la mousse au chocolat et les parts de gâteau aux fruits.

Le jus de raisin et le cidre doux coulaient à flots. Les Tsonnontouans en espéraient visiblement des effets qui ne se matérialisaient pas, et jugeaient bien faible cette eau-de-feu des femmes blanches.

Couteau Émoussé cassa involontairement le pied fragile de sa coupe en la déposant avec trop de vigueur. Le claquement sec et le déluge de jus de raisin amusèrent énormément les Tsonnontouans qui éclatèrent de rire, se départissant de leur flegme pour la première fois. Mais cet aboiement bref n'était guère plus rassurant que leur mutisme habituel.

Le repas se termina lorsqu'il ne resta plus rien dans les plats et les assiettes. La Tortue avait même entrepris de croquer les raisins du centre de table, une jolie corbeille de fruits en cire importés à grands frais d'Allemagne. Dame Cockburn, exaspérée, avait confisqué sa parure pour la mettre en sûreté dans un placard.

Elle ne savait pas que ses invités se seraient crus obligés d'avaler ces splendides fruits fades et durs, car ils se pensaient à un de ces «festins à tout manger», fêtes indigènes où la politesse exige que tout soit consommé, dût-on prendre plusieurs jours pour en venir à bout et autant pour s'en remettre.

Les trois dames se dirigèrent vers la cuisine, emportant tout ce qu'elles purent pour débarrasser la table. Mais un geste discret de Rupalest les fit interrompre leur entreprise de nettoyage. Le moment de fumer était arrivé et la bienséance indienne exigeait que les femmes disparaissent pendant ce cérémonial strictement masculin. Elles refermèrent la porte derrière elles. Dame Abigail maudissait les Indiens en général et les Tsonnontouans en particulier. Ses filles émoustillées pouvaient enfin rire à leur aise et vanter la virtuosité du beau Hugo qui avait réussi à conserver ses bonnes manières sans pour autant mettre ses invités à la gêne.

Avec des rots satisfaits, les trois Tsonnontouans repoussèrent leurs chaises et étendirent devant eux de longues jambes nues. Menfou sortit le calumet, le bourra avec application et l'alluma à la flamme d'une des bougies, ajoutant une traînée de cire au désastre qui souillait sa place.

Après trois tours de pipe, le calumet s'éteignit, marquant la fin des festivités. Menfou remit sa gourde d'argent vide à son ami. Celui-ci lui présenta en échange un col en point d'Alençon semblable au sien et dû au crochet de Brenda.

Ce que voyant, Couteau Émoussé, envieux, arracha un rideau et s'en fit un tour de cou. La générosité proverbiale des Indiens n'a d'égale que leur conviction que les autres sont également disposés à leur offrir tout ce qu'ils désirent.

La Tortue, plus ambitieux, tira la nappe vers lui, expédiant au plancher les verres et les assiettes qui y restaient encore. Il se drapa avec dignité dans cette couverture trouée. Menfou l'arrêta au moment où il s'apprêtait à faire un choix parmi les cuillères et les fourchettes à deux pointes étalées à ses pieds. Le moment était venu de se quitter.

Les Tsonnontouans s'inclinèrent gravement. Rupalest leur présenta des cadeaux de départ, n'ayant pas prévu qu'ils arrêteraient leur choix sur les dentelles de la maison. Des pourpoints de satin ravirent La Tortue et

Couteau Émoussé. Ils s'en affublèrent sur-le-champ et descendirent dans la rue attendre leur cousin qui s'attardait sur le seuil à causer à voix basse avec Longs Cheveux.

— Tu es bien généreux de dilapider ainsi ta garde-robe.

— Fi donc! Je quitte le pays d'ici quelques jours. On a annoncé l'arrivée d'un gentleman qui fut mon ami à Londres. Il ne manquera pas de me démasquer. Je dois abandonner mes hardes si je veux partir en catimini sans éveiller les soupçons. Je prétendrai aller à Albany pour affaires personnelles. Cette atmosphère d'intrigue est fort plaisante affaire et devient enivrante. Je m'en délecte.

Menfou jette un dernier regard à la salle à manger saccagée. Il accuse, pour se disculper:

— Il y avait trop de plats. Je t'avais prévenu.

Rupalest ne pouvait endurer qu'un invité à lui éprouve le moindre malaise. Il s'empresse d'intervenir:

— J'en endosse la pleine responsabilité. Vous n'avez rien à vous reprocher, à part peut-être votre mutisme qui me déçut. Vous jouez trop bien votre rôle, cher ami. J'avais promis à ces dames un Tsonnontouan charmant.

— C'est un animal qui n'existe pas. Tu ne t'attendais pas à ce que nous baisions les doigts de tes dentellières, tout de même?

Avec son sourire le plus sadique, Menfou ajoute en agitant sous le nez de Rupalest horrifié sa propre main aux doigts mutilés.

— Notre spécialité est plutôt d'arracher les ongles avec les dents, comme on me l'a fait autrefois.

Malgré sa maîtrise de soi, Hugo tressaille devant ce rappel aux réalités cruelles des mœurs iroquoises. Mais Menfou se lance déjà sur une nouvelle tangente:

— Ainsi, tu rentres docilement te rapporter à ton chef?

Il se veut offensant, cherchant comme toujours à faire sortir l'indolent Parisien de ses gonds. Celui-ci refuse encore une fois de tomber dans le piège. Il explique pacifiquement:

— Je ferai route avec des officiers de Dongan qu'on dépêche dans les bourgades pour y prêcher la cause anglaise. Je compte accompagner ces messieurs jusqu'à Albany et leur fausser compagnie pour me rendre au fort Katarakoui*. De là, la garnison française me fera mener jusqu'à Montréal. Je dois présenter mon rapport au gouverneur avant l'arrivée d'une nouvelle délégation iroquoise.

— M'est avis que ton beau projet est irréalisable. Il y a loin des bourgades à Katarakoui, pour un huguenot-catholique franco-anglais porteur du plus beau scalp des Amériques! Tous les guerriers de la région sont sur les sentiers. Comment comptes-tu atteindre le fort?

Le Français est d'une magnifique désinvolture.

— Bah! J'aviserai sur place. Un Rupalest n'est jamais pris au dépourvu.

— Il pourrait très bien être pris tout court, cependant, fulmine Menfou. Je vois bien que je devrai t'escorter, sinon ta carrière d'espion risque d'être aussi brève qu'elle fut passionnante.

— Chère âme, quel honneur pour moi! Vous me soulagez d'un grand poids. Comment vous prouver ma reconnaissance sans borne?

---

* Voir la carte.

Question imprudente lorsqu'elle s'adresse à Menfou Carcajou. Celui-ci a immédiatement une faveur à réclamer et une suggestion pertinente à offrir. Après quelques minutes de conciliabule, les amis se séparent, ayant convenu d'un rendez-vous pour le départ.

Les trois Tsonnontouans déambulent, parés de satin et de fines dentelles, dans les rues désertes aux maisons obscures. Tous les rideaux sont tirés, tous les volets barricadés. Les rares promeneurs longent les murs et s'effacent prudemment devant le farouche trio qui défile en silence, à la queue leu leu, comme ils le feraient sur le sentier de guerre.

Menfou, La Tortue et Couteau Émoussé font mine de ne pas se douter de la filature soi-disant silencieuse de quatre soldats anglais qui surveillaient discrètement la maison Cockburn et escortent maintenant les Sauvages jusqu'à la barrière du poste de garde. Le gouverneur veut bien payer des repas, il ne tient nullement à subventionner des massacres. D'ailleurs, cette méfiance est réciproque, car dès la muraille franchie, les Tsonnontouans sont interceptés et accompagnés par un groupe de guerriers iroquois chargés de maintenir la paix de leur côté de la palissade.

Les dames Cockburn qui babillent en rangeant leur maison dévastée seraient bien surprises d'apprendre que l'on *placotait** tout autant sous la tente des trois cousins, et sur les mêmes sujets.

---

* Canadianisme pour parler sans arrêt.

9

Une file de canots d'écorce remontait le cours de la rivière Hudson, ayant quitté Manhatte à l'aube. Les militaires et diplomates anglais jouaient le rôle de passagers, assis au milieu des embarcations, car peu d'entre eux auraient eu l'entraînement et l'endurance nécessaires pour maintenir le rythme infatigable des rameurs iroquois.

Rupalest s'était préparé sans bruit, dans l'obscurité, espérant ne pas déranger ses hôtesses à qui il avait fait ses adieux la veille. Son sac de voyage en tapisserie de petit point à motif fleuri attendait près de la porte à côté d'un mystérieux colis rond, soigneusement enroulé de tissu et ficelé dans une couverture de laine.

Le voyageur, chaussé de mocassins silencieux, atteignait le palier sur la pointe des pieds lorsqu'une forme agréablement rondelette se jeta dans ses bras. Brenda le guettait pour un dernier baiser. Leur étreinte prolongée fut interrompue par une silhouette en robe de nuit qui sortait de la cuisine une chandelle d'une main, une tasse fumante de l'autre.

— Psstt! chuchota Emily. Je vous ai préparé un thé

chaud et des brioches afin de vous encourager à revenir au plus tôt.

Si les sœurs étaient déçues de ne pas avoir l'exclusivité des au revoir, elles ne le montrèrent pas. Hugo, assis sur les marches de l'escalier entre les deux beautés, donnait un baiser à gauche et un à droite entre des gorgées de thé sucré. Il se sentait véritablement un traître pour la première fois depuis le début de sa carrière d'espion. Il avait promis de revenir après quelques jours. Une telle assurance, dûment rapportée au gouverneur, avait facilité le départ de cet interprète dont la loyauté n'avait pas encore été prouvée. La chambre payée d'avance pour les prochains mois, les luxueux habits et les bouquins laissés en gage étaient autant de preuves qu'un jeune noble appauvri avait toutes les intentions de reparaître à la Nouvelle-York. Le gouverneur Denonville verrait ces items ajoutés à la note de frais de son nouvel espion. Il jugerait peut-être qu'un courtisan de Louis XIV n'était pas un employé des plus économes.

Les canots assemblés sur la berge du débarcadère s'étaient éloignés un à un. La Tortue et Couteau Émoussé, assis sur le sable à côté de leur canot déjà chargé, attendaient stoïquement l'arrivée de leur passager retardataire. Menfou Carcajou, moins patient, arpentait la rive, fulminait et inspectait l'arrimage déjà vérifié dix fois. Tous les bateaux étaient lourdement chargés, rapportant aux bourgades les munitions et les objets de troc échangés contre leurs fourrures. Dongan avait été particulièrement généreux dans sa distribution d'armes et de poudre, conscient d'équiper les Iroquois contre les Français.

Rupalest parut enfin et dégringola la pente, chargé

comme un mulet. Dans le jour naissant, le coureur des bois le regardait arriver, éberlué comme toujours par l'art avec lequel le Parisien mêlait dans son accoutrement l'élégance d'un dandy et la rusticité d'un chasseur. Chapeau à plume et col de dentelle, moustache et chevelure incroyables camouflaient l'habit de daim à longues franges. Les mocassins étaient lacés jusqu'aux genoux avec des rubans verts plutôt qu'avec les «babiches» de cuir habituelles. Au moins, cette fois, Hugo avait renoncé à ses bottes à talons, meurtrières pour le fond fragile des canots et peu pratiques dans les portages.

Hugo s'arrête, essoufflé. Oubliant de s'excuser de son retard, visiblement très ému, il s'exclame avec dépit:

— Je suis un goujat! J'ai laissé ces ravissantes pucelles en larmes avec de fausses promesses de retour.

Menfou hausse les épaules sans sympathie.

— Bah! Il aurait bien fallu que tôt ou tard tu en chagrines une, puisque vous, Français, ne pratiquez pas la polygamie.

Le Parisien s'était fait expliquer un jour cette coutume indienne qui le charmait et le choquait en même temps. La guerre et la chasse étant des activités dangereuses, le nombre de femmes surpassait souvent celui des hommes dans les tribus. Beaucoup d'Indiennes préféraient être la seconde épouse plutôt que de vieillir sans enfants et sans pourvoyeur.

— Ce départ m'aura sans doute évité l'embarras du choix, admet le galant vite consolé. Elles vendront mes possessions pour se venger.

— Comment, raille Menfou Carcajou en contemplant les paquets épars à ses pieds, tu leur as laissé quelque chose? J'aurais plutôt cru que tu emportais tout leur ménage. C'est ce que tu appelles «voyager allège»?

— On m'a comblé de mille gâteries au moment du départ. Je ne pouvais décemment refuser, s'excuse Rupalest, contrit. Vous serez bien aise de partager les friandises. D'ailleurs, ce précieux colis est à vous.

Le Canadien ramasse le paquet arrondi et le fixe avec mille précautions sous la courbe relevée de la poupe à côté des sacs de «pemmican». Si le canot chavire, ces objets précieux seront protégés.

Rupalest, plein de bonne volonté, s'efforce de se rendre utile, dérangeant plus qu'il n'aide. Il ne peut s'empêcher de remarquer, en voyant le soin que son ami prend de sa récente acquisition:

— Je ne peux concevoir l'utilité d'un ballon de dentellière pour un guerrier tsonnontouan. Vous proposez-vous d'en enjoliver votre hutte? Ou d'en faire une cible? Ce serait dilapider bien vite les six peaux de castor que cette babiole vous a coûté et l'éloquence qu'il m'a fallu déployer pour convaincre ces dames de se départir d'un de leurs trésors importés d'Allemagne.

Menfou, absorbé par le placement des excédents de bagage, réplique sans lever la tête:

— C'est pour la petite Quesnel. Je l'ai vu coudre à la chandelle et c'était pitié.

— Ah! La fillette à qui j'ai remis les lunettes de votre part. Parfois, ami Cormier, je m'oublie à penser qu'un cœur humain bat sous ces colliers de crocs.

Un grognement mécontent lui répond. Menfou se redresse, enfin satisfait, et dit quelques mots à ses cousins. Il place un aviron dans les mains de son passager. C'est le signal du départ. Les trois Tsonnontouans soulèvent le canot lourdement chargé et le déposent sur l'eau. Chacun y prend place, Rupalest et Menfou au centre.

Trois pagaies vigoureuses et une moins habile propulsent l'embarcation. La marée montante s'engouffre dans l'embouchure de la rivière Hudson et accélère la manœuvre. Bientôt, ils s'enfoncent entre deux murailles de verdure. Les palissades de Manhatte et ses maisons disparaissent avec tous les cœurs brisés et les espoirs matrimoniaux qu'elles renferment.

Le soir, ils rejoignent le groupe pour un campement en commun. À cause de la présence des Anglais, Rupalest et Menfou doivent jouer leurs rôles respectifs autour des bivouacs. On installe des camps sommaires, à l'iroquoise. Les Indiens consentent à quelques concessions en faveur de leurs invités. Ceux-ci ont droit à leurs tentes, et on les exempte de la corvée de garde, mais ils doivent alimenter leur feu, quérir leur eau et préparer leur nourriture. Un guerrier n'est le serviteur de personne.

Chaque nuit, des sentinelles sont désignées pour patrouiller les alentours. Les Iroquois sont les seuls Indiens à prendre ces précautions, une des causes de leurs succès à la guerre ou à la chasse. On ne les prend jamais par surprise comme on peut le faire dans les autres tribus où les *manitous** sont placés autour des dormeurs, tournés vers l'ennemi. Alors, chacun dort en paix persuadé que les esprits favorables veillent sur le camp. Bien des réveils brutaux ont puni ces excès de confiance sans pourtant les faire cesser.

---

* Objets représentant l'esprit protecteur.

Le jour, les officiers anglais se prélassent dans les canots, persuadés que les Iroquois se chargent de ramer par égard pour les Blancs. Ils ignorent que les Peaux-Rouges méprisants ne les croient pas capables de fournir un effort aussi soutenu aux avirons. Les militaires se tiennent prêts à abattre chevreuil ou gibier que l'avance silencieuse des canots surprend sur la berge. Les bons chasseurs s'en donnent à cœur joie et vantent, le soir venu, les joies du voyage.

Rupalest ne partage ni leur euphorie ni leurs aises. Menfou, implacable, le fait avironner sans répit, malgré les ampoules et les crampes.

— Tu dois t'entraîner. Bientôt, tout ce beau monde va virer à l'ouest et toi et moi devrons continuer seuls. Tu as l'endurance d'un poussin et je n'ai nullement l'intention de travailler pour deux.

La consigne du silence, naturelle pour les Iroquois, est une contrainte pour les Anglais et un véritable martyre pour Rupalest, habitué à extérioriser ses sentiments.

Bientôt, chaque jour, un ou deux canots quittent la flottille et empruntent des petits affluents pour plonger dans les terres, vers l'ouest, et les diverses bourgades. Rupalest éprouve une admiration sans réserve pour ces militaires qui s'enfoncent ainsi dans les chemins d'eau de la forêt avec une escorte de guerriers sanguinaires plus ou moins attachés par de vagues ententes cordiales.

Quelques sachems ont pris les devants avec leurs rameurs avironnant en relais jour et nuit pour aller participer au conseil de la Grande Paix des Cinq Nations où seront discutés les promesses de Dongan et les engagements de Denonville. Pour l'instant, la question du rapatriement des galériens donne l'avantage au gouverneur de la Nouvelle-France, mais c'est pour une trêve lourde de rancune.

Le reste des hommes de Dongan s'engagera bientôt sur la rivière Mohawk pour pénétrer en territoire iroquois. Menfou, qui tirait volontairement de l'arrière, profite d'une halte pour expliquer à son passager la géographie du pays et l'itinéraire qu'il projette. Il refuse l'offre de papier et de plume, préférant tracer des lignes avec un bâton sur le sable mouillé de la berge, à la manière des hommes des bois.

Pendant que ses cousins dorment à l'ombre et que Rupalest ronge un os de poulet, relief des provisions des Cockburn, Menfou, un genou en terre, tire un grand trait, la rivière Hudson, coupé à angle droit par un autre, la rivière Mohawk*.

— Voici le chemin habituel jusqu'en Iroquoisie. Ici, au bas, c'est Manhatte dans l'État de New York. Nous remontons vers le nord jusqu'à fort Orange avant de tourner à l'ouest sur la Mohawk. Même toi ne pourrais t'y perdre.

— Dites-moi, fort Orange n'est-il pas un fort hollandais?

— Exactement. C'est maintenant à ce poste d'Albany que les chasseurs indiens apportent leurs fourrures. Cela leur évite de descendre jusqu'à Nouvelle-York et on y fait des meilleurs prix qu'en Canada.

— En vérité, ce serait un lieu qu'il me plairait de visiter. On en dit beaucoup de bien.

---

* Voir la carte.

— N'y compte pas. Loin de la protection personnelle de ton employeur le gouverneur Dongan, ton statut
de Français huguenot risque d'être mal interprété. Nous
passerons de nuit pour éviter toute question.

Menfou, d'un trait de bâton, allonge indéfiniment le
cours de l'Hudson et place un caillou tout en haut.

— Voici Montréal. Le chemin le plus court serait
de continuer vers le nord à travers le lac George, le lac
Champlain et le Richelieu. C'est un voyage dur, pour une
grande part à travers les territoires agniers, mais il ne
prend que cinq jours.

Rupalest examine la ligne droite qui pointe vers
Ville-Marie représentée par le caillou.

— Cette route me plaît par sa simplicité.

Son compagnon relève la tête, un éclair de malice au
fond de ses yeux noirs.

— Tu peux toujours passer par là, mais tu iras seul.
Je ne suis pas si pressé. Je dois rejoindre le parti de
Grande Gueule près de Katarakoui. La délégation descendra le fleuve vers Montréal par la route habituelle qui
prend quinze jours et comporte de nombreux portages. Je
te laisserai au fort Katarakoui sous la protection de l'armée française si cela te convient.

Menfou est plus familier avec ce territoire où il risque moins les mauvaises rencontres. La responsabilité de
l'encombrant Français dans un pays où sa race est exécrée
présente bien des risques. L'Iroquoisie se remet à peine
des déprédations de l'armée de conquête de Denonville.
On reconstruit péniblement les villes, on ensemence les
champs calcinés, on érige les longues cabanes. Mais personne ne remplacera les milliers de victimes que la misère

et la famine ont tuées plus sûrement que le canon ou le fusil.

Rupalest pose impulsivement la main sur l'épaule de son guide:

— Mon ami, je suis à votre disposition et ma docilité n'a d'égale que ma reconnaissance. Je constate maintenant que je me lançais seul dans une entreprise insensée. On m'aurait promptement levé le scalp, comme vous le dites si pittoresquement.

— Sache que tes cheveux étaient en danger même à Manhatte. J'ai refusé une forte somme offerte par un sachem qui les convoitait. Il me proposait de te tendre une embuscade, discrètement.

Rupalest porte les mains à sa tête.

— Je rends grâce au ciel que votre loyauté prime sur votre cupidité! Cette preuve d'amitié me touche profondément, et la mienne vous est tout acquise.

Menfou Carcajou ne se laisse pas émouvoir pour autant.

— Holà! Mon dernier mot n'est pas dit. Il me reste à voir si ton scalp vaut plus sur ta tête ou à ma ceinture. Pour l'instant, admettons que tu le transportes pour moi.

— Palsembleu! Je ne sais si on doit déplorer davantage vos plaisanteries de mauvais goût ou votre esprit macabre.

— N'empêche qu'il faudra être prudent, choisir avec soin les villages où nous arrêterons et en contourner d'autres.

Comme prévu, on passe à la faveur de l'obscurité devant la ville d'Albany dont les quelques lumières se reflètent dans l'eau. Ses trois cents habitants dorment tranquilles, protégés par les quatre bastions, l'enceinte de pieux et les cent cinquante militaires de la garnison du fort Orange. Même le redoutable voisinage des féroces Mohawks n'inquiète pas ces Hollandais venus partager les risques et les avantages du commerce des fourrures avec leurs alliés les Anglais. Albany est devenu le centre de traite de l'est du pays, et les Iroquois ne tiennent pas à tarir cette source d'armes et de munitions.

En longeant sans bruit la rive opposée de l'Hudson, les Tsonnontouans atteignent l'embouchure de la rivière Mohawk et campent à proximité d'un village agnier. Le moment des séparations est venu.

La Tortue et Couteau Émoussé désirent continuer vers l'ouest en traversant le pays des Agniers et celui des Onneyouts. Derrière ceux-ci habitent les Onnontagués, chez qui ils se proposent d'arrêter pour chasser avec des amis. Ils passeront ensuite chez les Goyogouins et arriveront finalement à la rivière Genesee, frontière des territoires iroquois où réside le «peuple de la Longue Colline», leur peuple, les Tsonnontouans. Ceux-ci sont les défenseurs attitrés des frontières ouest de l'Iroquoisie. Ils remplissent le rôle symbolique des «Gardiens de la Porte occidentale de la Longue Cabane»*.

Les trois cousins effectuent des transactions compliquées. La Tortue et Couteau Émoussé garderont le grand canot et s'engagent à porter la part du butin de Teharouhiaká:nere jusqu'à sa tente en échange de plusieurs présents. On se sépare avec les adieux sans émotion des Sauvages.

---

* Voir la carte.

Les amis se retrouvent seuls sur la plage avec pour tout bagage le sac fleuri de Rupalest, son *baire**, un *parflèche*** contenant toutes les possessions de Menfou Carcajou, sa couverture de laine rude, un paquet de *pemmican* et le précieux ballon de dentellière emmitouflé dans son cocon. Sans compter les armes du coureur des bois: un mousquet, un arc et des flèches, un tomahawk et les trois indispensables couteaux sans lesquels un guerrier ne saurait prendre la route.

Menfou exige de Rupalest qu'il délie les cordons de sa bourse déjà plate et qu'il fasse l'achat d'un nouveau canot d'écorce plus petit et plus léger pour continuer leur voyage à deux. Les Agniers préfèrent toujours des objets de trocs, mais ils se résignent à utiliser la monnaie européenne, «ces médailles inutiles», qu'ils se hâtent ensuite d'échanger contre des armes, des couvertures, des chaudrons, toutes choses dont la valeur est tangible.

Voyant le Parisien compter parcimonieusement ses écus, Menfou conseille avec insouciance:

— Tu ajouteras ce montant à la note du gouverneur Denonville. Il sera si ravi de revoir son espion favori qu'il ne saura rien te refuser.

— Que voilà un métier ruineux, gémit le Parisien.

Les Agniers peuvent disposer d'un petit canot algonquin dont le fond tapissé de pièces témoigne d'une existence mouvementée. Menfou Carcajou réclame une

---

* Sac de couchage et tente combinés dont le rabat peut servir d'abri contre la pluie, le froid, les moustiques.

** Sorte de boîte en cuir brut dans laquelle les Indiens transportent vêtements ou nourriture.

chaudière de résine pour le même prix, car il prévoit de nombreux radoubs.

Le voyage se continue dans une atmosphère de camaraderie. Redevenus eux-mêmes, Cormier et Rupalest retrouvent le plaisir qu'ils ont toujours éprouvé à la compagnie l'un de l'autre. Le Parisien s'émerveille de l'endurance et de l'adresse du coureur des bois, de ses prouesses à la chasse, de sa force dans les portages, de son ingéniosité à organiser des campements confortables avec des moyens de fortune. Menfou de son côté admire sans le lui avouer le cran du Français, son humeur égale, son entêtement à suivre sans jamais se plaindre, à dépasser ses forces pour ne pas admettre une faiblesse indigne d'un Rupalest.

Lors des portages particulièrement accidentés, Menfou fait souvent un trajet supplémentaire pour transporter sans le briser son fameux ballon de verre. Un jour, Rupalest le voit même perdre pied dans une descente sur des roches glissantes. Le coureur des bois tient son fardeau fragile au bout des bras. Il refuse de le lâcher pour freiner sa chute, préférant encaisser les coups. Il se retrouve en bas de la pente meurtri avec un coude en sang, assis dans l'eau jusqu'à la taille, un sourire de triomphe aux lèvres, brandissant victorieusement le ballon intact.

Le Parisien doute que la fillette qui recevra ce précieux cadeau se rende jamais compte des efforts qu'a occasionné son déménagement et du prix énorme, six peaux de castor, qu'a coûté son acquisition.

10

Sous la coupe d'un mentor aussi expérimenté que Menfou Carcajou, le Parisien est repris par les attraits de la vie sauvage. Tout le jour, assis à l'arrière du canot, il regarde défiler les rideaux d'arbres aux verts changeants. Parfois, ils suivent de vagues filets d'eau où seule la légèreté de la coque d'écorce leur permet de naviguer. Souvent on peut voir à travers le liquide parfaitement transparent l'ombre du canot voler au-dessus des roches.

Plus loin, ils traversent des lacs miroitants où de longues processions de nuages interceptent le soleil et les plongent dans un clair-obscur angoissant. Pourquoi semble-t-il que la lumière joyeuse des rayons soit une protection contre les menaces de la sombre forêt? «On croirait qu'on ne peut mourir au soleil», constate Rupalest, intrigué.

Les épis ondoyants des joncs des marais les saluent au passage. Le riz sauvage incline sa tête lourde de grains. Des flottilles de canards s'égaient devant leur nacelle. Parfois, une petite tête noire coupe l'eau, trahissant par le grand V de son sillage la traversée d'un castor ou d'une loutre. Ils surprennent les orignaux qui pataugent sur les berges et relèvent pour les voir passer une longue tête à l'air perplexe pendant que les fleurs de nénuphars accrochées à leur panache les coiffent coquettement. «Ces contenances sont le vivant portrait de mon grand-oncle le cardinal», pense Hugo, amusé.

Le clapotis de l'eau, le grondement des cascades, le chant des oiseaux, le bond iridescent des poissons, l'ours paresseux qui se vautre dans la vase, la biche et son faon s'abreuvant sans méfiance le ravissent davantage que les plus beaux spectacles présentés à la cour des rois de France ou d'Angleterre.

Rupalest, de sa loge à la poupe du canot, jouit de chaque instant de sa vie en forêt. Même les averses soudaines ne le déconcertent pas. Son large feutre lui sert de parapluie, avec sa plume détrempée qui retrousse son panache au soleil. Les longues franges de ses vêtements de daim absorbent l'humidité, ne séchant que longtemps après la chemise et le pantalon. S'il pouvait chanter sa joie, son bonheur serait parfait, mais ce tyran à l'avant exige un mutisme complet.

Rupalest a renoncé à imiter la façon indienne dont Menfou avironne, sans soulever la pagaie hors de l'eau, dans un mouvement circulaire qui évite tout éclaboussement. Dieu merci on n'exige pas de lui un tel perfectionnisme. Un effort ininterrompu de dix heures par jour lui suffit.

Le coureur des bois préfère diriger l'embarcation de la proue, même si les manœuvres sont un peu plus compliquées. Il peut ainsi arrêter le rameur arrière, sans bruit, d'un geste de la main, lorsqu'un froissement suspect ou un mouvement dans les feuilles attire son attention.

Quelquefois il immobilise le canot, bande son arc et abat silencieusement une proie qui fera les frais du souper. Il a fallu plusieurs remontrances pour enseigner à son passager à taire son admiration bruyante à ces occasions. Un arc indien frappe le but à quatre-vingts mètres et pour un chasseur cet exploit est l'enfance de l'art. L'arme archaïque permet un tir plus rapide que celui d'une arme à feu. On peut lancer de huit à dix flèches pendant le temps qu'on recharge un fusil. De plus, un arc a le grand mérite d'être silencieux et de ne jamais s'enrayer.

Dans les portages, Rupalest regardait son ami avancer devant lui, courbé sous le poids du canot, armé jusqu'aux dents, posant avec assurance ses mocassins sur le sol inégal sans jamais déplacer un caillou ou faire craquer une branche. Sa démarche typique de Sauvage, les orteils légèrement tournés vers l'intérieur, devait se pratiquer dès l'enfance et s'exercer par le port des raquettes. Malgré ses tentatives, le Parisien ne pouvait l'imiter plus que quelques minutes sans ressentir des crampes aux mollets.

Tous ses efforts pour une progression fantomatique étaient vains, récompensés le plus souvent par un grognement de reproche émergeant de sous la coque calfatée du canot.

Parfois, d'un geste, Menfou Carcajou lui signalait une source quasi invisible, presque sous ses pieds, les traces imperceptibles du passage d'un animal, ou la présence vigilante et silencieuse d'un écureuil qui les regardait déambuler avant de donner en jacassant le signal de fin d'alarme lorsqu'ils auraient disparu.

Souvent le guide mettait un genou en terre et, indiquant des empreintes ou des excréments sur le sol, il pouvait presque retracer la biographie complète de l'animal. Lorsque Rupalest lui demandait comment diable il arrivait à s'orienter entre ces arbres tous pareils et ces rivières tricotées dans tous les sens, le Tsonnontouan s'efforçait de détailler les indices dont la lecture était pour lui une seconde nature: la cime des conifères penche vers le sud-est en raison des vents dominants du nord-ouest; sur les vieilles souches pourries, la végétation est plus abondante du côté sud; la mousse pousse au nord des arbres exposés au soleil; l'écorce semble plus terne de ce côté; le versant ombragé d'une montagne est plus humide, les bruits y sont plus sourds de sorte que même aux jours sombres on peut reconnaître sa situation géographique. Les ruisseaux coulent toujours vers la grande rivière.

Mais lorsque Rupalest voyait Menfou Carcajou se figer, attentif, les narines ouvertes à toutes les odeurs, ses yeux balayant les fourrés, il oubliait qu'il avait devant lui un Blanc civilisé, humoriste, capable de galanterie. Il se retrouvait en face d'un Sauvage authentique, tout en nerfs, un être d'instinct primitif en harmonie avec le vent, le ciel, l'eau et la forêt.

Après quelques minutes d'immobilité complète, Menfou tendait la main, deux doigts pointés, les autres repliés vers sa paume, et ils repartaient dans la direction indiquée. Encore une fois, mystérieusement, l'homme des bois s'était orienté.

Les repas de la journée étaient vite expédiés. Une poignée de maïs séché, grignotée sans s'arrêter, laissait le Parisien perpétuellement affamé. Ce menu frugal, accompagné de quelques gorgées d'eau qui gonflait le grain et donnait l'illusion d'un estomac plein, satisfaisait parfaitement Menfou. Son compagnon pensait amèrement: «Mes boyaux, eux, ne sont pas dupes.» C'est par concession spéciale à ces caprices de Blanc que le coureur des bois chassait, pêchait et cuisinait pour son compagnon. Lui-même, entraîné à ce dur régime, n'en exigeait pas plus sur le sentier.

De la pointe de son couteau, Menfou prélevait la gomme de pin qu'il mastiquait régulièrement. C'était le secret de ses dents saines et blanches et Rupalest, hanté par le spectre des vieux courtisans édentés, adopta rapidement cette coutume salutaire.

Chaque soir, lorsque le soleil baisse à l'horizon, le chasseur cherche un endroit propice où camper. Ces bivouacs sont, eux aussi, d'une remarquable discrétion. Le canot soulevé est dissimulé sous les buissons, enfoncé entre les joncs de la rive, ou rempli d'eau et coulé au fond pour la nuit. Les traces de leurs pas sont effacées sur le sable, le feu minuscule soigneusement camouflé, les conversations tenues à voix basse. Tout proclame la prudence et la méfiance d'un rusé Tsonnontouan.

Si le site s'y prête, Rupalest est initié bon gré, mal gré, aux subtilités de la pêche. Posté sur une roche, un bout de «babiche» à la main, il plonge patiemment à l'endroit précis indiqué par son professeur un hameçon fait d'une épine ou d'un os où est empalé un morceau d'intestin du lièvre mangé la veille. Ses succès faciles lui montent à la tête, et il revient au camp brandissant des truites, s'attendant à des félicitations. Accordant à peine un regard à la pêche miraculeuse, Menfou s'étonne que les poissons ne soient pas encore apprêtés.

Le nez plissé de dégoût, l'élégant chevalier vide les

truites, comme il a plumé les perdrix et écorché les lièvres les soirs précédents. Il accomplit sans le savoir le travail des squaws, conscient que c'est une bien minime participation à leur confort à tous deux.

Pendant ce temps, Menfou cherche un cèdre mort. Il en soulève l'écorce pour découvrir le bois sec devenu friable. Il écrase cette poudre rougeâtre sur une pierre plate et, avec son *batte-feu**, il produit une faible étincelle qu'il couve jalousement et nourrit de brindilles, avec une patience infinie. Menfou, comme beaucoup d'Indiens, préfère ce briquet moderne à la méthode traditionnelle de frotter ensemble, interminablement, deux morceaux de bois de cèdre sec. Lorsque le feu est pris à sa satisfaction, il dispose autour, comme les rayons d'une roue, des branches d'arbres qui ne crépitent pas, afin d'éviter les étincelles. À mesure que le bout des bûches se consument, il les repousse vers le centre du foyer.

Il enfile alors le mets du jour sur un bois vert et le suspend au-dessus de la flamme. Ses petits feux d'Indien chauffent sans carboniser, contrairement aux grands brasiers des Blancs.

Menfou confectionne un contenant d'écorce fermé par des épines. Il le remplit d'eau et l'accroche au-dessus des flammes. Tant qu'elle contient du liquide, l'écorce ne brûle pas. Lorsque la vapeur sort, il ajoute une pincée du thé des dames Cockburn et un morceau de leur sucre précieux. Un toit de branches feuillues sert à diffuser la fumée dans toutes les directions. Il ne reste plus qu'à

---

* Briquet de l'époque. Un anneau de métal passé dans la main est frotté rapidement contre une pierre. Les étincelles embrasent un morceau d'amadou.

attendre pour déguster un festin que Rupalest affamé ne craint pas de comparer à ceux de Versailles.

C'est à ces moments, dans la paix du soir tombant, qu'il retrouve sous l'Iroquois le camarade avec qui il s'est découvert des affinités à Ville-Marie.

Rupalest étend ses longues jambes ankylosées d'avoir été pliées dans le fond du canot. Il allume sa délicate pipe de plâtre blanche, s'adosse à un arbre et, comme Sophie le faisait autrefois, il interroge inlassablement le Tsonnontouan sur les mœurs de ses frères indiens.

Menfou répond volontiers, expliquant du point de vue du Sauvage quelques-uns des traits de leur caractère. Tout en causant, il prend une pierre dans son sac et entreprend comme chaque soir l'aiguisage rituel de celui de ses trois couteaux dont il s'est servi dans la journée. Avec une lenteur méticuleuse, il passe la lame sur le silex, s'arrêtant parfois, tête levée, pour écouter ou pour humer l'air, inconscient du tableau sauvage qu'il présente. D'un ton voilé, qui ne porte pas, il déclare:

— Presque tous les torts que vous nous reprochez ont des origines religieuses auxquelles vous ne comprenez rien.

— Bien cher, je ne demande qu'à être convaincu.

— Le facteur le plus important dans la vie d'un Iroquois, ce sont ses rêves et leur interprétation. Ils conditionnent sa vie et ses actions. Quand on n'a pas de songes, on en provoque par le jeûne ou la suerie. C'est pourquoi l'alcool a tant d'attrait pour les Indiens. Il leur procure les hallucinations qu'ils recherchaient auparavant au prix de tant d'efforts. Le rêve instantané, quoi!

Avec un petit rire, le Tsonnontouan doit admettre:

— Parfois, les résultats dépassent même nos espérances.

— Et quelle est votre excuse, monsieur le Peau-Rouge, pour la cruauté de vos frères?

Menfou élève le couteau à ses yeux, en inspecte le tranchant d'un œil critique et passe délicatement son pouce sur le fil. Satisfait, il glisse le poignard dans sa gaine de cuir et répond:

— Nos critères sont différents. Nous torturons nos prisonniers pour leur donner l'occasion de prouver leur courage. De toute façon, pour un Indien, la vie est un lieu de passage et il prépare sa mort durant toute sa vie. Ce sont les actes glorieux, la bravoure téméraire qui donnent accès au paradis. Un vrai guerrier capturé par ses ennemis les nargue et les provoque, les défiant de le faire flancher par les tortures. Depuis son enfance, il s'est endurci à résister à la douleur, à endurer le feu sans frémir. Il serait bien déshonoré d'être exécuté sommairement sans avoir l'occasion de chanter son chant de mort et sans avoir réussi à faire enrager ses tortionnaires.

— C'est à la fois terrible et magnifiquement valeureux. Dites-moi, Cormier, fîtes-vous aussi ces entraînements morbides? Croyez-vous vraiment qu'on puisse apprendre à mourir?

Pour toute réponse, le Tsonnontouan étend ses mains levées vers la lueur de la flamme et Rupalest aperçoit sur ses avant-bras de nombreuses cicatrices.

— Ces concours d'endurance font partie de toutes les initiations dans les sociétés guerrières. Elles nous rassurent sur nos pouvoirs de résistance physique. Le chant de mort provoque une transe hypnotique censée aider elle aussi. En tout cas, il sert à déguiser les cris. Chaque homme se demande certainement s'il saura tenir jusqu'au bout. Je sais que moi, je m'en inquiète. Mais c'est une crainte dont on ne parle jamais. Pour ce qui est de la mort elle-même, elle est depuis toujours le but vers lequel aspire un Indien, car nous croyons à l'immortalité de l'âme.

— C'est dire que nos missionnaires vous ont prêché avec un certain succès la parole de Dieu?

— Nous n'avons pas eu besoin des «Robes Noires» pour apprendre la sagesse. Elle nous vient de nos ancêtres. L'homme blanc s'enferme dans son église et parle de Dieu. L'Indien, lui, va dans la nature et parle à Dieu.

Rupalest a rarement vu le Canadien aussi volubile et aussi intense. C'est tout son nouveau mode de vie qu'il défend et cherche à définir pour ce Français dont il estime hautement l'opinion. Hugo sent la gravité et la vulnérabilité de son compagnon et se garde de l'interrompre par des commentaires. L'autre reprend:

— Le paradis indien est plus attrayant que celui des chrétiens. Il ne renfermera ni anges ni saints ennuyants. On n'y chantera pas toute la journée des cantiques d'action de grâce. Cette perspective me déprimait lorsqu'on me dépeignait à l'école les joies de l'autre vie. L'animation qui semblait régner en enfer me tentait davantage. C'est bien la première fois que j'ose l'avouer!

Menfou a le sourire impénitent qui a dû faire le désespoir de ses professeurs, les pères jésuites. Le Parisien, intrigué, interroge avec intérêt:

— Comment vous représentez-vous l'autre vie, dans ce cas?

Son interlocuteur, les yeux levés vers la cime des arbres ou balayant la forêt obscure, évite de fixer le feu qui détruirait sa vision de nuit. Il cherche comment formuler sa réponse sans paraître superstitieux:

— Ce sera la cabane du Grand Esprit, tapissée de colliers de porcelaine, avec des étages où les âmes sont réunies selon leur mérite. Les anciens disent que c'est une merveilleuse contrée de chasse et de pêche où le printemps est éternel. S'ils ont été heureux dans le monde des vivants, les Indiens ne voient pas pourquoi ils ne le seraient pas dans celui des morts.

— Ce raisonnement me paraît éminemment logique et fort réconfortant. Ne faudrait-il pas, cher ami, que vos Iroquois l'enseignassent à nos missionnaires qui prêchent la damnation éternelle?

Menfou rétorque avec véhémence:

— Nos gens ne veulent pas être sauvés parce qu'ils ne se croient pas perdus. Une telle distance sépare nos deux races qu'aucun truchement ne pourrait la franchir. Mais les Indiens sont beaucoup trop courtois pour contredire ouvertement un étranger, surtout un homme courageux et dévoué comme une «Robe Noire». Ils se contentent d'écouter poliment ses prêcheries.

Rupalest a entendu les missionnaires déplorer cette attitude.

— Sur ce point, vous avez diantrement raison, mon cher. Je me souviens d'un jésuite de Ville-Marie qui me racontait comme la doctrine chrétienne impressionne peu les Sauvages. L'un d'eux lui avait fait cette boutade: «Si vous, les Blancs, avez assassiné votre Sauveur, réparez vous-même votre crime. Nous n'avons rien à y voir. S'il était venu chez nous, nous l'aurions assurément mieux traité.»

Menfou sourit avant de continuer:

— Ils sont rares, en vérité, ceux qui se convertissent. Les Indiens préfèrent leurs croyances millénaires et l'interprétation des songes. Mais nous voilà loin de ta question sur la cruauté des Iroquois! L'idée première de la torture a été de procurer aux ennemis héroïques la plus belle mort possible.

Rupalest s'enroule dans son baire, sous les arbres. Son compagnon s'assoit un peu à l'écart, enveloppé de sa couverture et entouré de ses armes. S'il dort, c'est peu et superficiellement, car chaque fois que le Français ouvre les yeux, il l'aperçoit tendu et vigilant. D'autres fois il ne le voit plus, ce qui l'inquiète jusqu'à ce que Menfou revienne à son poste aussi silencieusement qu'il en est parti.

Sous le couvert de la frondaison, dans l'humidité des berges marécagcuses, les moustiques sont au rendez-vous. Rupalest les combat futilement à coups de mouchoir et se donne de grandes claques dans le visage pour punir sur le fait les maringouins les plus voraces. Menfou lui sert en riant la farce classique des coureurs des bois que Hugo ne prise pas du tout.

— Il ne sert à rien d'écraser un moustique. Les gens de sa parenté viennent par millions assister aux funérailles!

Malgré sa répugnance, l'impeccable dandy doit se résigner à s'enduire d'une couche protectrice de graisse d'ours. Comme il s'astreint à faire une toilette minutieuse chaque matin, la réserve de graisse de son guide baisse rapidement. Menfou, exaspéré, met un terme à ses ablutions. Il gronde de cette voix étouffée dictée par la prudence:

— Si tu insistes pour te laver sur le sentier, nous arrêterons devant le prochain ours que nous surprendrons au passage et tu lui achèteras une provision de graisse pour ton propre compte. J'ai besoin de la mienne car j'ai plus de peau exposée que toi.

— Alors pourquoi diantre persister à vous balader nu entre ces ronces épineuses et ces bestioles voraces? Des vêtements vous protégeraient contre l'un et l'autre, ce me semble.

— Il y a une raison à cette nudité, ne t'en déplaise. Nous pouvons sentir sur la peau la moindre brindille qui craquerait et trahirait notre arrivée. C'est essentiel à la chasse et en embuscade. La graisse nous protège. Elle ferme aussi les pores et évite de perdre une eau précieuse par la transpiration. Comme la sueur attire les moustiques, nous sommes protégés sur tous les fronts.

Encore une fois, Rupalest constate à quel point rien dans la vie des Indiens n'est laissé au hasard. Chaque coutume, chaque geste a un sens profond dont dépend la survie en forêt parmi les ennemis implacables.

Un soir, la lune croissante trouve Menfou et Hugo campés sur la rive d'un lac désert. Ils se sont installés dans une anse entourée de rochers escarpés. Les dangers de guet-apens sont moindres que dans la pénombre boisée des étroites rivières. Aussi Menfou, magnanime, accorde-t-il le luxe d'une veille où ils peuvent savourer leurs pipes sans craindre que l'odeur du tabac ne trahisse leur présence.

Le Parisien, ayant constaté qu'il pouvait sans offenser son guide lui demander des précisions sur les coutumes iroquoises, aborda un sujet qui lui tenait à cœur et sur lequel il se sentait particulièrement vulnérable.

— Mon cher Peau-Rouge, comment votre indulgence interpréterait-elle l'horrible pratique du scalp? Me direz-vous encore qu'elle est religieuse?

— Ne t'en déplaise, Hugo, elle l'est. D'après la tradition, le Grand-Esprit donne à chaque homme un corps complet qu'il doit rendre en totalité à son créateur lorsqu'il meurt, s'il veut entrer au Pays-des-Chasses-éternelles. Sinon, il est condamné au Pays-des-Ombres.

Les yeux du coureur des bois brillent d'un feu cruel qui n'a rien de rassurant, pense Rupalest mal à l'aise.

— En levant le scalp d'un ennemi, «on l'expédie en bas» et on est certain de ne pas le retrouver dans l'autre vie. En arrachant le scalp d'un coup, on s'empare de la puissance du vaincu. Évidemment, maintenant que les Visages pâles paient des primes pour les chevelures, leur collecte est devenue un commerce lucratif. Les gens de la Nouvelle-Hollande, au fort Orange, ont les premiers acheté les chevelures prélevées aux Indiens alliés des Français. Puis Frontenac a offert dix livres pour chaque scalp d'homme, de femme ou d'enfant anglais ou indien qu'on lui rapportait*. C'était plus facile que de ramener des prisonniers et cela prouvait qu'on les avait massacrés. Il a lancé une mode. Maintenant, les Blancs lèvent les cheveux aussi bien que nous. C'est à en être jaloux! Mais nous usons de bonnes ruses. Ainsi, les Illinois traitaient et vendaient le poil frisé de la tête des bisons qui ressemblait aux cheveux roux des soldats anglais. C'est un

---

* Authentique.

officier français évadé de leurs villages qui l'a finalement révélé.

Rupalest intercale, avec un demi-sourire:

— Il a éventé la mèche, si je puis me permettre un jeu de mot macabre.

Menfou Carcajou a un rire bref et continue:

— Les Abénaquis avaient même développé une habile technique qui leur permettait de diviser un seul scalp en trois pour donner l'impression de trois trophées cueillis sur des crânes différents.

D'un œil spéculatif, Menfou contemple la crinière de lion de son vis-à-vis. Rupalest intervient vivement:

— Que voilà d'aimables anecdotes, ami Cormier! Espérez-vous ensuite me voir dormir sur mes deux oreilles quand ce qui les coiffe est tellement menacé? Je ne suis pas sans avoir remarqué vos regards prédateurs et vous n'en seriez pas à vos premiers méfaits contre ma chevelure. Cependant, redoutez par-dessus tout le courroux de madame ma mère. Mes frisures furent de tout temps l'objet de sa sollicitude maternelle.

Le Français étouffe un petit rire.

— Si cette sainte femme me voyait ici, couché à la belle étoile, son désarroi serait sans bornes! Vertudieu, je prends goût à cette vie primitive! Je voudrais la voir se prolonger indéfiniment.

11

Depuis trois jours, les voyageurs sont les invités d'un village agnier, celui des Faucons Noirs. Leur canot a succombé sous les coups de boutoir des rapides trop tumultueux. La coque prenait l'eau de toutes parts. En écopant sans arrêt, ils avaient réussi à atteindre le groupe de cabanes que Menfou Carcajou connaissait pour les avoir déjà visitées.

Ils furent reçus avec l'hospitalité caractéristique des Indiens. Une fois établi que Teharouhiaká:nere était un frère et Longue Chevelure son ami anglais, on leur fit fête. On dansa en leur honneur, on sacrifia un chien à la marmite, hommage dont Rupalest se serait bien passé. Ce n'était pas tant la saveur du ragoût auquel il s'objectait que la vue des touffes de poil qui adhéraient encore à la viande. Sur un regard éloquent de Menfou, il tendit comme les autres son écuelle de bois et on lui présenta les morceaux de choix, qu'il partagea discrètement avec un chien cannibale peu gêné de grignoter un parent. On alluma ensuite le calumet et de longs palabres clôturèrent la première soirée.

«Celui qui regarde le ciel» était un bon conteur débordant d'anecdotes amusantes. Il fit rire tout le monde, parfois aux dépens de son compagnon, crut remarquer Rupalest. Comme Menfou ne remplissait pas son rôle de «truchement», il était impossible de le savoir. Le Parisien luttait vaillamment contre le sommeil, entassé parmi ses hôtes, sous le toit d'une longue cabane enfumée.

Autour du cercle des sachems et des guerriers coiffés des trois plumes caractéristiques des Agniers, les femmes se tenaient debout. Curieuses et intriguées, elles examinaient le beau Tsonnontouan et son flamboyant partenaire.

On leur offrit un coin pour se coucher dans une des habitations, mais Menfou Carcajou prétexta un songe lui enjoignant de dormir à la belle étoile pour refuser poliment. Il alla s'étendre avec Hugo, le dos à la palissade, au grand air. Le chasseur craignait que les familles, leurs chiens et leurs puces n'incommodent le Parisien qui n'y était pas accoutumé.

Le lendemain, Menfou Carcajou entreprit de grands travaux de calfatage sur le canot. Cela nécessita l'acquisition de morceaux de bouleau supplémentaires. Ce matériau rare en Iroquoisie était importé du Nord, de chez les Algonquins, et coûtait très cher. Rupalest, suant sang et eau, dut se résigner à dilapider ses derniers écus. Il désespérait de justifier de telles extravagances auprès de son auguste employeur.

Voyant le Tsonnontouan au travail avec sa chaudière de résine, ses lanières de cuir et ses lambeaux de bouleau, le Parisien résolut de se baigner à loisir, pour une fois. D'ailleurs, son compagnon, entouré d'amis empressés à lui offrir des conseils, n'avait visiblement pas besoin de lui.

Rupalest prit le savon parfumé et la serviette de lin envoyés par sa mère et remonta le courant de la rivière jusqu'à une petite crique isolée. Les oiseaux s'égosillaient, la cascade gazouillait, l'endroit était désert et le soleil radieux.

Ce que le jeune homme appréciait surtout de sa baignoire sylvestre, c'est qu'elle n'était pas profonde et que le courant y était faible, car en homme de son siècle, Rupalest ne savait pas nager. Pendant une heure, il se prélassa dans l'onde fraîche, lavant ses longs cheveux blonds, sa barbiche, ses habits de daim et ses sous-vêtements de fine toile, brodés aux armoiries de sa noble famille.

Il émergea de l'eau, sa peau blanche ruisselante au soleil, se drapa dans la serviette, tordit ses boucles ondulées et accrocha son lavage sur les branches pour le sécher. Lui-même s'étendit à l'ombre pour une sieste bienheureuse où même les moustiques n'osèrent le déranger.

En fin de journée, il retrouva Menfou qui se déclara fort satisfait du résultat de ses rafistolages. Une nouvelle fête réunit le village autour du feu. Comme la veille, les jeunes filles dévoraient Rupalest des yeux en se poussant du coude et en riant derrière leurs doigts.

— Tu pourrais courir l'allumette, lui conseilla Menfou au moment où ils s'étendaient pour la nuit sur le sol dur. Tu serais bien reçu partout.

Son compagnon n'osa profiter de l'offre. Dans ces cabanes encombrées de gens, la présence du père des belles refroidissait son zèle. On devait toujours redouter les foudres des pères courroucés. Hugo ne pouvait se convaincre de l'émancipation des mœurs des jeunes Iroquoises libres de disposer de leur corps jusqu'à leur mariage. Le soupirant n'avait qu'à se présenter la nuit à la porte de la cabane, un bâtonnet allumé à la main. La jeune fille étendue sur son lit, enroulée dans une simple couverture, détournait la tête si elle refusait l'amant mais soufflait l'allumette si elle consentait à partager sa couche et à accorder ses faveurs. On voyait souvent des files d'attente patientes à la porte des plus aguichantes. Les amoureux évincés repartaient sans s'offusquer pour tenter leur chance ailleurs. Les Indiens ignoraient la jalousie amoureuse. Mais, assez typiquement, cette belle légèreté des mœurs ne s'accompagnait d'aucune indulgence si, par malheur, une grossesse résultait de ces ébats nocturnes. Une fille-mère avait peu de chances de se marier. Pour prévenir ce désagrément, les jeunes filles buvaient à profusion des tisanes de feuilles et de racines de plantes contraceptives. Ces remèdes étaient si efficaces qu'une fois rangées et mariées, les Indiennes demeuraient souvent stériles ou n'avaient jamais de nombreux enfants.

Le coureur des bois, moins embarrassé de scrupules, avait dû suivre ses propres conseils et courir l'allumette, car Hugo le vit revenir aux petites heures du matin.

Ce programme d'ablution et de farniente plaisait au Français qui le répéta pendant trois jours, alors que Menfou Carcajou accompagnait ses hôtes à la chasse au chevreuil. Le troisième matin, enivré par la beauté de la nature et par sa solitude privilégiée, Rupalest se savonnait vigoureusement en chantant une romance parisienne. Brusquement, son savon lui glissa des mains, décrivit

une parabole dans l'air et retomba dans l'eau en l'écla-
boussant.

Un gloussement suspect retentit derrière les branches soudain agitées d'un buisson de la berge. Rupalest
tourna la tête, les sourcils froncés. Un rire argenté fusa
dans les feuilles, suivi d'un autre et d'une cascade
d'hilarité pendant que tous les arbrisseaux tremblaient à
la fois.

Horrifié, le Parisien, rouge jusqu'à la racine de ses
cheveux blonds, cherchait à se draper dans une
débarbouillette grande comme la main. Il se plongea dans
l'eau jusqu'au cou et attendit patiemment le départ des
spectatrices. Celles-ci, avec la persévérance de
chasseresses à l'affût, ne bougèrent plus.

Les nuages masquèrent le soleil et l'air se refroidit.
Le fier chevalier, transi, se lassa soudain de ce concours
d'endurance. Aucun Rupalest n'était longtemps abattu
par les événements. La qualité de leur sang leur interdisait
l'irrésolution. Si, comme le soupçonnait Hugo, ses admi-
ratrices avaient assisté à son bain chaque jour, elles
n'avaient plus rien de nouveau à découvrir. Il se leva donc
avec dignité, la tête haute comme il sied à un futur marquis, et s'avança d'un pas ferme vers ses vêtements épars
sur le sable.

Les buissons, muets de ravissement, ne soufflaient
mot. Hugo se vêtit lentement, laça ses mocassins, prit son
feutre à la main et, se tournant vers son auditoire invisible, il se plia dans une courbette royale en articulant clairement en anglais:

— Mes hommages, mesdames! Croyez que ce fut un
honneur pour moi d'avoir pu concourir à votre diver-

tissement. Vous m'en voyez très flatté. Permettez-moi maintenant de vous fausser compagnie.

Sur quoi il enfonça son chapeau sur ses yeux et rentra au village de son grand pas tranquille. Il raconta l'incident à Menfou qui se faisait la barbe avec la lame de son couteau, accroupi devant son petit miroir. L'ami impitoyable railla:

— Je me demandais quand tu t'en apercevrais. Tout le village ne parle que de cela! Les filles se mouraient de savoir si tu étais blond partout.

— Vous m'en voyez très mortifié.

Un rire sarcastique lui répond.

— D'après ce que j'entends, tu n'as pas à être mortifié. Bien au contraire!

— Ami Cormier, prenez garde d'épuiser une bonne fois la patience dont je me suis muni à votre égard!

Mais ce soir-là autour du feu, un Parisien déterminé dévisagea tour à tour, très insolemment, les plus jolies filles de l'assemblée et fixa son choix. Son honneur était en jeu. Lui aussi apprendrait à jouer à l'allumette.

12

Le quatrième et dernier matin de leur séjour mémorable chez les Faucons Noirs, Rupalest, bien décidé à se baigner malgré les obstacles, se lève à l'aube et se glisse vers son coin favori de la rivière.

Il bat les buissons pour s'assurer qu'il est bien seul, cette fois. À cette heure matinale, l'eau est plus froide. Il ne s'y attarde pas. D'ailleurs, sans son savon parfumé, la toilette est plus rapide.

Comme il se frictionne vigoureusement avec sa serviette de lin, un murmure de voix féminines lui parvient. En un tournemain il enfile son pantalon. Assez joué les pantins pour ces dames. Sa chemise de daim à la main, il attend, immobile.

Mais ce n'est pas à lui que les Indiennes en veulent. Dissimulées par les broussailles, elles se chamaillent violemment. Une voix plus jeune pleure et se lamente. Deux autres lui répondent, semblant donner des ordres. Serait-ce son tour d'être spectateur?

À ce moment, la jeune voix pousse un cri étouffé. Le curieux entend un plouf retentissant et le silence retombe. Machinalement, il regarde la rivière, cherchant à distinguer ce qu'on a lancé dans le courant. L'objet lui semble être une bûche jusqu'à ce qu'il voie s'agiter un petit bras et qu'un gargouillement étranglé lui parvienne.

Horreur! C'est un enfant qui descend les rapides, tour à tour submergé et flottant pendant que ses mouvements saccadés diminuent. Sans s'arrêter à penser que la rivière est profonde au large, que son lit s'enfonce rapidement, qu'il ne sait pas nager, Rupalest court vers l'eau et s'élance dans le courant.

Il perd pied, se débat, agite bras et jambes, boit une tasse, plonge et émerge, suffoqué et impuissant. Le petit corps tournoie lentement dans un remous. D'un effort désespéré, Hugo tend la main et ses doigts se referment sur une cheville minuscule. Il donne un dernier coup de pied au fond de l'eau et, faute de pouvoir nager, il procède vers la rive par grands bonds. Propulsé par la force du courant, il prend finalement pied sur des roches inégales. Essoufflé, crachant et râlant, il s'aperçoit qu'il balance par une jambe le noyé qu'il a pris tant de peine à rescaper. C'est d'ailleurs ce traitement désinvolte qui sauve l'enfant, car il vomit l'eau qu'il a avalée, se convulse et manifeste par un cri de rage son indignation devant la façon dont on use de sa personne.

Aussitôt, le sauveteur soulève la petite victime et, la maintenant sous les bras, il l'élève à la hauteur de ses yeux. Son rescapé est un bébé de cinq ou six mois, au teint bistré, aux cheveux noirs et raides collés en frange au-dessus d'immenses prunelles noires aux coins allongés. Des larmes jaillissent soudain de ces yeux pour couler

sur les joues rondes aux pommettes saillantes pendant
qu'une bouche édentée s'ouvre sur un appel de détresse.

— Ne pleure pas, recommande Rupalest avec insistance. De grâce, petit, ne hurle pas de la sorte! Tu es sauvé
maintenant. Nous allons retrouver ta famille.

Serrant dans ses bras l'enfant inconsolable, le sauveteur dégoulinant regagne le bord en marchant avec soin.
Il contourne quelques buissons et retrouve sans peine ses
vêtements. Ce marathon de natation qui lui a paru interminable n'a couvert que quelques mètres. Il entoure le
petit de sa serviette et le frictionne vigoureusement, sans
remarquer qu'il claque lui-même des dents. Derrière le
rideau d'arbres, on n'entend plus rien. Un coup d'œil
prudent lui montre que l'endroit est désert. Comment
peut-on laisser tomber un enfant dans la rivière et s'en
désintéresser de la sorte? Comment, en vérité, si ce n'est
qu'on a l'intention de le noyer?

Le Français a entendu parler de ces meurtres de
nouveau-nés illégitimes ou infirmes, mais ce magnifique
bébé est déjà assez âgé et semble resplendissant de santé.
Que cache ce mystère?

Rupalest dépose le petit sur le sable et enfile rapidement chemise et mocassins. Coiffant son chapeau à la
diable sur ses cheveux dégoulinants, il ramasse le bébé
maintenant calmé. Les petits Indiens ne pleurent jamais
longtemps. On lui a expliqué que les mères découragent
ces crises de larmes qu'elles jugent signes de faiblesse en
accrochant le berceau du braillard à une branche, à l'extérieur de la maison, pour qu'il puisse s'égosiller tout son
saoul. Une fois le chagrin apaisé, le bambin est ramené
dans la famille. Après quelques expériences traumatisantes

de ce genre, le petit apprend que pleurer est inutile et que l'on doit toujours être maître de soi.

Que cherchait-on à enseigner au pauvre infortuné, cette fois, par cette noyade cruelle? Qu'il n'était plus accepté par les siens? Rupalest, le bébé sur l'épaule, court dans le sentier qui mène au village. Il s'agit de confronter les coupables avant qu'elles ne franchissent la palissade.

Un son inusité arrête le sauveteur estomaqué. Le bébé, secoué par la course brutale, s'est agrippé aux boucles détrempées et il rit aux éclats de ce jeu nouveau.

— Mon enfant, le félicite son sauveteur admiratif, tu joins le cœur d'un lion à l'humour d'un Parisien. Je ne peux que m'incliner devant ton courage. Tu es tout, sinon un timoré.

Riant lui-même devant cette joie communicative, il reprend sa course. Devant lui, deux femmes se hâtent, serrant des couvertures de laine autour de leurs silhouettes corpulentes. Rupalest les dépasse et se retourne, révolté, pour leur faire face. Sa juste colère lui fait négliger un instant ses bonnes manières et sa galanterie proverbiale auprès des dames. Il les invective en français, oubliant complètement son rôle d'Anglais.

Elles rétorquent en iroquoïen et le ton monte rapidement, bientôt couvert par les hurlements du bébé épouvanté.

Menfou Carcajou n'est jamais très loin de son protégé. Il survient et entreprend de démêler la situation au milieu d'une cacophonie de cris et de pleurs. Exaspéré, d'un ordre brutal aboyé dans leur langage, il fait taire les femmes.

Il est plus difficile de calmer le placide marquis que son courroux fait sortir de ses gonds. C'est finalement le bébé qui a le dernier mot avant de s'apaiser à son tour pour observer les protagonistes de ses grands yeux sombres. Prompt à tirer parti de tout, il suce allègrement le bout de la plume blanche qui se balançait belliqueusement à portée de sa main et de sa bouche.

Menfou a toutes les peines du monde à ne pas pouffer de rire à la vue de son fougueux camarade agrippant un nourrisson qui lui-même le tient par la plume.

Il ressort des explications orageuses que ces femmes sont la mère et la grand-mère d'une insolente qui, non contente de déshonorer la famille en mettant au monde un enfant illégitime, a caché à tous que ce bâtard était infirme. La veille seulement, les marâtres ont constaté que le petit, qu'on avait toléré parce qu'il était robuste et que les garçons sont précieux, avait un pied difforme. On ne gardait pas les infirmes de naissance, dans les tribus. C'était bien assez des adultes accidentés ou blessés à la guerre qui devenaient une charge pour leur clan. Mieux valait se débarrasser au plus tôt de l'indésirable.

Ce matin, les femmes l'avaient donc arraché à sa mère et lancé à l'eau. Et voilà que ce Visage pâle leur rapportait l'enfant, les exposant à la risée du village et les obligeant à répéter leur infanticide.

— Elles sont dans leur droit, commente Menfou d'un ton raisonnable. C'est la loi des tribus. Tu n'y peux rien. Les femmes détiennent l'autorité dans les cabanes.

Rupalest se redresse, outragé:

— Moi vivant, personne ne noiera ce petit! C'est un cœur de lion, un héros.

Déjà des curieux se rapprochent. Il vaut mieux ne pas intervenir dans les affaires des clans. Il suffit de peu pour offenser un Iroquois, qui devient à ce moment mortellement vindicatif. Ce marquis de malheur fait un boucan de tous les diables et clame ses doléances en français, par-dessus le marché.

— Jamais! proteste Rupalest en éloignant son protégé des mains rapaces qui veulent le lui arracher. Jamais! Plutôt mourir!

— C'est bien ce qui pourrait nous arriver en effet, grogne Menfou. Écoute! Si tu n'en démords pas, achète-leur le marmot. Offre-leur un cadeau.

— Que pourrais-je avoir qui vaille une vie?

— Ton col de dentelle, pour une part. Et la plume de ton chapeau avant qu'elle ne soit complètement digérée.

Le «truchement» reprend son rôle pour présenter ces offres aux femmes irritées. Une chaude discussion s'ensuit.

— Ça va! ordonne Menfou. Donne tes présents! Elles acceptent.

D'une main ferme, Hugo arrache le large col fait du plus délicat point d'Alençon dont étaient capables les doigts habiles des demoiselles Cockburn. Délicatement, il enlève des petits poings l'extrémité détrempée de sa plume d'autruche blanche et en retire l'autre bout de la bande de son feutre. Sans relâcher son étreinte sur le bébé, il s'incline pour tendre ses offrandes.

— Voilà, mesdames, de quoi apaiser vos consciences. Vous perdez en cet enfant le plus grand guerrier de votre tribu. Mon mépris le plus profond accompagne cette donation. J'espère que mon fils et moi n'aurons plus jamais à jeter les yeux sur vos vilaines contenances.

Menfou Carcajou se garde bien de traduire ce dangereux discours. Il se retourne vers son ami et s'exclame, éberlué:

— Ton fils? As-tu bien dit ton fils?

— Sans aucun doute. Cet enfant est désormais à moi. Je suis son père adoptif. Il est mon fils. N'ai-je pas acquis les droits de paternité?

— Dans ce cas, j'ai aussi une part dans ce gamin, car j'ai dû leur promettre un second col de dentelle, le mien.

Menfou se dirige vers leurs bagages qui sont rangés près du canot, prêts pour un départ matinal. Rupalest, son «fils» et les deux mégères le suivent. Le coureur des bois ouvre son *parflèche* et en retire la parure offerte par le Parisien à Manhatte.

La grand-mère referme sa griffe sur les fils ouvragés et les deux femmes s'éloignent vers le village sans un regard vers leur petit-fils répudié. Le coureur des bois entreprend de charger le canot pendant que son compagnon, assis sur une pierre, fait sauter sur son genou le bébé bronzé toujours drapé comme un sénateur dans sa toge blanche.

Menfou Carcajou est persuadé que son compagnon regrette déjà son élan de générosité. C'est bien mal connaître Hugo de Rupalest.

— Que vas-tu faire de ton acquisition, maintenant? L'abandonneras-tu au prochain village?

— À quoi pensez-vous là, cher ami? Je vais conduire mon fils à Ville-Marie et l'y éduquer comme il sied à un Rupalest.

— À Ville-Marie? Tu n'y penses pas! Que va-t-on dire de toi?

— Probablement les mêmes sottises qu'on y dit de vous lorsque vous y amenâtes votre épouse iroquoise, il n'y a pas si longtemps.

Cet argument clôt momentanément le bec au chasseur, qui cale soigneusement son ballon à sa place habituelle sous la poupe. Un fou rire le gagne tout à coup.

— C'est madame la marquise ta noble mère qui va être heureuse de ce petit-fils rougeâtre!

Rupalest se redresse et affirme avec une assurance qu'il est loin de ressentir:

— Ma mère et toute ma famille ne pourront qu'approuver ma conduite. D'ailleurs…

Il s'interrompt brusquement. Une expression inquiète se peint sur ses traits altiers pendant qu'une sensation de chaleur humide se répand le long de sa jambe. Menfou se retourne pour apercevoir le Parisien qui soulève le bébé dégoulinant pendant qu'une large tache sombre s'élargit sur le pantalon de daim déjà presque asséché.

À ce spectacle inusité, le chasseur s'écroule de rire sur le bord du canot. Il se tord et des larmes très peu iroquoises coulent sur ses joues bronzées.

Rupalest relève un menton offusqué, mais les complications matérielles de son geste généreux se présentent soudain à son esprit. Pendant que ce Tsonnontouan sans âme se convulse de joie, le nouveau père sans expérience entrevoit les premiers nuages à l'horizon. Qu'à cela ne tienne, ce qu'une mère iroquoise peut faire pour son enfant, un Rupalest peut le faire pour le sien… et mieux encore!

Comme une réponse à ce vœu pieux, une jeune femme surgit sans bruit entre les roseaux de la berge. C'est une Agnier petite et grassouillette dont la figure ronde, encadrée de deux nattes, semble jeune et vulnérable sous son masque d'impassibilité. Elle s'avance timidement vers le Français et lui tend un sac de cuir brodé fixé à une planchette de bois.

— Tikinagan, dit-elle en désignant tour à tour l'enfant et le contenant. Tikinagan.

Elle ajoute avec insistance quelques phrases incompréhensibles.

Rupalest se tourne vers le coureur des bois qui rit encore en fixant les dernières courroies de son chargement. Il s'exclame avec humeur:

— Que la peste vous emporte, Cormier, avec cette hilarité déplacée! La dame que voici tente de me faire comprendre quelque chose. Je vous prie de bien vouloir remplir vote rôle de «truchement».

Menfou Carcajou s'avance vers eux. C'est à lui que la jeune femme adresse un long discours au bout duquel elle tend de nouveau l'objet mystérieux et deux sacs de peau bien remplis. L'interprète se retourne vers son ami:

— Elle est la mère de ton fils, Bouton d'Or. Ne sois pas déçu de ce sobriquet. C'est son nom temporaire. Il en changera lorsqu'il aura reçu son vrai nom en songe, à l'adolescence. Elle t'apporte le «tikinagan», le berceau sur cadre dans lequel on transporte les bébés. Elle va t'enseigner comment y installer «votre» fils.

Agenouillés sur le sable à côté de la femme agnier, Rupalest s'initie gauchement aux mystères du tikinagan. C'est une armature de bois garnie d'une enveloppe en peau très douce dans laquelle on glisse le bébé. Une large courroie passe sur la tête ou le front de la mère, lui laissant les mains libres pour travailler.

On peut porter le tikinagan sur le dos, le déposer sur le sol en l'adossant à un mur ou l'accrocher à une branche. Dans toutes ces positions, le berceau vertical présente un avantage marqué sur les petits lits européens. Bien avant de pouvoir s'asseoir, le jeune Indien adopte la position debout et peut voir les allées et venues des gens, ce qui éveille très tôt son intelligence. La tête et la poitrine libres assurent la souplesse des muscles, ce qui n'est pas le cas pour les enfants blancs emmaillotés comme des momies.

Accroupi près de l'Indienne, Menfou traduit docilement, sans oser passer de commentaires sur les efforts maladroits du Français plein de bonne volonté.

— Avant de lacer le tikinagan, tu y étends un duvet de quenouilles échiffées. Cela tient lieu de langes dans le pays. Il y en a une provision dans ce sac. La petite ouverture que voici, sur le devant du berceau, permet de canaliser les inconvénients dont tu as été victime tout à l'heure.

La femme indique du doigt le pied gauche de Bouton d'Or. Les hommes constatent alors que le petit membre est légèrement tordu vers l'intérieur comme si l'os était sans force. Menfou continue:

— Elle s'excuse de ce défaut. Mais elle assure que Bouton d'Or est un bon bébé et qu'il ne te causera aucun problème. Elle te remet aussi un sac de nourriture pour quelques jours. C'est un mélange de maïs, de baies, de sucre et de «pemmican». Elle suppose que comme tu n'as pas le lait, tu pourras l'habituer à boire de l'eau.

Après un regard craintif vers l'imposant Visage pâle qui sera désormais le père de Bouton d'Or, la jeune Indienne passe autour du cou de l'enfant un cordon où pend un petit contenant de cuir brodé de perles auquel on a donné la forme d'une tortue. Les yeux suppliants de la mère semblent implorer une faveur quelconque. Elle murmure quelques phrases. Rupalest se tourne vers son interprète. Menfou explique:

— Ceci est un sac de médecine, un fétiche modelé sur une tortue, un serpent ou un lézard, tous animaux qui vivent fort longtemps. Il renferme le cordon ombilical séché de l'enfant, enveloppé dans une feuille de tabac. Il doit toujours le porter pour garantir sa longévité. Maintenant que Bouton d'Or vivra, elle l'a déterré pour le lui remettre.

— Cela me paraît en effet un talisman efficace, approuve Rupalest, imperturbable. Le preuve en est faite. Assurez cette dame que son fils portera son fétiche comme elle en exprime le désir. Cela exigera fort probablement des explications élaborées lorsqu'il faudra en rendre compte en France, mais je respecte les croyances de cette mère.

Soudain inspiré, Hugo fixe le sac de cuir que Menfou Carcajou porte lui-même à son propre cou, en plus d'un collier de crocs, de griffes et d'une mystérieuse médaille percée.

— Serait-ce là votre propre amulette, ami Cormier?

Menfou presse un instant le petit paquet-médecine où sont enfermés les cailloux, plumes ou poils sacrés reliés à la vision qu'il a reçue, comme tout adolescent, au cours de son initiation. Après l'épreuve du jeûne et de la solitude de plusieurs jours, le garçon épuisé, assoiffé et affamé tombe en transe et fait des rêves. Ceux-ci, interprétés par les anciens, décident de son orientation, prédisent son avenir et désignent ses «otharas»*. Il en porte les symboles dans toutes les entreprises hasardeuses de son existence. Le paquet-médecine a de puissantes vertus protectrices et curatives.

Pour toute réponse, Menfou hoche la tête, le visage fermé. Rupalest n'insiste pas. Ne cachait-il pas lui-même sous sa chemise un scapulaire fait de deux petits morceaux d'étoffe bénits, brodés de cœurs saignants et de croix, reliés par des rubans passés au cou? Ils lui avaient été remis par sa mère avec de multiples assurances de protection divine.

Le bébé bien au sec est maintenant ficelé dans son berceau. Sa mère appuie le cadre sur une pierre. Elle plonge son index dans le contenant de bouillie et l'introduit ensuite dans la bouche du petit qui suce goulûment, les yeux arrondis de plaisir. La jeune femme se relève, tend le sac à Rupalest et, sans un geste de tendresse vers son fils qu'elle ne verra plus, elle se détourne pour partir.

Le Français semble plus affecté qu'elle par cette séparation définitive. D'une voix altérée, il ordonne à l'interprète:

— Demandez à cette pauvre femme si elle souhaite une offrande en échange de son enfant.

Menfou rappelle l'Indienne pour lui traduire l'offre généreuse. Elle redresse sa petite taille, les toise tous deux d'un regard méprisant et déclare:

— Une mère ne vend pas la chair de sa chair. Si

---

* Totems.

mon fils devient un homme, il vivra sous le même soleil que moi et je serai bien payée.

Rupalest suit des yeux la petite silhouette fière qui s'éloigne en trébuchant parfois, comme si la femme ne voyait pas très bien où poser les pieds. Il murmure pensivement:

— En vérité, voilà une mère digne de mon petit cœur de lion! Il faudra voir à ne pas lui faillir.

Bouton d'Or, affamé, se trémousse et rouspète d'impatience. Son père adoptif se hâte de lui tendre à même son doigt une nouvelle portion de bouillie. Il marmonne à mi-voix:

— De toute évidence, cette opération nécessite une cuillère. Il s'en trouve une dans mon sac, ainsi qu'un gobelet d'argent.

— Pour l'heure, ils sont ficelés au fin fond du canot. Tu les prendras ce soir. Mets le marmot à bord, tu le ravitailleras en route. Ces Agniers peuvent s'aviser soudain que tu invectives en français et que ton panache jaune est unique et accessible.

L'embarquement se fait rapidement et le départ ressemble étrangement à une fuite. Dès que Bouton d'Or, finalement rassasié, a avalé une ration d'eau, il s'est obligeamment endormi pendant que son père lui essuyait la bouche avec un coin de son mouchoir brodé.

Menfou, qui pagaye à la proue avec la vigueur de dix hommes, jette par-dessus son épaule:

— Quand tu auras fini de jouer les nourrices, empoigne ton aviron et rame un coup. C'est encore à cause de toi que nous devons faire diligence. Ma foi, tu es plus encombrant à escorter qu'un pensionnat de jeunes vierges!

13

Les deux amis se souviendront longtemps de cette étape interminable, franchie à force de rames afin de décourager toute poursuite. Bouton d'Or, dont le berceau est arrimé à une traverse de l'armature du canot, semble apprécier les déplacements rapides. Il ouvre de grands yeux et observe avec intérêt les mouvements réguliers du rameur arrière. Rupalest lui sourit et reçoit en échange la récompense ineffable d'un sourire hésitant.

— Coucou! murmure-t-il. Il fait claquer sa langue et répète ses coucous discrets.

Menfou Carcajou tourne la tête sans perdre le rythme de son coup d'aviron. Il raille à voix basse:

— Holà, Parisien! Tu parles iroquoïen maintenant?

— Je cause avec mon fils, ne vous en déplaise, rétorque l'autre avec dignité.

Bouton d'Or fait la sieste. Lorsqu'il ouvre les yeux et manifeste des signes d'impatience, son père plonge avec répugnance un doigt dans la pâte épaisse et lui donne la becquée en se disant que ce soir, son premier geste sera de retrouver cuillère et gobelet dans son sac de tapisserie.

Faire boire un bébé à la gourde au milieu d'un canot instable est un exercice délicat. Repu et débarbouillé, le petit sourit vaguement d'aise. «Il n'en faut pas beaucoup pour satisfaire un Iroquois frugal», pense Rupalest. Un petit pipi scintillant au soleil décrit un arc entre eux et s'étend en flaque aux pieds du Parisien. Quelques grimaces et des grognements soulignent les efforts du petit pour se soulager, après quoi il se rendort comme un bienheureux, laissant son père indécis. Doit-il le démailloter pour le nettoyer ou laisser le duvet jouer son rôle absorbant et attendre la halte? Un coup d'œil au dos musclé de son guide qui avironne avec la régularité d'un métronome le convainc que ce n'est pas le moment de jouer les méticuleux. Bercé par le roulis, Bouton d'Or roupille paisiblement, peut-être fatigué par son bain violent du matin mais nullement troublé par les cauchemars qui auraient pu en résulter.

Au cours de l'après-midi, par deux fois, le canot doit sauter des rapides dangereux. Menfou Carcajou connaît la rivière et est doué d'un instinct sûr pour «lire les eaux blanches», comme disent les coureurs des bois. Son passager a toujours raffolé de ces courses vertigineuses entre les pierres menaçantes et les «meules de foin» de l'écume. Il a même dû très souvent faire un effort pour retenir le hurlement de plaisir sauvage que ce sport dangereux provoquait chez lui. Il jugeait la descente des rapides l'une des seules raisons valables pour se départir de son calme olympien. Le danger était une drogue dont les Rupalest se délectaient.

Pourtant, ce jour-là, une véritable panique s'était emparée d'Hugo lorsqu'il avait senti leur frêle esquif aspiré par le torrent. Comme toujours, il obéissait aveuglément aux ordres brefs qui lui étaient jetés de la proue: «À droite! À gauche! Arrière! Vas-y! Vite! Plus fort!» Penché sous l'effort, il évitait de regarder devant lui le petit enfant confiant qui dormait à travers le tumulte, son berceau vertical solidement attaché à la traverse centrale. «S'il arrivait que nous coulions, ou que le canot se renverse, quille en l'air?» Cette perspective qui fournissait hier encore tout le piquant de l'aventure le terrorise maintenant.

Au pied du premier rapide, Menfou s'est retourné brièvement, un sourire de triomphe aux lèvres, pour partager sa satisfaction et pour s'assurer que l'arrière du canot et son passager suivaient toujours. La pâleur de Rupalest et son air hagard l'ont exaspéré et touché en même temps. Il a grogné en dirigeant le nez du canot vers le courant apaisé:

— Mieux vaudrait t'y faire. Tu en as pour vingt ans à te ronger les sangs. Ton fils est un guerrier iroquois, ne l'oublie pas.

«Un bien petit guerrier encore», pense le nouveau père, attendri et encore tout pantelant.

La nuit est tombée depuis longtemps lorsque le chasseur engage l'embarcation dans un ruisseau à peine assez large pour leur livrer passage. Les branches se referment derrière eux. Menfou immobilise le canot et élève la main pour exiger silence et immobilité. Ils demeurent très longtemps figés comme des statues, les sens aux aguets. Le coureur des bois hume l'air comme un chevreuil aux abois et tourne la tête lentement d'un côté et de l'autre. Rupalest implore tous les saints du paradis pour que

Bouton d'Or ne décide pas d'intervenir en réclamant son souper.

Apparemment satisfait, Menfou murmure:

— Ça va! Cachons le canot.

Dès qu'ils sont installés sous les arbres, dans la forêt bruissante éclairée par une lune énorme, le Tsonnontouan disparaît comme une ombre, probablement en reconnaissance, pense Rupalest. Il n'y aura ni feu ni festin ce soir. Heureusement, ils ont pu se procurer de nouvelles provisions de route chez les Faucons Noirs. Ceux-ci ne semblent pas avoir engagé de poursuite. C'est heureux, car la clarté lunaire baigne toute la forêt de sa paisible luminosité.

S'ils devaient être poursuivis, découverts et massacrés, pense le Parisien, ne serait-ce pas la suprême ironie qu'un Rupalest, dont les ancêtres se sont distingués au service des rois de France, périsse obscurément au fond des bois pour défendre un bébé iroquois sans pour cela réussir même à sauver l'enfant?

Il balaie ses appréhensions. «Si tel doit être mon destin, je l'ai moi-même provoqué et n'y peux rien changer. Advienne que pourra.» Là-dessus, faisant fi des dangers, le Parisien s'occupe des soins de son protégé avec zèle sinon avec compétence.

Bouton d'Or ne s'objecte pas à une seconde immersion dans la même journée. Solidement maintenu par de grandes mains rassurantes, calmé par un murmure amical, il se laisse baigner, nourrir et installer pour la nuit dans un ber improvisé, plus confortable que le «tikinagan» rigide.

Lorsque Menfou surgit tout à coup près du canot,

sans qu'aucun bruit n'ait signalé son apparition, Rupalest lui tend sa part de *pemmican* et de *bannock*, galette dure qui est le pain des chasseurs indiens.

— Je me suis inquiété pour rien, avoue le coureur des bois de sa voix étouffée. C'est le cas neuf fois sur dix, mais l'exception justifie toutes les précautions. Très astucieux, ton ber sauvage.

Il indique le grand sac en petit point qui se balance à une branche où il est suspendu par un ingénieux système de courroies de cuir. Rupalest peut même le faire osciller en tirant sur une longe fixée à son poignet. Malgré cet arrangement, le Parisien semble soucieux.

— Qu'adviendra-t-il si le petit s'avise de pleurer dans la nuit?

Menfou Carcajou qui mord à belles dents dans la viande filandreuse hausse les épaules avec insouciance:

— Nous avons deux choix: étrangler le marmot ou vivre dangereusement. Tu sembles avoir pris ta décision. Qui suis-je pour te contredire?

Ce beau détachement rassure énormément le père adoptif. Menfou, en se faisant solidaire de son entreprise, accepte d'en partager les risques. Rasséréné, Rupalest étend son «baire» sous le berceau. Il vérifie que le bébé est bien enveloppé dans un pourpoint de velours pourpre. Une chemise de toile au jabot de dentelle tient lieu de moustiquaire. La dernière chemise, déchirée à regret et bourrée de mousse, sert de lange.

Après un regard prudent à la ronde, le Parisien appuie enfin sa tête lasse sur la rude toile du «baire». Il murmure à l'adresse de la forme sombre, immobile sous les branches d'un arbre voisin:

— Demain, avant toute chose, il faudra baptiser cet enfant. Mon cher Cormier, accepterez-vous d'en être le parrain?

— Tu me vois très honoré de ta confiance, répond courtoisement le Canadien. À cette époque, le rôle de parrain est une lourde charge et engage une grande responsabilité morale. On ne l'offre ni ne l'accepte à la légère.

Rupalest, satisfait, ferme les yeux lorsqu'une voix gouailleuse souffle dans l'obscurité:

— Le baptême catholique d'un Agnier né de mère célibataire et de père français avec un Tsonnontouan comme parrain. Voilà certes de quoi édifier toute l'île de Montréal!

Pendant que son ami s'endort avec une confiance ou une témérité qui frise l'insolence, Menfou Carcajou essaie de se représenter une réunion de famille au château du marquis de Rupalest. Galants chevaliers et dames élégantes sont assemblés dans un immense salon ressemblant en plus grandiose à ceux des palais des gouverneurs de Ville-Marie ou de Manhatte. Vêtus avec l'extravagance dont témoigne Hugo, dignes et volubiles, ils échangent des révérences, des baisemains et des phrases ampoulées. Au milieu d'eux se tient un petit Iroquois habillé en fille, comme le sont les enfants de l'époque jusqu'à l'âge de six ans. Il leur adresse de grands saluts en murmurant: «Mes hommages, madame ma grand-mère! À vos ordres, monseigneur mon oncle! Serviteur, cher cousin!»

Oui, vraiment, s'il survit, Bouton d'Or aura devant lui un avenir que son parrain se promet bien de suivre avec intérêt.

14

Lorsque le Parisien s'éveille, le soleil déjà haut baigne leur refuge, filtrant ses rayons jaunes entre les rameaux. Menfou est invisible. Les oiseaux chantent à pleine gorge et deux suisses* jacassent sur l'épinette, intrigués par le fanion blanc de la serviette étendue à sécher sur une branche. Un pic à tête rouge martèle régulièrement le tronc d'un chêne, en quête de son petit déjeuner.

Par quelle indulgence inédite Menfou Carcajou lui a-t-il permis de faire la grasse matinée? Au-dessus du «baire» se balance la coque aux couleurs vives du grand sac de voyage. Des soubresauts l'agitent et des bruits suspects de succion en émergent. Tout à coup, Rupalest ressent comme un marteau de plomb le fardeau de ses nouvelles responsabilités. L'espace d'un instant, il regrette de s'être embarqué dans cette entreprise d'adoption. Le cruel spectacle du petit corps basané roulant dans la rivière dissipe en partie ses réticences. Le souvenir d'un sourire édenté achève de les fondre. Un conseil de son grand-

---

* Petits écureuils, tamias rayés.

---

père, le redoutable maréchal Gonzague de Rupalest, remonte à sa mémoire:

— Rappelez-vous toujours, mon enfant, qu'on ne doit jamais regretter un acte accompli. Ce n'est pas digne d'un homme d'action. Ce qui est fait est fait. On part de là pour aller de l'avant.

Secouant sa léthargie, Hugo se lève pour enquêter sur les activités de son nourrisson. Le bébé, couché sur le côté, empoigne à pleine main un petit sac carré de cuir souple dont un des coins entaillé laisse couler un filet de bouillie clarifiée. Les joues gonflées par la succion, le menton enduit du mélange poisseux, Bouton d'Or se régale, les yeux vagues, ses petites jambes potelées piaffant de joie, son pied-bot aussi vigoureusement que l'autre.

Le Parisien amusé imagine les efforts du coureur des bois pour confectionner cette tétine nouveau genre. Il a sacrifié son sac à balles de fusil. Ne désirant pas abuser de la patience de son compagnon de voyage, Hugo entreprend en hâte les préparatifs du départ pour lui-même et son pupille.

Menfou les retrouve, prêts, aux côtés du canot chargé. Bouton d'Or, ficelé dans le «tikinagan», rit des grimaces et des gloussements de son protecteur et étend des mains avides pour attraper une boucle des magnifiques cheveux d'or.

— Je suis Hugo de Rupalest, ton père, articule avec soin le professeur qui donne sa première leçon de français.

Le coureur des bois s'appuie sur son mousquet et contemple la scène. Il commente:

— Je me demande si je serai aussi ridicule lorsque je ferai la connaissance de mon propre enfant à mon retour à la bourgade.

— Comment? Mais vous aurez aussi un fils?

— Ou une fille! Il en naît quelquefois. Pardi, la belle affaire! Pensais-tu qu'il n'y avait que toi capable d'en faire?

— Mais... un enfant suppose une épouse.

— Tu es la preuve vivante du contraire, ce me semble.

— Ainsi, votre cas s'apparenterait au mien?

— À Dieu ne plaise! L'enfant que j'attends, ou plutôt que mon épouse attend, est bien de moi et devrait naître à la lune du castor, en novembre, comme vous dites, vous autres Français.

— Or donc, ami Cormier, vous avez convolé et le teniez secret?

— Ce n'est pas une chose dont un Iroquois parle.

— Il me serait fort agréable de rencontrer madame Cormier, si faire se peut. Quand pourrais-je espérer ce plaisir?

— Tu n'as pas plus de chance de rencontrer Tsawen:te que j'en aurai de saluer un jour la future marquise de Rupalest. Nous vivons dans des univers différents, Parisien. Toi deçà, moi delà.

— Hélas! Je crains que ce ne soit la triste réalité. Vous avez bien dit Tsawen:te? Vertubleu, quel joli nom!

— Il signifie Aurore.

Menfou a un petit rire et avoue:

— C'est moi qui l'ai choisi. Elle se nommait: «Assise près de la porte». Je trouvais cela de mauvais augure.

— Vous auriez donc pignon sur rue en Iroquoisie?

— Non. Je fais comme tous les Iroquois. J'habite dans la cabane de ma belle-mère avec le clan de mon épouse.

Vivre avec sa belle-mère! Toute l'attitude de Rupalest clame sa désapprobation de cette situation peu enviable. Il ignore évidemment que les rapports gendre-belle-mère sont régis par une série de tabous inflexibles. Un homme n'a pas le droit, sous peine de manquer gravement à la courtoisie, d'adresser la parole à cette femme, de lever les yeux sur elle ou même de croiser son chemin. Tout ce qu'on lui permet, c'est de lui offrir des cadeaux. Cette sage politique évite bien des conflits dans la promiscuité des longues cabanes.

Devant l'air déçu du Parisien, Menfou abandonne ce sujet qu'il n'aurait jamais dû aborder avec un Visage pâle. Un guerrier ne discute pas la beauté et les charmes de son épouse. Tout au plus peut-il se vanter du nombre de présents qu'il a dû déposer aux pieds du père de l'élue pour obtenir sa main. Pour faire dévier la conversation, il indique le tikinagan:

— Tu as bien réfléchi que courageux ou non, c'est un infirme que tu élèveras?

— Fi donc! Mais ce défaut mineur n'affectera en rien l'intelligence de cet enfant. Un pied-bot, la belle affaire! Un Rupalest ne voyage pas avec la piétaille. Il aura chevaux et carrosses à sa disposition.

Il est évident que l'aristocrate considère comme tout à fait temporaire le dénuement actuel de sa situation. Il continue avec assurance:

— D'ailleurs, soyez sûr qu'un entraînement adéquat lui apprendra à compenser pour ce fâcheux embarras.

— Que veux-tu dire?

Le Parisien a mûrement étudié la question. Les projets d'éducation du petit sont déjà élaborés. Il explique, avec la tranquille assurance de celui que prestige et arrogance ont accoutumé à balayer les obstacles:

— Nos excellents médecins français prescriront des exercices appropriés et des chaussures correctives. Le gamin de notre majordome eut à vaincre pareille épreuve. Mon grand-père, s'étant intéressé au cas, habitua l'enfant à une discipline de marche qui cachait quasiment son infirmité. Il en sera de même pour mon fils. Il apprendra, par sa grandeur d'âme, à dépasser les épreuves.

Menfou, avide de liberté, voit déjà Bouton d'Or enrégimenté par des Rupalest intransigeants déterminés à lui faire vaincre même un pied-bot.

— Pour l'instant, continue Rupalest soucieux, les dards de ces insectes me préoccupent bien davantage. Cet enfant est littéralement couvert de piqûres.

— Que fais-tu de la graisse d'ours, la panacée du Sauvage?

— Quoi? Oindre un enfant si jeune de cette pommade infecte?

— Sans aucun doute. Il y a cependant un risque grave, ajoute Menfou l'air sombre, arrêtant le geste de Rupalest qui enfonçait déjà ses doigts dans l'onguent en plissant le nez à son odeur âcre. Une femme de ma tribu a ainsi enduit son bébé. Lorsqu'elle l'a serré sur son cœur avec trop d'affection, le marmot a été propulsé dans les airs et est retombé dans le ber de la voisine qui n'a jamais voulu le rendre à sa mère. Elle prétendait qu'il lui était tombé du ciel.

Rupalest, exaspéré par ces plaisanteries à la manière iroquoise, lui tourne le dos et étend généreusement la graisse d'ours sur les joues rondes et le nez minuscule de Bouton d'Or, épanoui sous ses caresses.

Menfou jette un coup d'œil au soleil pour vérifier l'heure. Il a préféré laisser filer devant un groupe de six Agniers qui remontaient la rivière pour chasser. Il a épié leur passage entre les branches. Il faudra bientôt songer à lever le camp et à reprendre le canot pour continuer le voyage. Il demande:

— Paré pour le baptême de mon filleul Bouton d'Or?

Hugo le toise avec hauteur:

— Vous ne pensez assurément pas, ami Cormier, qu'un Rupalest puisse être prénommé Bouton d'Or? Mes ancêtres scandalisés se retourneraient dans leur tombe.

«Pas plus qu'à la vue d'un petit-fils sauvage», pense le Canadien, amusé de cette véhémence. Son ami s'est redressé fièrement. Il annonce avec emphase:

— Mon fils sera baptisé Gonzague Léon Xavier d'Alençon de Rupalest.

— Diable! Le nom est plus long que l'enfant. Pourquoi cette litanie? Il n'en accourra pas plus vite à l'appel. La maison sera brûlée avant qu'on n'ait fini de crier pour l'alerter.

— Il n'y a pas de Rupalest qui n'ait au moins six noms et prénoms, tous significatifs. Ainsi, il sera Gonzague comme mon aïeul le maréchal, Léon en accord avec son cœur de lion, Xavier va de soi avec vous comme parrain et d'Alençon, gage de sa survivance, le point de la dentelle qui en fit mon fils et votre filleul.

— Alors commençons immédiatement si nous voulons partir avant la *brunante** avec cette nomenclature interminable. Es-tu d'attaque, Bouton d'Or?

Les deux hommes rassemblèrent leurs souvenirs pour essayer de reconstituer la cérémonie religieuse. La dévotion réelle de Rupalest, profondément enracinée par son éducation, compensait pour l'impiété de Xavier Cormier. Par contre, à cause de l'importance attachée par les Indiens aux symboles et aux cérémonies, Menfou Carcajou apportait peut-être encore plus de mysticisme à cette initiation à la Grande Paix des esprits du ciel. Très sincèrement, les deux amis prirent pour le néophyte de sérieux engagements. Ils offrirent à son intention des prières bien différentes mais semblables au fond.

Le coureur des bois se contenta de penser narquoisement qu'en renonçant aux pompes de Satan, Gonzague d'Alençon de Rupalest s'exposait à celles de la vie de château. Mais il n'en souffla mot.

C'est ainsi que Bouton d'Or, l'orphelin agnier, devint un chrétien, un catholique et un Rupalest, dans les eaux pures de la rivière Mohawk qui s'enfonce en territoire iroquois.

Plusieurs jours plus tard, après un voyage sans histoire majeure mais farci d'incidents cocasses, les deux voyageurs mettaient pied à terre sous les canons du fort Katarakoui, sur la rive nord-est du lac Ontario**.

Menfou Carcajou, avec sa coiffure si typique, tonsuré à l'iroquoise, préférait ne pas s'aventurer dans le fort. Il retraverserait le lac vers le sud jusqu'à la baie

---

* Canadianisme pour le déclin du jour.
** Voir la carte.

---

des Puants, où il attendrait le passage des canots de Grande Gueule et de son escorte. Les amis se firent donc des adieux pour une période indéterminée. Même s'ils avaient l'occasion de se revoir à Ville-Marie, tous deux devraient s'ignorer pour sauvegarder l'anonymat du pseudo-Iroquois dissimulé sous son «mattachage».

Rupalest, les larmes aux yeux, serre à les briser les mains bronzées du Tsonnontouan impassible. L'émotion, comme toujours, délie la langue agile du Parisien.

— Cher Cormier! Vous fûtes d'une insigne bienveillance à mon égard. Avant que de mourir, je n'aurai de cesse que je ne vous aie rendu une parcelle des honnêtetés que vous eûtes pour mon fils et pour moi. Ne craignez pas d'user de ma personne en tout temps.

«Juste ciel, pensait Menfou Carcajou amusé, il n'y a pas un Indien qui ne crèverait d'embarras s'il manifestait la centième partie de ces transports.»

Le coureur des bois répond à ce discours enflammé en élevant sa paume et en répétant, en iroquoïen, comme il l'avait déjà dit à Sophie:

— Que le Créateur veille sur tes jours et tes nuits.

Mais cette fois, il ne reçoit pas la réponse traditionnelle. Il observe le Parisien qui monte la pente jusqu'au fort, inconscient du spectacle inusité qu'il présente aux yeux ébahis de la garnison.

Rupalest a fière allure avec son feutre délavé hérissé de trois plumes d'aigle, en l'honneur des Agniers. Ses mocassins sont lacés de rubans verts et un jabot de dentelle s'étale en frisons délicats dans l'encolure de sa veste de daim.

Les soldats qui ne sont pas en devoir et les Indiens alliés du voisinage s'assemblent solennellement sur son passage. Hugo de Rupalest déambule, la tête haute, entre les lourdes portes en pieux de la palissade. Les sentinelles impressionnées par cette apparition surgie de la forêt présentent respectueusement les armes dans un grand claquement de talon et un cliquetis de harnachement. Instinctivement, ils ont ressenti l'ascendance aristocratique du visiteur.

Les officiers alertés accourent au-devant de ce grand seigneur qui vient vers eux, rapière au mollet, sac à fleurs d'une main, balançant de l'autre, avec précautions, l'informe paquet du ballon de dentellière dont on lui a confié la livraison. Sur son front, sous le feutre, passe la courroie du «tikinagan». Dans son dos, grave et profondément intéressé à tout ce qui l'entoure, se balance son fils Gonzague d'Alençon de Rupalest dit Bouton d'Or.

15

Étenduc sur sa paillasse devant le soupirail ouvert sur les étoiles, Sophie rêve, les yeux tournés vers la nuit. À ses côtés, Pierrot dort roulé en boule comme un chat. Dans le coin, Angèle suce son pouce, sa consolation depuis qu'elle doit partager l'amour de sa mère avec deux petits rivaux. Jour et nuit, elle est maintenant la responsabilité personnelle de sa tante Sophie qu'elle appelle «Tantso», ce qui est presque un mot iroquois, juge Sophie, très satisfaite.

En bas, par la trappe ouverte pour laisser circuler l'air, on entend le ronflement vigoureux de Tertio dont l'énergie débordante doit s'extérioriser à toute heure. Près de lui, Bernadette éternue et se mouche discrètement, affligée comme à chaque année par un rhume mystérieux qui commence avec les foins et finit avec leur rentrée à la grange. Aucun des remèdes habituels ne peut venir à bout de cet *enrhumement* tenace. Heureusement, il ne semble pas contagieux. Personne dans la famille ne l'a jamais attrapé. D'un geste machinal, Bernadette profite de son demi-réveil pour tirer la corde qui balance le ber où dorment les jumeaux. Il faudra bientôt songer à les séparer. À cinq mois, ils emplissent à deux tout le petit lit. Fabien, qui est plus fort, réussit toujours à reléguer sa sœur plus délicate dans un coin.

Sophie entend le glissement de la chaîne qui retient Tintin, le chien de garde, à son poste entre la porte de la maison et celle du magasin attenant. Elle a obéi aux conseils de Menfou Carcajou et a échangé deux paires de mocassins plus ou moins artistiquement perlés contre un des chiots du détestable voisin Tintamarre.

Pendant que Sophie cherchait longuement un nom qui soit assez dramatique, assez retentissant pour convenir à son valeureux chien, Pierrot l'avait temporairement baptisé Tintin, en l'honneur de son propriétaire Tintamarre. Au grand dépit de Sophie, le nom facile à prononcer, même pour les petites, était devenu celui auquel répondait le jeune chien agité et dégingandé. Bernadette, indignée, expulsait cent fois par jour à coups de balai cette bête effrontée qui rongeait les «souliers de bœuf», volait la galette du goûter de la main même de ses fillettes et couchait sur le traversin avec ses pattes boueuses.

Malgré ses vitupérations, la jeune mère était secrètement rassurée, la nuit, par la présence d'un gardien alerte. Au début, trop zélé, Tintin, aussi effrayé qu'indigné, jappait furieusement au moindre bruit suspect dans les feuilles. Maintenant, il faisait de judicieuses distinctions entre un raton laveur inoffensif et la belette voleuse de poussins. Lorsqu'il serait plus âgé et plus sage, on n'attacherait plus le chien, le laissant patrouiller et défendre son domaine de nuit comme de jour.

Un bruit sec sur le mur près de sa tête réveille Sophie en sursaut. Tintin éclate en aboiements furieux. En bas, Tertio se jette instinctivement sur son mousquet chargé accroché au-dessus de la porte. Un second coup sourd retentit, terrorisant Bernadette qui s'assoit les mains jointes en marmonnant: «Mon Dieu, protégez-nous! Sauvez mes petits! Jésus! Marie! Joseph!»

On l'entend manipuler le «batte-feu» à tâtons pour allumer la chandelle.

— N'allume pas! ordonne Tertio. Ils nous verraient découpés devant les ouvertures. Je dois regarder dehors.

Il enfile son pantalon à la hâte par-dessus sa chemise de nuit. Il gravit deux échelons et ordonne à Sophie:

— Ferme le volet et descends avec les enfants.

— Que lancent-ils? s'informe Bernadette d'une voix blanche. Pour elle, l'identité des «ils» ne fait aucun doute. Seuls les Sauvages s'abattent ainsi la nuit sur une ferme sans défense. Elle court dans l'obscurité d'un petit lit à l'autre, les tirant loin du mur, rapprochant Barbe et les jumeaux pour mieux les protéger. Elle tend les bras pour accueillir Angèle, que Sophie lui passe par la trappe avant de retourner secouer Pierrot, plus lent à tirer de son sommeil.

— Pourtant, les Iroquois ont signé une trêve, se lamente Bernadette que cette promesse de paix avait un peu rassurée depuis deux mois. Quel malheur que les Tondu soient à Ville-Marie!

La jeune mère sent sa famille bien isolée dans le danger maintenant que les occupants de la cabane au bord du fleuve sont allés faire les foins à l'«emblavure» de Dosithée, à la Côte Sainte-Marie. Ils faucheront en même temps, à leur profit, le champ de Menfou Carcajou qui n'a que faire d'une récolte mais qui doit cultiver son lopin pour ne pas se le faire confisquer.

Un nouveau coup frappe sur le mur. Tintin hors de lui tire sur sa chaîne et s'étrangle de rage, couvrant tous les bruits que pourraient faire les agresseurs. Tertio rôde comme un fauve de la fenêtre du magasin à celle de la maison, appuyant un œil prudent aux interstices des volets. Il retourne toujours aux deux meurtrières percées dans le mur du côté du fleuve. Il fait glisser le couvercle de métal et essaie de percer le mystère de la nuit noire. Il maudit la présence encombrante des deux arbres que Bernadette n'a pas voulu sacrifier derrière la maison.

— Si nous vivons jusqu'au matin, je mets la hache dedans, se jure-t-il un peu tard.

On entend le battement des pieds nus de Sophie sur les planches mal équarries de la soupente. La petite fille passe à la hâte sa jupe de *grisette** par-dessus sa chemise de nuit. Pierrot, mal éveillé, trébuche dans l'échelle et se dirige droit vers le grand lit, où il plonge sous les couvertures à côté d'Angèle que le transfert n'a pas dérangée. La peur et le sommeil luttent dans l'esprit du garçonnet, et c'est le second qui l'emporte. Bernadette le laisse faire, quitte à le secouer si on a besoin de lui pour soutenir un siège.

Un quatrième projectile atteint le mur avec un sifflement qui fait sursauter Tertio. Il gronde:

— Sacré chien! Je n'entends rien avec son tintamarre.

* Étoffe grise bon marché.

Personne ne relève la justesse de l'expression, comme personne ne souligne qu'on n'entend jamais venir les Indiens, lorsqu'ils désirent arriver en silence.

— Pourvu que ce ne soient pas des flèches enflammées, souhaite Bernadette agenouillée au milieu des berceaux. Elle prie avec ferveur en attendant le moment où elle aura à recharger le mousquet comme le lui a enseigné Tertio. Toutes les femmes de la colonie connaissent cette opération à laquelle les maris prévoyants les ont initiées. Les plus audacieuses, comme Jeanne de Rouville et Sophie, ont même appris à se servir des fusils elles-mêmes.

Sophie, accroupie devant sa petite fenêtre, la tête prudemment baissée, tend la main vers le volet de bois rabattu à l'extérieur. En entendant mentionner cette menace de flèches enflammées, elle vainc sa peur pour oser sortir la tête et s'assurer que le mur ou le toit ne sont pas déjà embrasés. À ce moment Tintin, épuisé par ses efforts vocaux, s'accorde une seconde de répit pour reprendre son souffle.

Dans le silence, Sophie, qui cherche vainement à distinguer des flammes, entend le hululement insistant d'un hibou. Avant qu'elle ne puisse en être certaine, le chien reprend son concert bruyant.

La petite fille tire rapidement le volet et l'assujettit avec sa targette de métal. Avec l'aisance de l'habitude, elle dégringole sans les voir les barreaux de l'échelle abrupte. Elle est encombrée par la longue rapière de Fleur d'épée dont la gaine de métal heurte les échelons l'un après l'autre.

Tertio lui jette par-dessus son épaule:

— Va chercher un second fusil dans le magasin. J'ai assez de poudre et de balles pour en charger deux.

Il sent que dans un cas d'urgence il peut plus compter sur la hardiesse de Sophie que sur le pauvre courage de Bernadette. L'adolescente obéit sans discuter. Elle dépose l'épée sur la table et se dirige vers la porte communicante, les mains étendues devant elle dans l'obscurité. Sa myopie l'a si bien habituée à agir à tâtons qu'elle trouve facilement la clé cachée sous le comptoir du magasin. Sans hésiter, elle ouvre le cadenas de l'armoire où les armes à vendre sont enfermées à l'abri des voleurs. Revenue près de son beau-frère, elle lui remet le mousquet et reçoit le sien en échange. Pendant que Tertio manipule poudre et balles sans les voir, comme il s'est entraîné à le faire depuis sa jeunesse, Sophie chuchote:

— Tu sais, Tertio, je pense que les Sauvages qui nous attaquent sont des amis.

— Deviens-tu folle? proteste son beau-frère avec impatience. C'est bien le moment pour sa principale collaboratrice de perdre la tête.

— Non. Je suis certaine que c'est Menfou qui est là. J'ai entendu l'appel d'un hibou, et j'ai cru voir pendre un bout de tissu à la flèche qui était plantée près de mon volet.

— Mon frère le Carcajou est loin, probablement mort à l'heure qu'il est. On n'en a pas entendu parler depuis bientôt un an.

Sophie ne croit pas trahir un secret en révélant la visite insolite reçue deux mois plus tôt. Le silence le plus complet entoure maintenant la petite maison où sont tapis des êtres angoissés. Même Tintin, son devoir accompli, a renoncé à protester plus longtemps. Lorsqu'on jugera bon de le détacher, il courra sus à l'intrus qu'il peut flairer du côté du fleuve. En attendant, il se recouche, le museau entre les pattes.

Décidée à prouver sa théoric, Sophie remonte l'échelle. Elle pousse doucement le volet de bois et, penchée sur la droite, le corps à demi sorti par la lucarne, elle tend la main vers la première flèche qui a frappé le mur. Consciente de présenter une cible parfaite avec sa chemise blanche, elle prend la chance que ce soit Menfou Carcajou, ou un de ses émissaires, là, dans le noir. S'il ne vient pas sous sa fenêtre cette fois-ci, il a une raison et elle doit la découvrir.

La pointe de la flèche coincée entre deux billots refuse de céder. Elle tire de toutes ses forces et la tige de bois se rompt avec un bruit sec qui résonne comme une détonation dans le silence de la nuit. Vivement, Sophie claque le volet et reprend son souffle. Ses doigts tâtent le bout de bois terminé par l'empennage de plumes. Dosithée lui a dit que chaque flèche porte la marque de son créateur afin qu'il puisse la récupérer si possible. Quelle cst la marque de Menfou le Tsonnontouan? Pour l'instant, dans l'obscurité, cela ressemble à un bout de ruban retenu par un nœud.

Elle redescend l'échelle et commande à son beau-frère:

— Tertio, fais de la lumière! J'ai quelque chose d'important à te montrer.

Après la dernière demi-heure de calme et de silence, le marchand doit admettre que ce mutisme n'est pas la manière habituelle des raids iroquois. Il se décide à battre le briquet et à allumer la chandelle du *falot* de fer blanc. Des ouvertures minuscules percent le métal, laissant filtrer de faibles rayons de lumière. La flamme est ainsi protégée contre le vent lorsque l'habitant sort avec son indispensable fanal. Pour l'instant, cette lueur diffuse leur suffit. Sa faiblesse même les rassure.

Sophie brandit devant la lanterne une tige de flèche d'où pend un bout de ruban vert. Elle jubile et explique à Bernadette et à son mari la cause de sa joie incompréhensible.

— Voilà la preuve que c'est bien Menfou au bord de l'eau! Berdouche, regarde ce ruban. C'est le même que monsieur de Rupalest nous a laissé quand il a acheté toute ta réserve de *gros-grain** rouge il y a deux semaines pour lacer ses *mitasses***. Il voulait faire une entrée élégante à Ville-Marie. Tu t'en souviens?

— C'est difficile à oublier, marmonne Bernadette qui ne demande qu'à être rassurée. La preuve est là, devant ses yeux, pendue à un clou du plafond où le ballon de verre rempli d'eau claire se balance au bout d'un ruban vert semblable à celui de la flèche.

— Mais Tertio, si c'est ton frère, pourquoi ne vient-il pas à la porte au lieu de faire tout ce train et nous épouvanter?

— Ça pourrait être un piège, dit le marchand en se grattant la tête avec perplexité. Il y a bien des rubans verts sur la planète.

Sophie insiste, rassurante, convaincante.

---

* Ruban de soie à grosses côtes.
** Jambières de daim.

— M'est avis que Menfou est empêché de monter ici. Il est caché, malade peut-être. C'est ton frère, Tertio! Tu ne peux l'abandonner.

— Je vais voir, décide brusquement le jeune homme. Cette incertitude nous ronge les sangs. Faut régler ça une bonne fois. S'ils voulaient nous détruire, nous serions déjà trépassés.

Malgré les protestations de Bernadette, le marchand complète ses préparatifs. Il rassemble sac à balles, cornet à poudre et tige à fusil. Il chausse ses «souliers de bœuf» et fixe son étui de couteau à sa taille. Il se coiffe de son «tapabord», incapable de rompre avec la routine malgré l'heure et le danger.

— Je vais avec toi, annonce Sophie d'un ton si résolu que son beau-frère étonné ne songe pas à refuser.

— Je porterai le fanal, ajoute-t-elle. Tu auras les mains libres pour tirer.

Sophie ramasse l'épée et fixe la lanterne à l'extrémité du fourreau avec une lanière de cuir. Elle montre son arrangement à Tertio impressionné.

— Comme ça la lumière sera au bout de mon bras, sur le côté, si elle sert de cible. Et en cas de besoin, je pourrai me défendre avec la lame.

Bernadette, éperdue, regarde sa petite sœur dressée dans sa chemise de nuit recouverte de sa jupe de coton délavée, ses nattes encadrant sagement un visage vieilli par la détermination.

— Vous allez m'abandonner seule ici avec les petits? gémit l'aînée en jetant autour d'elle un regard égaré.

— Pierrot est avec toi. Je vais le tirer de son «endormitoire», la rassure Sophie. Plus bas, elle ajoute:

— C'est Tertio qui a le plus besoin d'aide à cette heure.

Cet argument a raison des réticences de la jeune épouse. Elle empoigne le mousquet que son mari lui met dans les mains. Il recommande:

— Dès que nous serons dehors, barricade la porte, allume une chandelle et ranime le feu. Attends une miette et nous reviendrons boire une tisane.

Il sait que le dévouement de Bernadette l'aidera à dominer son angoisse. En préparant leur retour, elle croira forcer le sort. Pierrot, semoncé par Sophie, offre ses services d'une voix pâteuse. On vient de le consacrer «homme de la maison», et cette lourde responsabilité achève de le réveiller.

Après une dernière écoute silencieuse, Tertio et Sophie font un signe de croix et se glissent dehors comme des ombres. Ils longent le mur, trahis par l'exubérante réception de Tintin tout heureux d'avoir enfin de la compagnie dans cette nuit chargée de bruits suspects et d'effluves louches.

Derrière le battant, on entend retomber la lourde barre de fer qui les isole définitivement de la chaude sécurité du foyer. Un ordre bref tranquillise le chien.

Bernadette attend, l'oreille collée aux planches rudes de la porte de chêne. En pensée, elle suit la progression prudente des deux intrépides éclaireurs. Le cœur battant dans les tempes, elle craint à tout moment le claquement d'un coup de feu, le bruit sourd d'une nouvelle volée de flèches ou, pis encore, le long cri hululant qui la hante depuis que les guerriers iroquois l'ont poussé en juin, un matin de soleil sur la berge du fleuve, à la tête du Grand Sault Saint-Louis. C'est le glas de son bonheur qui résonne sans cesse dans sa tête alors que personne autour d'elle ne semble jamais l'entendre.

16

Sophie et Tertio contournent prudemment la maison. Ils sont seuls entourés des froissements menaçants d'une nuit sans lune. La lueur des étoiles parvient pourtant à répandre une clarté trouble qui rend les ombres plus noires et accentue par contraste le blanc des chemises.

Sa belle-sœur sur les talons, le marchand frôle le mur arrière de la maison. Un instant, la lanterne sourde éclaire une flèche plantée dans le bois à un angle incliné, comme si elle était tombée de haut. Ils longent le fournil où flotte encore une bonne odeur de pain mêlée à celle des feuilles de tabac accrochées par bottes au plafond où elles sèchent.

Rien de suspect dans l'étable où les vaches s'ébrouent paisiblement. La truie, ses gorets et les deux cochons *nourritureaux** ronflent et grognent. Les poules juchées, la tête sous l'aile, ne bougent pas; leur coq autoritaire n'en a pas encore donné le signal.

— Allons voir au fleuve, souffle Sophie, impatiente.

---

* Ainsi désignés dans les actes notariés: bêtes castrées et à l'engrais.

À regret, Tertio suit le fossé qui égoutte son «emblavuve» et la sépare de celle de son voisin. Il s'arrête soudain:

— On pourrait demander de l'aide à Magloire? Il viendrait pour sûr. Et ses gars avec lui.

— Si c'est Menfou, tu le perdrais, objecte Sophie entêtée. Viens!

Ils descendent vers la rive, se sentant vulnérables et exposés. Le terrain plat, dénudé, d'où toutes les «ferdoches» ont été arrachées, empêche peut-être les embuscades indiennes, mais il enlève aussi tout couvert protecteur. Seuls les deux arbres récemment condamnés s'entourent d'îlots d'ombre aussi menaçante que rassurante.

Sophie avance derrière le large dos de son beau-frère, tenant au bout du bras, loin d'eux, la lanterne qui se balance et n'éclaire pas grand-chose. Vaudrait-il mieux la souffler et procéder dans le noir?

Tertio prie tout bas en remuant les lèvres, retenant son souffle, l'œil tendu, l'oreille aux aguets. Derrière lui, il entend le cliquetis imperceptible du fanal et le crissement discret des mocassins de Sophie. Cette présence lui donne courage.

Sophie aussi prie de tout cœur, mais sa litanie n'implore pas secours et protection. Elle redit inlassablement: «Faites que ce soit Menfou! Bon Jésus, faites que ce soit lui!» Son désir de revoir son ami est plus fort que sa peur.

Ils avancent prudemment. Bientôt, on devine le fleuve au scintillement de minuscules reflets. L'odeur de vase et de joncs leur arrive apportée par la brise qui irrite la surface de l'eau. La muraille basse des grandes herbes cache encore la berge. Aucune vigilance ne peut venir à bout de ces foins secs qui poussent les pieds dans l'eau et qui se balancent au souffle du large.

C'est le dernier obstacle menaçant qui les sépare du lac Saint-Louis. La maison et le refuge de ses murs solides leur semblent bien loin.

Tertio s'arrête si brusquement que Sophie lui heurte le dos. Les filets de lumière de la chandelle dansent la sarabande.

— Là! souffle Tertio. Un canot.

La silhouette blanche de l'écorce dessine l'embarcation dont la proue est échouée sur le sable. La poupe flotte sur l'eau, bercée par le clapotis des vaguelettes. Il n'y a personne à bord. Cette absence de passager inquiète plus que la présence du canot lui-même. Son beau-frère perplexe s'est agenouillé dans les joncs. Sophie tend son porte-fanal et éclaire le sable humide entre elle et la quille.

— Regarde, Tertio! Aucune trace de pas.

— Ils ont marché dans l'eau, chuchote Tertio, déconcerté. Son mousquet fait un tour d'horizon, flairant le danger comme le museau d'un chien.

Sophie, enhardie, s'avance, courbée en deux pour projeter la lumière du fanal sur l'embarcation mystérieuse. Elle éclaire tour à tour un aviron abandonné, un arc bandé appuyé au bordage. Au fond du canot, étendu dans une mare de sang noirâtre, un homme gît, immobile. La lueur joue sur sa peau bronzée zébrée de traces de sang séché. Il est presque nu. C'est un Indien mais on ne voit pas sa tête qui repose dans l'ombre, au fond de la coque.

Tertio l'a rejointe et pointe son canon vers le blessé. Tant qu'il n'est pas mort, un Sauvage est dangereux.

Sophie avance prudemment sa lanterne. Une voix faible, mais autoritaire, ordonne avec colère:

— Éteignez votre maudit fanal, bande de colons!

— C'est Menfou! s'exclame Sophie le cœur battant.

— C'est bien lui, admet Tertio qui reconnaît le caractère irascible de son demi-frère.

La fillette souffle aussitôt la chandelle. Le marchand se penche au-dessus de la forme étendue.

— Tu es seul?

— Oui, murmure la voix imperceptible. Je suis venu...

Mais la phrase reste sans suite. L'homme s'est évanoui, sans doute à bout de forces. Sophie regarde l'immensité du lac. Elle imagine l'énergie déployée pour le traverser en diagonale. Elle repense aux quatre flèches lancées avec force contre la maison, et se dit que c'est un miracle si Menfou Carcajou, blessé, peut encore trouver le courage de les engueuler pour une lumière imprudente.

— Il faut l'emmener là-haut.

— Tiens le mousquet! Je vais le transporter, ordonne Tertio. Il soulève dans ses bras puissants le corps inanimé de son aîné beaucoup moins lourd que lui.

— Peux-tu tirer le canot? demande-t-il à Sophie qui attend, les bras encombrés par l'épée, la lanterne et le mousquet.

L'adolescente dépose ses armes et traîne sans peine la légère embarcation jusque dans les joncs qu'elle redresse pour dissimuler son passage. Avec son mocassin, elle efface la trace de la quille sur le sable. Puis, reprenant fusil et rapière, elle emboîte le pas à Tertio qui remonte vers la maison sans s'inquiéter d'être vu ou entendu, puisque son frère a affirmé qu'il était seul. Il trébuche et bougonne:

— Pourquoi a-t-il tenu à nous faire éteindre le fanal?

— C'était peut-être une leçon de prudence, pour une autre fois? hasarde Sophie qui allonge le pas pour le suivre. Son instinct lui a fait deviner juste. Menfou Carcajou, même à moitié mort, enrageait de l'éternelle naïveté de ces habitants vulnérables aux coups de ses frères iroquois. A-t-on idée d'aller au-devant de l'ennemi comme on va chercher une vache égarée, tout bêtement, un «falot» à la main...

❀ ❀ ❀

Bernadette a cru mourir en entendant Tintin aboyer brusquement. Puis la voix de Tertio lui est parvenue, calmant le chien, exigeant qu'on ouvre la porte. Il s'est découpé sur le seuil, inclinant prudemment, comme toujours, sa trop haute taille. Bernadette a poussé un cri en le voyant ensanglanté, les mains rougies, portant comme un enfant endormi le corps inanimé d'un Iroquois.

— C'est Menfou! a expliqué Sophie triomphalement. Elle se décharge de son encombrant butin, et conserve assez de sang-froid pour refermer la porte et la barrer avec la tige de fer placée en travers sur de gros supports de métal.

Tertio a déposé son frère sur le plancher devant le foyer. Déjà un filet de sang suit la pente des pieux fendus, au grand désarroi de Pierrot qui n'a jamais vu un blessé. Le marchand s'empresse de rassurer sa femme qui tend déjà la main vers sa chemise maculée.

— Je n'ai rien. C'est son sang. Je ne sais pas comment il a pu arriver jusqu'ici *amanché** comme ça. Penses-tu pouvoir le soigner?

Les sœurs Quesnel ont mené jusqu'ici une existence protégée contre les violences de la vie, mais toutes les femmes de la colonie devaient s'improviser médecin à un moment ou l'autre. Tertio lui-même n'a pas eu souvent à secourir des éclopés, à part quelques entailles maladroites avec la hache ou des membres cassés à la chasse. Tous déplorent l'absence de Dosithée Blaise et sa compétence de guérisseuse.

— Lalie saurait quoi faire, murmure Sophie, enviant à sa sœur Eulalie, infirmière, un entraînement qui leur serait utile aujourd'hui. Bernadette, bonne organisatrice, prend charge de l'entreprise. Le danger est passé. Les siens sont sains et saufs. Elle peut maintenant se dévouer aux autres.

— Donnez-moi plus de lumière! Allumez deux autres chandelles et le *bec-de-corbeau***. Il me faut de l'eau chaude. Tertio, emplis tous les vaisseaux de la maison. Il faut chauffer le petit canard, le coquemar***, le chaudron de cuivre et la marmite de fer. Pierrot, grossis le feu et veille au bois. Sophie, apporte-moi la bassine d'étain et des guenilles propres. Le savon ne serait pas de trop.

Bernadette s'agenouille à côté du blessé. Un bruit de tissu déchiré la fait se retourner. Sophie arrache des

---

* Canadianisme pour arrangé.

** Petite lanterne de fer à bout recourbé remplie d'huile de marsouin.

*** Ustensile pour faire bouillir de l'eau.

morceaux au bas de sa robe de nuit éventée. L'aînée proteste contre ce gaspillage et indique le coffre où elle conserve les vieux chiffons.

Assistée de son époux et de sa sœur, la jeune femme
s'efforce de nettoyer et de panser les plaies, luttant contre
la nausée et la répugnance normale devant les chairs dé-
chirées et le sang répandu.

Menfou Carcajou a été mêlé à une échauffourée féroce
car il a reçu non pas une, mais cinq blessures. Aucune n'est
mortelle mais toutes lui ont fait perdre beaucoup de sang.
C'est miracle qu'il ait pu avironner jusqu'à La Chine. Il a une
flèche dans la cuisse, une entaille de tomahawk sur l'épaule
droite, une éraflure profonde sur les côtes, causée probablement par une balle qui a dévié, et une longue estafilade
à la main gauche. Le coup qui inquiète le plus Bernadette,
dans son inexpérience, c'est celui qui a fendu la tête de son
beau-frère, au-dessus de l'oreille, du côté où ses cheveux
rasés recommencent à pousser en un duvet du plus malheureux effet. Elle a toujours entendu parler des dangers des
chocs au cerveau et de leurs conséquences imprévisibles.

Il est évident que toutes ces blessures datent déjà de
plusieurs jours, car elles ont été sommairement pansées
avec des poignées d'herbe et des lanières de cuir. Ces
plantes doivent posséder une valeur curative car aucune
des plaies n'est infectée malgré leur malpropreté et les
mouvements du voyageur qui les ont rouvertes, heure
après heure. Seule la flèche cassée émerge d'une vilaine
coupure enflammée.

— Je me demande bien ce qu'il vient faire ici, marmonne Tertio qui pardonne mal à son aîné les angoisses
qu'il leur a causées.

— Il est venu se faire soigner, c'est bien évident, répond Bernadette qui n'est pas près d'oublier cette nuit d'angoisse. N'est-ce pas typique de son beau-frère insouciant de rapporter ses problèmes à la famille, quitte à l'oublier quand tout va bien?

Sophie réserve son jugement, convaincue que son héros est venu malgré ses blessures et non à cause d'elles.

Rassuré par l'insensibilité de Menfou Carcajou, les trois secouristes manipulent sans trop de cérémonie leur patient inconscient. Bernadette exige qu'on le lave complètement si on doit le placer entre ses draps de toile.

— Il sent mauvais, accuse-t-elle en plissant le nez.

Même la cadette indulgente doit admettre que sa sœur a raison. Menfou exhale des effluves offensantes où se mêlent la graisse d'ours, la sueur et le sang.

— Il a dû faire un terrible voyage pour arriver ici, l'excuse Sophie tout en rinçant soigneusement la longue mèche du côté gauche où sont emmêlés plumes, lanières de cuir, huile rance, caillots de sang et même un bout du fameux ruban vert de Rupalest.

— Quand nous l'aurons nettoyé, décrète la prude Bernadette à son mari, nous lui enfilerons une de tes chemises de nuit et tu lui enlèveras cela.

Elle désigne le vêtement rudimentaire de son beau-frère le Sauvage, la bande-culotte noircie de crasse et de sang séché. La jeune femme n'a jamais vu d'homme aussi dénudé, car même Tertio se garde bien de se dévêtir devant elle sans avoir d'abord soufflé la chandelle, avec la pudibonderie des esprits étroits de l'époque. Est-ce un spectacle pour sa petite sœur? s'inquiète-t-elle soudain, un peu tard.

Sophie, moins naïve qu'on ne le pense, admire secrètement le corps harmonieux à la musculature bien développée, à la peau uniformément basanée. C'est ainsi qu'elle imagine ces dieux de la mythologie grecque dont elle a lu les aventures merveilleuses dans un livre prêté par Honorine de Rouville qui le tenait de son frère Nicolas, lequel l'avait reçu de monsieur de Rupalest.

Pendant ce temps Pierrot, le cœur à l'envers, est chargé de porter les bassins d'eau rougie sur le *potager** et de les vider dans l'évier.

— Il faut enlever la flèche, décide Tertio, agenouillé auprès de son frère.

C'est la dernière blessure, celle de la cuisse, qu'ils ont gardée pour la fin en retardant l'échéance le plus possible.

— Alors vas-y! commande une voix calme. Menfou les fixe de ses yeux ouverts dans un visage livide aux lèvres exsangues. Il a recouvré ses sens bien mal à propos. Voyant qu'aucun de ses trois infirmiers désemparés ne sait comment procéder, il prend lui-même la direction de l'opération d'une voix dont la faiblesse n'affecte en rien la détermination. On dirait qu'il parle de la blessure d'un autre.

— Mettez un garrot au-dessus. Vous le relâcherez tous les quarts d'heure et vous l'enlèverez quand ça ne saignera plus. Tertio, arrache la flèche avec des tenailles. Elle devrait sortir facilement car j'ai déjà entaillé l'ouverture. Je n'avais pas assez de force pour tirer moi-même. Posez un cataplasme de gomme de sapin sur la plaie. Tu en as, Bernadette?

---

* Dalle de pierre creusée sur l'allège de la fenêtre. Un trou au fond conduit à un canal dans le mur qui sert d'évier vers l'extérieur.

La jeune femme fait oui de la tête et Sophie va quérir le contenant de grès dans l'armoire aux remèdes. Pierrot, oublié de tous, regarde, les yeux exorbités, par-dessus l'épaule de sa tante. Menfou lui ordonne brusquement:

— Toi, le jeune, va te coucher! Tu en as assez appris pour un soir. Merci de ton aide.

Pierrot, soulagé, ne se le fait pas répéter deux fois. Il grimpe comme un écureuil jusqu'en haut de l'échelle et s'enfouit sous ses draps, les mains sur les oreilles pour ne rien entendre.

Fabien et Barbe entreprennent un duo qui oblige leur mère à se précipiter vers les berceaux. Tertio, ses pinces à la main, attend, déconcerté par cette désertion. Menfou, qui sent la tête lui tourner à cause de sa faiblesse, réclame de l'eau-de-vie dans un murmure impatient. Son frère hésite et Menfou a un ricanement sarcastique.

— Tu n'oses pas donner d'eau-de-feu à un Sauvage? Le gouverneur l'interdit?

— Parle pas comme ça, admoneste Sophie en approchant un gobelet d'alcool des lèvres du blessé. Menfou est brûlant de fièvre et sa main tremble sur la tasse, mais son regard sombre n'a rien perdu de sa flamme moqueuse. Sa tête retombe et il ferme les yeux, sans force.

— Vas-y! Finissez-en! souffle-t-il à Sophie qui a pris la place de Bernadette.

La jeune mère, penchée sur les bébés, attend avec appréhension, comme le fait Pierrot là-haut, le cri de douleur de l'opéré. Ils ont oublié tous deux que le patient est un Iroquois aussi stoïque qu'entêté.

— Il s'est évanoui, soupire Sophie avec soulagement pendant que Tertio brandit victorieusement ses tenailles crispées sur la pointe de flèche. Menfou Carcajou ne s'est même pas rendu compte qu'il avait serré à la briser la petite main réconfortante qui s'était glissée dans son poing crispé. Sophie noue le dernier bandage sur la plaie béante et cache jalousement la douleur de sa main meurtrie. C'est un nouveau secret qu'elle partage avec son ami, celui d'une agonie soigneusement dissimulée.

On habille de la longue chemise de coton le pantin désarticulé. Sophie grimpe à l'échelle avec la lanterne pour préparer sa paillasse. On a décidé de tenir le blessé caché dans la soupente, à l'abri des enfants agités, des clients du magasin et des visiteurs inattendus. Pierrot servira de chaperon. D'ailleurs, dans l'état actuel de faiblesse du coureur des bois, les risques de scandale sont minces.

Les deux sœurs et Tertio unissent leurs forces pour porter le blessé dans le petit grenier. On laisse à Sophie, promue garde-malade, la lanterne, une cruche d'eau pour désaltérer son patient et un bassin d'eau pour éponger son front brûlant.

L'adolescente étend une peau d'ours sur le plancher vermoulu et s'allonge, enveloppée dans sa grande cape grise. Le volet a été repoussé vers l'extérieur. La fenêtre encadre le ciel où pâlit l'aube blafarde. Soulevée sur un coude, Sophie examine longuement le profil bien découpé de Menfou Carcajou. La blancheur du pansement qui entoure son front contraste avec ses mèches sombres et son teint bronzé. Malgré sa pâleur, ses narines pincées, sa bouche au pli douloureux, il a un air barbare qui ne s'accomode pas à cet environnement domestique, à la chemise de nuit, à la courtepointe fleurie.

«Pourquoi est-il venu, puisque la délégation iroquoise n'est pas encore passée? se demande la petite fille perplexe. Pourquoi a-t-il fait tout ce chemin de misère, à travers les portages et les lacs? Que voulait-il nous dire?»

Bien résolue à veiller sur son sommeil, à prévenir les moindres désirs de son malade, elle se prépare à une veille attentive, couchée sur le côté, la tête appuyée sur son bras replié.

❀ ❀ ❀

Lorsqu'elle ouvre les yeux, le soleil envahit la soupente. Les rayons, comme des bâtons de lumière, éclairent tous les détails de son royaume habituel. La peau de taupe tendue sur son cerceau minuscule, le crochet où est suspendue la rapière de Fleur d'épée, le petit rectangle de bois patiné par l'usure où ses lunettes gîtent dans leur nid de fourrure, le coffre de pin qui lui sert de garde-robe, la *cretonne** tendue qui dissimule le coin réservé à Pierrot et à ses trésors. La chandelle s'est éteinte, ayant brûlé sa mèche.

Les petites gazouillent en bas. On les entend à travers la trappe fermée. Bernadette éternue en série et se mouche agressivement, exaspérée par son affliction. Sous la fenêtre, on entend des coups réguliers et sourds; Tertio, fidèle à sa promesse, abat les deux beaux arbres qui faisaient l'orgueil de Bernadette et distinguaient sa ferme de celle des autres. Pour la dédommager, l'époux dévoué se

---

* Cotonnade fleurie.

propose de blanchir les murs extérieurs de la maison à la chaux et de peindre les volets en vert, comme ceux des maisons de riches.

Sur la paillasse rangée sous la lucarne, insensible aux bruits, Menfou dort toujours, sa poitrine à peine soulevée par un souffle imperceptible. Ses pommettes sont rouges, lui donnant un faux air de santé. Il n'a pas semblé souffrir de la négligence involontaire de sa garde-malade endormie. Il ne bouge pas de la journée, à peine conscient des soins de son frère Tertio, de Bernadette qui change ses pansements, de Sophie qui glisse patiemment des cuillerées de bouillon entre ses dents serrées et qui remplace les compresses humides sur son front brûlant où perle la sueur.

Au soir, il demande à Sophie d'aller chercher le sac de cuir qui est demeuré accroché au bordage du canot. Sophie en profite pour rapporter aussi le grand arc en bois de frêne qui est bandé par deux tendons d'orignaux. Menfou Carcajou exige que son arc soit appuyé debout au mur. Il explique d'une voix éteinte, avec un sourire embarrassé:

— S'il était posé au sol et que quelqu'un l'enjambe, cela lui enlèverait de son efficacité.

Sophie accepte tout naturellement cette superstition païenne. N'évite-t-elle pas de passer sous une échelle? Les armes d'un chasseur indien sont sacrées. Dosithée le lui a affirmé.

Le carquois de Menfou est vide et Pierrot est chargé de grimper à l'échelle pour récupérer les empennages des flèches plantées dans le toit. Les pointes enfoncées dans le mur de bois sont malheureusement perdues.

— Je ne tirais pas fort ce soir-là, déplore Menfou. Je n'étais même pas certain d'avoir la force d'atteindre la maison. J'aurais été bien empêché de monter jusqu'à la porte. Et votre maudit chien qui enterrait mon hibou!

Devant l'air déçu de Sophie, il s'empresse d'ajouter:

— Mais c'est tout de même excellent d'avoir un chien d'alarme. Tous les Iroquois ne sont pas un frère en détresse. Votre cabot a fait un honnête travail.

Luttant contre sa faiblesse par un immense effort de volonté, le blessé ouvre le sac de cuir. En gestes lents et mesurés, il en extrait diverses herbes et écorces divisées en paquets bien ficelés. C'est sa pharmacie, qu'il a rassemblée au prix de mille peines lors de son pénible voyage jusqu'à La Chine. Il demande de cette voix lointaine, sans timbre, symptôme de son épuisement:

— Fais-moi une concoction de capillaire, ma taupe. C'est le remède infaillible des Iroquois.

Il tend à la fillette un paquet de fougères séchées. Il lui indique aussi une plante à fleurs jaunes qu'elle avait toujours prise pour une mauvaise herbe.

— C'est du seneçon. On en fait des cataplasmes contre la *mortification** des blessures. N'en déplaise à Bernadette, tu en mettras sous mes pansements, demain matin. Cela hâtera la cicatrisation.

Il ajoute de son ton sarcastique:

— C'est un remède de ma grand-mère Tsononhkeri, Tête Frisée. Elle m'a aussi appris à mâcher de l'écorce de saule** contre la fièvre. C'est amer mais

---

* Septicémie, gangrène.

** Qui contient de la salicine, ingrédient de nos aspirines.

aussi agissant que les tisanes d'eau de mélisse et de parégorique à la mode ici.

Sophie transmet en hésitant l'offre courageuse de Bernadette de faire venir le barbier du fort pour effectuer une saignée. C'est la seule cure reconnue efficace pour tous les maux. Tertio risquerait des ennuis pour avoir caché un repris de justice, mais si c'est un moyen d'aider Menfou, il est prêt à courir le risque. Au grand soulagement de la fillette, le blessé refuse tout net. Il craint autant le remède que la prison.

— Grand merci! C'est justement de saignées que j'essaie de me remettre. J'en ai eu, bon gré mal gré, d'une façon ou de l'autre à chaque jour de mon long voyage jusqu'ici. Il n'y a pas eu un portage qui n'ait rouvert une de mes plaies. Comme tu vois, j'offre un échantillon de toutes nos armes de guerre: tomahawk, flèche, couteau, mousquet et, pour finir, un coup de casse-tête qui aurait pu être fatal si je n'avais eu la tête si dure.

Pendant deux jours, Menfou Carcajou récupère ses forces à la manière indienne, sans remuer, sans parler, sans ouvrir les yeux. La trappe fermée le cache à la vue des curieux. Pierrot, bien endoctriné, tient sa langue et ne dit rien de la présence de son oncle le Sauvage dans sa propre chambre à coucher.

17

Le troisième jour de l'arrivée de Menfou Carcajou, vers la fin de l'après-midi, Sophie est descendue à la rivière sous une averse persistante, dans un brouillard qui limite la visibilité. Contrairement à bien des gens, la fillette aime ces jours lourds et tristes qui tournent l'âme vers l'intérieur, alors que le soleil la tire en dehors d'elle-même, vers la nature joyeuse.

Ses pieds nus patouillaient dans la boue des champs, la poche de jute placée en capuchon sur sa tête s'alourdissait d'humidité. L'odeur délicate de la pluie ravissait ses narines, à chaque brindille perlait une goutte d'argent. Le petit concert mouillé des feuilles et des joncs lui promettait des heures d'une paix ouatée où elle errait seule dans un monde liquide de grisaille et de sons assourdis.

Mais Sophie, si elle rêvasse, ne le fait jamais longtemps. Elle est venue au bord du lac pour travailler et non pour «jongler». Elle retrousse sa jupe et traîne jusqu'au lac le petit canot taché de sang. Lui aussi vient d'un autre univers, celui des eaux blanches et des lacs sauvages. Il parle d'évasion, de l'ivresse des voyages, de la liberté sous les étoiles.

Où est la vraie vie? Il ne lui semble pas que Bernadette, Tertio ou Jean-Marie éprouvent jamais de doutes sur le sens de leurs années de labeur, passées à trimer tout le jour, été comme hiver. Est-elle la seule qui ait le goût de plus et de mieux? Pourquoi ces questions déprimantes se posent-elles toujours à elle lorsque Menfou Carcajou apparaît dans son existence?

Pour se consoler, la petite fille chantonne à mi-voix un poème de sa composition, le seul et l'unique qui lui soit jamais venu. Il varie d'une fois à l'autre, suivant l'inspiration du moment. Il ne rime pas riche et boite de plusieurs pieds, mais c'est son hymne à elle seule, sa clé des champs.

Les oies arrivent et les oies s'en vont
Les pays passent sous leurs ailes.
Les coureurs partent et reviendront
Avec les saisons.
Et moi je reste! Je reste ici!
Ma course se fait entre la corde de bois
Et le fournil,
Entre le seuil de la porte et le puits,
Entre l'église et les semis
Où je demeure, où je demeure.
C'est dans ma tête que je m'envole
Et dans mon cœur que je voyage.
Les yeux fermés, les pieds au sol,
Je suis très loin, très loin d'ici.

Délicatement, pour ne pas abîmer l'écorce, Sophie nettoie le fond du canot. Finalement satisfaite de son travail, elle dissimule l'embarcation de Menfou dans les joncs, quille en l'air par-dessus son aviron dont le manche portera toujours les taches brunes de sang qu'il a absorbé.

En remontant à la soupente, elle a retrouvé Menfou Carcajou assis sur la paillasse, le menton bleui par sa barbe. Il achève de vider la cruche d'eau et se dispose à avaler aussi, dans sa grande soif, le contenu du bassin. Le patient se déclare guéri, même s'il est encore faible et si ses plaies ne sont pas refermées. Il s'est accordé toute la convalescence que peut se permettre un guerrier.

Sophie lui apporte une assiette de ragoût qu'il mange avec ses doigts, délicatement. Il s'est adossé au mur, près de la fenêtre, les jambes étendues devant lui, vaguement ridicule dans sa chemise de nuit. Ses mouvements sont prudents. Il ménage son épaule et ses côtes et empoigne sa jambe à deux mains pour la déplacer en dissimulant une grimace. Il semble parfaitement guéri et déterminé à parler malgré les injonctions au repos et à la modération de sa jeune amie.

Il est ici en mission et s'empresse de se décharger de ses responsabilités. Il fait monter Tertio et oblige Bernadette à faire garder les enfants par Pierrot et à assister à l'entrevue.

— Je suis venu avertir le gouverneur. Un grand danger menace la colonie. Il n'y a plus de trêve qui tienne! La paix a été tuée.

Il regarde le visage sceptique de Tertio, les joues pâlies de Bernadette et reprend:

— Ce n'est pas une phrase d'Indien. C'est exactement ce qui est advenu. La délégation de Grandular s'amenait avec des offres de paix. Il y avait quatre conseillers et quarante guerriers, tous bien disposés envers les Français. Je puis le garantir, j'en étais.

La voix grave du narrateur prouve la véracité de ce qu'il raconte. Menfou Carcajou parle avec un sérieux inhabituel.

— Nous avons été attaqués près de la baie des Puants, à un portage du rapide des Galots*. Un de nos chefs a été tué. Il y a eu plusieurs blessés et de nombreux prisonniers. Les assaillants étaient un parti de Hurons sous les ordres de Kondiaronk. Ce n'est pas pour rien qu'on l'appelle le Rat, ce crétin, avec ses insignes friponneries!

— Mais je croyais les Hurons nos alliés, objecte Tertio qui essaie d'imaginer ces Sauvages dressés les uns contre les autres dans un combat féroce.

— Vous devriez tous savoir que les Hurons, ces présumés amis, sont des alliés sans amitié. Ils ne cherchent qu'à vous attirer le fardeau de la guerre iroquoise pour éloigner l'ennemi de chez eux. Tant que les Iroquois luttent contre les Français, ils oublient d'attaquer les Hurons et les Algonquins comme ils le faisaient avant votre venue. Les Hurons comptaient beaucoup sur vous pour anéantir les Iroquois et les en débarrasser une fois pour toute. Cette nouvelle promesse de paix entre la France et les Cinq Nations les contrarie énormément. Ils se sont donc arrangés pour la détruire.

Menfou s'interrompt pour reprendre son souffle. Il est encore faible, et ce long discours le fatigue.

— Kondiaronk a pris grand soin de faire savoir aux Iroquois qu'il venait de capturer qu'il agissait sous les ordres du gouverneur Denonville. Que c'était

---

* Voir la carte.

Ononthio* qui l'avait payé pour organiser le guet-apens. Qu'on ne lui avait pas dit qu'il s'agissait d'une ambassade de paix. Cet hypocrite, qui est un remarquable orateur, a déclaré: «Le gouverneur des Français m'a fait faire une action si noire que je ne m'en consolerai jamais à moins que vos Cinq Nations n'en tirent une juste vengeance.»

Bernadette frémit de terreur. Menfou la regarde avec pitié et reprend:

— Kondiaronk a délibérément laissé s'échapper des prisonniers pour que ceux-ci courent clamer en Iroquoisie le récit de la perfidie d'Ononthio. J'étais trop éclopé pour aller loin, et j'ai pu entendre le Rat se vanter bien haut d'avoir «tué la paix». J'ai pensé qu'il était essentiel que Denonville l'apprenne au plus tôt. Il faut lui dire qu'à l'heure qu'il est, les Cinq Nations enterrent les ceintures de porcelaine, le «wampum», qu'elles apportaient en gage de paix. Elles suspendent les chaudières de guerre.

— Mais, interrompt Sophie, je croyais qu'il s'agissait plutôt d'une hache de guerre. Madame Blaise m'en a souvent parlé.

Menfou constate que Dosithée a voulu ménager la sensibilité de ses amis. Il n'a pas les mêmes scrupules.

— On lève la hache pour les petites guerres sans importance. Pour un conflit entre nations, on suspend la chaudière.

— Pourquoi une chaudière? interroge Bernadette qui ne trouve pas ce symbole très belliqueux.

---

* Grande-Montagne. Nom donné à Montmagny, premier gouverneur de la Nouvelle-France de 1636 à 1648. Cette traduction littérale de son nom, «Mont Magnifique», est devenue par la suite l'appellation de tous les gouverneurs français.

À quoi bon cacher la vérité cruelle à ces colons naïfs? Rien ne pourra les protéger contre les réalités de la guerre indienne.

— La chaudière est pour accueillir les prisonniers que l'on fera cuire afin de manger leur chair au cours du festin de victoire*.

Bernadette pousse un cri et se cache le visage dans ses mains. Tertio, mécontent, se tourne vers son frère:

— Tu devrais avoir honte de venir sous notre toit terroriser les femmes avec tes histoires d'ogres!

Le coureur des bois rétorque avec sa fougue habituelle:

— Si ça pouvait au moins vous enseigner la prudence et vous enlever le goût de vous balader la nuit un fanal à la main! C'est justement pour vous éviter un sort tragique que je suis venu jeter l'alarme.

— Iras-tu à Ville-Marie rencontrer le gouverneur? interroge Sophie, enthousiasmée par l'héroïsme de Menfou.

Celui-ci a son rire bref et moqueur:

— Pas si bête! Ces messieurs me jetteraient aux fers et m'entendraient peut-être ensuite, rien n'est moins sûr. Je vais envoyer une lettre à Ononthio. Ce qu'il en fera ne me regarde pas, et je ne vous aurai pas sur la conscience.

À cause de son épaule blessée, Menfou ne peut écrire lui-même sa lettre. Sophie, en raison de son stage prolongé à l'école de mademoiselle Soumillard, est la plus

---

* *La Vie quotidienne des Indiens du Canada*, de R. Douville et J.P. Casanova, et les *Relations des Jésuites*.

qualifiée pour prendre la plume. On lui procure le matériel nécessaire, qu'elle dispose sur son coffre de pin.

Le jour baisse déjà et la pluie persistante oblige à tirer le volet. L'adolescente, tout heureuse de faire valoir l'utilité de son cadeau, suspend avec mille soins son ballon de verre à une poutre du plafond. Menfou reconnaît sans peine le solide ruban vert.

— Ainsi, l'ami Rupalest est passé céans?

— Ah! Menfou! Si tu l'avais vu! Tu ne peux pas te figurer le tableau.

Sophie, assise sur ses talons devant son coffre, tourne vers le blessé un visage espiègle. Le coureur des bois peut facilement imaginer le passage du Parisien, l'ayant lui-même admiré à l'œuvre. Mais il laisse à Sophie le plaisir de décrire la rencontre.

— Monsieur de Rupalest voyageait en canot, comme un pacha, avec une escorte militaire du fort Katarakoui. Ils se sont arrêtés sur la place, devant l'emblavure. Il est monté vers la maison avec son chapeau à trois plumes et un berceau de bébé indien sur le dos. Il m'apportait mon beau cadeau, ce qu'il a appelé «le don de la lumière», de ta part. Cher Menfou! Comment pourrais-je te remercier? J'imaginais les misères de transporter ce ballon si fragile. Les portages, les rapides, les…

— Tu es contente? interrompt Menfou, bourru.

— Oh oui! Comment te dire…

— Tu l'as dit! Ça suffit! Continue la visite du Parisien.

— À chaque courbette, Gonzague d'Alençon riait de plaisir. Il croyait que c'était un jeu.

— Ces deux-là sont faits l'un pour l'autre. Bouton

d'Or a encore plus d'humour que je ne l'aurais espéré, murmure Menfou.

— Bouton d'Or?

— Rupalest ne t'a pas dit que c'est le nom de son fils... et de mon filleul? Alors, garde le secret pour lui.

Un autre secret à partager avec Menfou, pense Sophie, ravie. Elle raconte comment le Parisien a acheté toute la provision de ruban rouge du magasin et a remplacé sur-le-champ les galons verts défraîchis autour de ses mitasses.

— Il a pris ample provision de coton et de lin pour faire confectionner une layette pour Gonzague. Il nous a raconté l'adoption de son *owi'rà'rà**.

Du coin de l'œil, Sophie surveille l'effet de son mot iroquois. Menfou Carcajou le laisse passer avec une acceptation flatteuse de ses nouvelles connaissances. Elle continue:

— J'ai demandé la permission de copier le «tikinagan»! J'en ai pris les mesures et madame Blaise m'aidera à en fabriquer pour les bébés de Bernadette.

Elle ajuste la chandelle afin que sa lueur traverse le prisme. Le rayon puissant éclaire la feuille de gros papier, la plus belle de la maisonnée. Elle trempe le bout de sa plume d'oie dans l'encre bleue délayée pour l'occasion avec du *tartre*** et du *vert-de-gris**** auxquels on a ajouté de la *gomme arabique***** après ébullition, d'après la recette des sœurs de la Congrégation.

---

* Bébé en iroquois.

** Croûte calcaire qui se forme pendant l'ébullition sur les parois des chaudières.

*** Dépôt verdâtre formé à l'air humide sur le cuivre.

**** Substance transparente qui suinte de l'écorce du faux acacia, arbre importé d'Arabie en Europe puis au Canada.

Ses petites lunettes bien polies sur le bout du nez, Sophie se tourne vers son compagnon. Elle sait maintenant que Menfou n'aime pas les éclats de reconnaissance. Des larmes au bord de ses yeux gris, elle se contente d'indiquer d'un geste de sa plume le papier, le ballon, ses lunettes et d'englober dans un sourire lumineux tous les sentiments émus qui se succèdent sur sa figure expressive.

— Écris, ordonne brusquement le coureur des bois.

Sophie sort un bout de langue appliquée et se penche sur le papier.

Il faut bien deux heures d'efforts et de nombreuses consultations pour que soit rédigée la fameuse missive. Vérifiée par Bernadette et Tertio, elle est finalement pliée et scellée avec une goutte de cire à cacheter.

— Tertio, prescrit l'aîné, dès que je serai disparu du paysage, fais-la parvenir à Rupalest ou à Viateur du Nord, à Ville-Marie. Ils verront à la remettre au gouverneur.

— Mais monsieur Denonville voudra te questionner, avoir plus de détails!

— J'ai dit ce que j'avais à dire à ceux qui entendent.

— Ne vaudrait-il pas mieux acheminer la lettre tout de suite? s'inquiète Tertio qui pense à la chaudière menaçante. N'est-ce pas urgent?

— Pas plus urgent que mon départ, rétorque son frère. Sinon, la milice va me cueillir en chemise de nuit dans ta soupente. Quelques heures de plus ne feront pas une grande différence.

— Tu pars bientôt? demande Sophie en le voyant changer de position avec précaution. Tu commences à peine à te remettre!

Menfou attend pour répondre que Tertio soit descendu au magasin et qu'ils soient seuls. Il appelle Sophie près de lui et confie tout bas:

— Je vais partir cette nuit, sans tambours ni trompettes. Place des provisions pour moi près du canot et prépare ton échelle magique. J'ai un cousin blessé qui m'attend dans une grotte et que je dois ramener chez lui avant les premières gelées. Je compte sur ta discrétion, Otsi'nió:karon. Maintenant, je vais dormir pour être paré à avironner toute la nuit.

Devant le visage tourmenté de la petite, le coureur des bois défend sa cause, lui qui n'explique jamais rien à personne:

— Je mène la vie que j'ai choisie parce qu'elle me plaît, ma jolie. Tu serais bien malavisée de t'en apitoyer. Je vais te traduire un poème indien qui t'éclairera là-dessus. C'est la philosophie de mes frères Peaux-Rouges résumée en quelques lignes. Je me suis dit que tu l'aimerais.

Menfou se recueille quelques minutes, puis il récite d'une voix égale et monotone à la manière des incantations indiennes:

Vois-tu? Je suis vivant!
Vois-tu? Je suis en bons termes avec la terre.
Vois-tu? Je suis en bons termes avec les dieux.
Vois-tu? Je suis en bons termes avec tout ce qui est beau.
Vois-tu? Je suis en bons termes avec toi.
Vois-tu? Je suis vivant! Je suis vivant! *

---

* Traduit du «World of the American Indian» du National Geographic Society.

Il se tait et la cadence des mots continue de résonner dans la tête de Sophie. Leur simplicité la touche profondément. Quelle surprise d'apprendre que même un dur comme le coureur des bois possède lui aussi son chant secret!

— Merci, dit-elle simplement, comme à la réception d'un cadeau. Merci beaucoup, Menfou.

Elle ajoute timidement:

— Pourrais-tu me dicter ton poème en iroquoïen? Je l'écrirais au son et je l'apprendrai par cœur. Madame Blaise m'aidera pour la prononciation. Et peux-tu le mettre au féminin?

Le coureur des bois s'acquitte consciencieusement de cette requête avant de se rendormir. Sophie souffle sur la feuille pour en assécher l'encre et range ce nouveau trésor dans son coffre de pin.

Elle descend aider sa sœur et préparer discrètement le départ de son confident. Elle parvient à apporter et à cacher sous le canot un sac de nourriture et un petit flacon d'eau-de-vie qu'elle subtilise aux réserves du magasin. La famille doit bien cela à Menfou. Elle prend aussi sur la corde à linge une chemise de flanelle bleue cent fois lavée, vingt fois reprisée, appartenant à Tertio.

Avec le vieux chapeau de feutre gris qui coiffait l'épouvantail du champ de blé d'Inde, Menfou pourra passer pour un colon en voyage de pêche. Cela lui facilitera la traversée des lacs où un Indien serait suspect. Demain, Sophie avouera ses larcins.

À l'heure du souper, Menfou a reçu sa part de nourriture, puis il s'est recouché. Les deux sœurs lavent la vaisselle et préparent les enfants pour la nuit. Angèle campe au rez-de-chaussée, auprès de ses parents, pour quelques jours.

Après la prière du soir en famille, Sophie et Pierrot montent se coucher. Bernadette se demande, sans le dire, comment ils vont réussir à cacher la convalescence de son beau-frère. La loi peut-elle les punir d'avoir abrité un criminel, un traître dont on a proclamé la désertion sur la place publique? Si les voisins ou les clients l'apercevaient? Si Pierrot s'oubliait à dire un mot de trop? Il ne sera bientôt plus convenable de laisser Sophie dormir dans la même chambre qu'un homme presque guéri, un homme dangereux, même s'il est de la famille. Elle ne se doute pas que Menfou, intuitif, a pressenti ses réticences.

Pierrot se glisse derrière son rideau de cretonne. Il ne veut rien savoir de cet oncle dont il se rappelle mieux les affreuses blessures que le visage. Tout le jour, il doit garder ce secret qui l'étouffe, surtout lorsqu'il joue avec les enfants de Magloire, le voisin.

Pierrot se déshabille dans la faible clarté rassurante qui monte par la trappe ouverte. Il entend renifler sa tante Bernadette. Oncle Tertio berce avec des craquements monotones Barbe qui a mal aux dents et Guyllette qui a mal au ventre. Depuis l'arrivée des jumeaux, le père s'efforce de soulager la jeune maman harassée. On ne peut pas dire qu'ils ne font pas leur devoir de parents chrétiens. Ils ont pris à cœur le commandement de Dieu: «Croissez et multipliez-vous.»

Pierrot se glisse entre les gros draps rudes. Le petit garçon sait que dans deux jours il retournera à Ville-Marie pour l'hiver. Il est partagé entre la joie de retrouver sa maison de la rue Saint-Paul, ses parents, les petits frères et sœurs et les amis, et le regret d'abandonner pour un long hiver la belle liberté de La Chine et de la campagne. Il regrettera aussi les histoires et les jeux inventés par Sophie qui lui ouvre les horizons d'un monde imaginaire. Les paupières lourdes, Pierrot, jaloux, essaie d'entendre ce que se disent dans le coin de la fenêtre son amie Sophie et son oncle le coureur des bois, moitié sauvage, moitié mécréant et tout éclopé.

Menfou s'est assez reposé. Il pousse le volet ouvert sur la nuit fraîche et attend que la maison dorme pour échapper à sa promiscuité étouffante. La lune éclairera sa fuite, mais sans ennemi sur les talons, c'est un moindre mal. Sophie, enroulée tout habillée dans sa cape, ne semble pas non plus disposée à dormir. Il est toujours agréable de causer avec cette petite si vive et enjouée sous ses airs timides. Elle a le don de le rendre bavard, un peu comme le fait ce sacré Rupalest.

Menfou Carcajou raconte à voix basse le dîner mémorable chez les dames Cockburn de Manhatte. Sophie croit voir la scène cocasse se dérouler sous ses yeux. Elle étouffe son fou rire dans la peau d'ours. Elle s'émeut du sauvetage de Bouton d'Or et de son baptême.

Lors du passage de Rupalest, elle a pu parler seule avec le Parisien. Il lui a donné sa version pittoresque de l'adoption de Gonzague d'Alençon. Il a aussi fait allusion à l'enfant qu'attendait l'épouse indienne de Menfou, la belle Tsawen:te. Aussitôt, il a regretté cette confidence. Il ne savait pas jusqu'à quel point son ombrageux ami Carcajou voulait garder cachés les détails de sa vie en Iroquoisie. Rupalest avait réclamé le secret à Sophie sur son indiscrétion et elle s'était engagée à n'en rien révéler avant que la nouvelle ne lui vienne de Menfou lui-même. En attendant, elle se plaît sans grand succès à imaginer le coureur des bois dans son rôle d'époux et de père de famille.

Or ce soir, malgré la soif de connaissance de la curieuse et les questions qui lui brûlent les lèvres, elle tient sa promesse. Menfou ne semble pas du tout disposé aux confessions. Elle espère l'y amener par des moyens détournés.

— Menfou, chez vous, là-bas, comment un garçon courtise-t-il une fille pour lui montrer qu'elle lui plaît?

— Il attend au bord du sentier. Quand elle passe, il lui offre une perdrix ou un lièvre qu'il a tué. Si elle accepte, il s'enhardit et apporte un quartier de chevreuil.

Menfou ne croit pas le moment bien choisi pour parler de la course à l'allumette.

— Il lui dit des choses gentilles? insiste Sophie.

— Ah non! Cela serait signe de faiblesse. Il se vante, raconte ses exploits à la chasse et à la guerre, les ennemis qu'il a tués, ceux qu'il a torturés.

Sophie compare cette cour guerrière avec les efforts maladroits de Jean-Marie, ses pauvres bouquets de fleurs des champs, ses compliments balourds, son attachement de chien fidèle. Cher Jean-Marie si grand, si fort et si touchant. Elle parle de lui à Menfou qui connaît bien mal son benjamin et qui conclut *in petto* que ces deux-là sont destinés l'un à l'autre. Les idylles s'ébauchent tôt, en Nouvelle-France.

Leur dialogue est entrecoupé de silences agréables qui se prolongent parfois si longtemps que l'un ou l'autre somnole un peu.

Une main sur son épaule éveille la dormeuse. Entre elle et la fenêtre, elle aperçoit la silhouette méconnaissable de Menfou. Il se tient courbé sous le toit en pointe, flottant dans la chemise trop grande dont il a retroussé les manches jusqu'aux coudes et dont le bas frôle ses genoux, laissant ses jambes nues. Le chapeau gris, exposé aux averses de tout un été, recouvre le bandage de son front et dissimule sa demi-calvitie. Carquois et sac à médecine en bandoulière, il est prêt au départ.

Sophie se lève sans bruit et va fermer la trappe, étouffant l'enchifrènement de Bernadette mêlé aux ronflements de Tertio.

Elle se penche à la croisée et tire par la corde, avec grand art, l'extrémité de son échelle improvisée. Elle cale le bout de l'arbre sous sa fenêtre et en vérifie la solidité. La chute n'est pas très haute, trois mètres tout au plus. En tout autre temps, Menfou Carcajou les aurait sautés d'un bond.

Ce soir, il enjambe lentement la fenêtre, les dents serrées, et entreprend une descente laborieuse mais complètement silencieuse.

Seule sa respiration oppressée trahit l'effort pénible que lui demande cette gymnastique prématurée. Il atteint le sol et récupère quelques secondes, tête baissée, baigné par la lumière glauque de la lune.

«C'est comme si on voyait le monde à travers des lunettes bleues», pense Sophie accoudée à la lucarne. «C'est un éclairage triste qui convient à des adieux. Pour une fois, la lune nous voit tous les deux ensemble.»

Menfou relève la tête et tend la main gauche pour recevoir son arc. Sa figure brune crispée de douleur s'éclaire de son merveilleux sourire blanc. Un petit geste de la paume et c'est fini.

Sophie le voit s'éloigner en boitillant, courbé, appuyé sur son arc, le bras droit collé au corps. Malgré cette démarche maladroite, il y a dans son port de tête un je ne sais quoi de défiant et d'indomptable qui enlève à celle qui le regarde partir toute velléité de pitié.

Comme elle lui enviait ces départs constants! Il partait le cœur et les mains libres. Il ne s'encombrait jamais de souvenirs ou de regrets, tout entier tourné vers l'avenir, l'aventure, la découverte.

Il revenait aussi léger, laissant se refermer derrière lui comme un rideau les murs de la forêt avec leurs mystères, leurs habitants sauvages ou ensauvagés. Il abandonnait son nom iroquois, Teharouhiaká:nere. Mais à chaque nouveau voyage, il retrouvait au fond de lui-même cette personnalité qui primait peu à peu et finalement éclipsait Xavier Cormier de Villefoy et même Menfou Carcajou.

18

Le marquis Brisay de Denonville, gouverneur général du Canada, brandit une feuille de papier rustique et foudroie du regard son état-major assemblé autour de lui.

La réunion a lieu dans un des salons de la résidence du gouverneur de Montréal, Louis-Hector de Callières, qui reçoit chaque année son encombrant supérieur et toute sa suite. Les uniformes chamarrés côtoient les velours et les soies. Tout ce que Ville-Marie compte d'aristocratie est présent à la cour du plus haut dignitaire de la colonie et écoute respectueusement la question de Denonville.

— Messieurs, quelqu'un d'entre vous peut-il éclairer le mystère de cette missive des plus étonnantes? On m'y annonce la défection de toute l'Iroquoisie et on y profère des menaces de guerre où il est question de chaudière. Ces renseignements sont-ils exacts ou le fait d'un mauvais plaisant? Tout d'abord, qui est ce coureur des bois, ce dénommé... Au diable le Loup ou quelque chose d'approchant?

Viateur du Nord a remis à son maître la lettre de son ami Menfou Carcajou qu'un soldat du fort Rémy lui a apportée. Son contenu l'a surpris autant que les autres. Il essaie maintenant d'expliquer qui est cet aventurier trop discret qui se tient prudemment hors de portée des griffes de la justice française.

L'aide-de-camp rappelle la capture de Cormier enfant par les Iroquois, et vante sa conduite lors de la marche à la baie du Nord. Les rapports de l'expédition, signés du regretté chevalier de Troyes mort à Niagara, confirment ces prétentions. «Xavier Cormier de Villefoy dit Menfou Carcajou a rendu de signalés services, notamment en capturant le *Churchill* où il fut retenu prisonnier pendant l'hiver de 1687. Il a aussi sauvé la vie de Viateur du Nord lors d'un feu de forêt.»

Depuis, hélas, l'affaire se gâte avec un refus catégorique aux offres d'enrôlement du capitaine Lacasse de la milice de Montréal. Ce brave officier prend la parole pour fustiger la conduite du traître qui a décliné l'honneur d'aider sa patrie dans un moment de crise.

— Qu'y a-t-il d'autre que des moments de crise en Nouvelle-France? interroge la voix traînante et ironique d'Hugo de Rupalest.

Mais le capitaine Lacasse n'a pas digéré l'affront de la rebuffade de cet insolent, exprimée par une fuite. De toute évidence, le transfuge complote maintenant avec ses frères iroquois. Cette lettre ridicule est certainement une machination diabolique. Sa conduite a été dénoncée publiquement et si on retrouve ce lâche, lui-même le...

Rupalest interrompt courtoisement cette diatribe pour rappeler les services récents de Cormier qui l'a escorté à ses risques et périls à travers les territoires agniers jusqu'au fort Katarakoui.

— La belle affaire! Le maraud a fait cela par amitié personnelle.

— C'est déjà énorme, proteste Rupalest avec feu. Plût à Dieu que tous les hommes manifestent envers leurs amis une telle grandeur d'âme! J'en appelle à vous, monseigneur.

Le gouverneur est perplexe. Pour ou contre, les partisans de ce Cormier sont également emportés et convaincus, faisant passer le coureur des bois de la honte du pilori au paroxysme de l'héroïsme.

— Il vous vint en aide, monsieur de Rupalest. Soit! Mais ce geste supposément désintéressé n'engage pas nécessairement les convictions personnelles de ce dénommé... Castor ou autre. Messieurs, l'important est de démêler si ce papier est un piège ou un avertissement authentique.

Le gouverneur général prolonge son séjour à Ville-Marie, alors que des affaires pressantes l'appellent à son palais de Québec. Il attend patiemment la venue de cette délégation iroquoise de paix promise par Otréouati en juin. Se peut-il vraiment que le Huron Kondiaronk, si bien surnommé le Rat, ait «tué la paix» comme il s'en vante? Doit-on prendre au sérieux cette lettre écrite d'une main malhabile par une demoiselle... Sophie Quesnel, dictée par un coureur des bois à demi iroquois et qui se sauve après avoir jeté l'alarme?

Le marquis de Denonville, le menton dans la main, réfléchit profondément pendant que la polémique fait rage autour de lui. Il s'était vanté, après son expédition contre les Tsonnontouans, d'avoir «rétabli la réputation française chez toutes les nations sauvages». Il semblerait que Kondiaronk, ce Rat merveilleusement habile, ait porté un coup mortel au prestige chèrement acquis.

Si cette agression faite au nom du gouverneur a réellement été perpétrée par le Rat, il convient d'expédier en Iroquoisie des démentis formels, des présents, des promesses. Tout le patient travail de conciliation est à recommencer, et ce juste au moment où le gouverneur de New York si agressif, Thomas Dongan, est révoqué par le roi d'Angleterre. Son remplaçant, sir Edmund Andros, sera, il faut l'espérer, de meilleur commerce.

Denonville a toujours soutenu qu'il vaudrait mieux faire la guerre aux Anglais qu'aux Iroquois. Obéissant aux ordres de modération de son roi, il a fait des concessions, promis le retour des galériens et pris l'engagement de faire démanteler à l'automne le malheureux fort Niagara. On le critique à ce sujet, disant qu'il a fait construire le fort une année pour l'abattre la suivante. Pouvait-il prévoir ces budgets restreints et le manque d'hommes qui ne permettent pas de maintenir deux postes sur le lac Ontario? Le désastre des affamés de l'hiver précédent l'a amplement prouvé.

Il reste à ravitailler Katarakoui pour un an de plus et espérer que la malheureuse garnison qui y hivernera sous les ordres du commandant Valrennes ne sera pas trop persécutée par ses voisins iroquois. Surtout si les avertissements du coureur des bois au surnom d'animal doivent s'avérer exacts.

Perdu dans sa rêverie, Denonville repense aux lettres qu'il a reçues récemment de la métropole*. Il doit

* Paris.

être prudent. Des rumeurs courent. Des intrigues à la cour de Versailles favorisent le retour de monsieur de Frontenac pour le remplacer à son poste de gouverneur. L'affaire des galériens, pourtant provoquée par des ordres royaux, a été moussée comme une maladresse de la part du marquis de Denonville. Pour rebâtir son crédit et clore par une victoire son règne en Nouvelle-France, Denonville songe à un audacieux plan de conquête de New York, qui mettrait fin, une fois pour toutes, aux prétentions de l'Angleterre.

La Nouvelle-France ne dépasse pas seize mille âmes, et on ne peut mettre sur un pied de guerre plus de mille quatre cents hommes à opposer à la population d'un quart de million de la Nouvelle-Angleterre. Mais le marquis n'a jamais douté de la valeur et de la supériorité des armes françaises.

Il conviendrait d'envoyer à Paris un émissaire éloquent qui plaiderait sa cause et lui obtiendrait autorisation, crédits et soldats. Qui pourrait le faire mieux que Callières, dont le frère est secrétaire particulier de Louis XIV? En son absence, Vaudreuil pourrait agir comme gouverneur intérimaire de Montréal. Ces problèmes d'envergure éclipsent de loin le petit désaccord au sujet d'un manant demi-barbare qui se targue de donner des conseils aux autorités qu'il a bafouées.

Hugo de Rupalest défend son ami avec feu, mais peut-on se fier au jugment de ce Parisien original qui a lui-même adopté un enfant sauvage et dont on dit en secret qu'il commet l'imprudence de se baigner une fois par semaine?

Lors de son récent séjour à Manhatte, il a fait parvenir, à grand prix, des renseignements importants, il est vrai, mais rédigés de telle manière que c'était à se demander s'il prenait vraiment au sérieux son dangereux rôle d'espion.

Le témoignage de l'aide-de-camp Viateur du Nord a plus de poids. C'est un officier de bon conseil, qui serait promu à une brillante carrière n'était cette malheureuse infirmité qui l'empêche d'aller en campagne. Le capitaine du Nord semble accorder pleine confiance à l'avertissement du jeune Cormier. Il faudra en tenir compte.

Le marquis de Denonville se résout finalement à dépêcher un courrier au fort Katarakoui pour faire enquête, à alerter les forts des environs, à redoubler de prudence… et à attendre. Il ne peut encore se convaincre de la faillite de ses projets pacificateurs et préfère croire à la duplicité de l'informateur.

Quelques jours plus tard, le gouverneur doit déchanter. Des émissaires envoyés par Valrennes du fort Katarakoui croisent les siens. Ils confirment la nouvelle du désastre du rapide des Galots.

Il ne reste plus qu'à expédier en Iroquoisie quelques Indiens de la colonie avec des présents et des satisfactions. Ils sont chargés de dénoncer la ruse de Kondiaronk et de demander aux sachems de reprendre les négociations.

Dans les Cinq Nations, les deux versions contradictoires de l'incident furent discutées autour des feux tout l'automne. Elles provoquaient la confusion et la méfiance. Des discours interminables, à la manière indienne, donnèrent à tous les orateurs l'occasion de briller.

Sur les entrefaites sir Andros, le nouveau gouverneur de la Nouvelle-Angleterre, réunit les Iroquois à Albany. Il leur rappela la trêve signée entre la France et l'Angleterre. Il demanda qu'on lui remit les prisonniers français et que chacun retourne à son territoire de chasse sans se soucier de signer des traités avec la Nouvelle-France. Les Iroquois n'aimaient pas recevoir des ordres. Ils obéirent cependant… temporairement.

Le marquis de Denonville attendit en vain à Montréal la délégation iroquoise, qui ne parut pas au bout du lac Saint-Louis. En octobre, il retourna à son château de Québec, fort déçu.

Sa seule consolation était que Callières s'était embarqué pour l'Europe, afin d'y plaider à Versailles la cause de la Nouvelle-France. On manquait d'hommes, d'argent et de vivres pour résister aux Sauvages et pour attaquer les Anglais. La Couronne prenait malheureusement l'habitude de se désintéresser de sa colonie.

Tout l'hiver, les Iroquois se sentirent isolés, pris entre les Anglais et les Français, le jouet des uns et des autres. Jusqu'au printemps, ce fut le calme plat, mais un calme lourd de menaces, comme celui qui précède l'orage.

19

«Sophie, chante avec moi, supplie Pierrot. Il avance, une baguette à la main, derrière la file docile des vaches Cormier. Cet été, tu chantes plus, tu contes plus d'histoires. Qu'est-ce que t'as, cet été, Sophie? L'an dernier c'était bien plus amusant.»

Le gamin, d'un tir précis, lance un caillou sur la croupe de Pissenlit. Tintin, plein de zèle, aboie sur les talons de la paresseuse.

— Hue, Pissenlit! Hue, Courte-Queue! Est-ce parce que t'as quatorze ans et que t'es presque une grande personne comme maman et tante Bernadette?

Son amie lève la poussière du chemin avec ses orteils nus. Elle n'a pas le cœur à rire en effet. Depuis quelques semaines toute la colonie sait que là-bas, en Europe, la France et l'Angleterre se sont déclaré la guerre pour une histoire de changement de roi. Les souverains d'Europe, avec leurs immenses problèmes, se préoccupent bien peu de la colonie lointaine, pense Sophie.

Elle ne sait pas que ce sont précisément des événements survenus au Canada et déjà presque oubliés ici qui ont provoqué une révolution en Angleterre.

L'expédition de Denonville contre les Tsonnontouans et la conquête des forts de la baie du Nord
étaient deux insultes sanglantes à l'honneur britanni-
que. Les Anglais, mécontents de son administration, ont
chassé le roi Jacques II, catholique et ami de Louis XIV.
Ils ont nommé à sa place Guillaume d'Orange, qui n'a
rien eu de plus pressé que de déclarer la guerre à la
France.

Ces querelles lointaines n'affecteraient ni Sophie
Quesnel, ni les Lachinois, ni les Montréalais, si on n'avait
appris que les Iroquois, encouragés par les gens de New
York, reprenaient le sentier de guerre.

Comment expliquer à Pierrot, sans l'effrayer, les
dangers qui planent?

— Tu te souviens de mon amie Honorine de
Rouville? Celle qui était avec nous quand son frère
Nicolas a passé le Grand Sault en canot? Elle m'a écrit que
l'automne dernier, les Agniers ont brûlé sa maison. Sa
famille s'est réfugiée au fort Chambly, mais les Sauvages
ont brûlé ce fort-là aussi. Ensuite, ils ont traversé le fleuve
et attaqué Berthier et Louiseville. Tous les hommes de la
région étaient au fort Katarakoui et il n'y avait personne
pour défendre les fermes. Il n'y a pas eu de morts, mais
tout a flambé.

— Ça devait être excitant, commente Pierrot à qui il
n'arrive jamais rien de semblable.

— Honorine dit que son père reconstruit leur maison. Il en a l'habitude. C'est la troisième fois que ça lui
arrive. Et ça pourrait bien nous arriver un jour.

— Est-ce qu'ils brûleraient aussi le fort Rémy? Et
l'école? interroge le paresseux plein d'espoir.

— Ils n'oseront pas venir ici, c'est plein de soldats. Tu as vu les garnisons aux quatre forts de La Chine*? Jean-Marie m'a dit, quand il est allé rejoindre son commandant monsieur de Subercase, qu'ils étaient deux cents miliciens campés à Verdun, en bas du Grand Sault.

— Sophie, pourquoi on n'a pas attendu que les Sauvages brûlent la maison de mon oncle Tertio pour aller passer des nuits au fort? Et pourquoi on n'y va plus? C'était amusant.

— C'était par prudence. Mais comme nous sommes déjà en août et que c'est le temps des récoltes, le «remplaçant-gouverneur», monsieur de Vaudreuil, nous permet de revenir chez nous. Mais il faut être prudents et rester en groupe comme aujourd'hui, pour aller quérir les vaches à la commune ou pour nous rendre à l'école.

C'est en effet tout un troupeau qui prend le chemin des «emblavures» matin et soir, entouré des écoliers et escorté d'hommes armés. Et pourtant, ce ne sont pas les Sauvages païens qui ont commis le crime qui a jeté la consternation sur La Chine, le mois précédent, le 11 juillet 1689.

Jeanne Tourangeau, l'amie de Sophie et d'Honorine, gardait les deux vaches de son père au champ tout proche de chez elle. On l'avait retrouvée morte, poignardée par un Iroquois chrétien de la mission du Sault à Kahnawake**. L'homme s'était enivré et avait violé et tué la jeune fille de seize ans. L'assassin, rattrapé et incarcéré, avait subi son procès.

---

* Rémy, Rolland, Cuillerier et Présentation.
** Cet incident est authentique.

Mais voilà que les parents du meurtrier et les chefs des Sauvages du Sault avaient menacé de retourner se joindre aux Iroquois ennemis si on ne libérait pas le coupable. Chez les Indiens, les meurtres sont affaires de famille et se règlent sans sentence de mort ou d'emprisonnement. Le clan de l'agresseur offre des présents aux proches de la victime et on recommande au tueur de ne plus recommencer. La réprobation de la tribu est considérée comme une punition suffisante pour l'orgueil d'un homme.

Ce matin même, le 4 août, la nouvelle a couru dans La Chine comme un affront. Plutôt que de perdre les chrétiens de la mission, les autorités ont cédé à ce chantage et ont libéré l'assassin.

Sophie, comme les autres, a le cœur gros devant cette injustice qu'elle a apprise en arrivant au fort Rémy pour sa journée de classe. Mademoiselle Soumillard a conduit les élèves à la chapelle et les a fait prier pour le repos de l'âme de Jeanne Tourangeau, comme si elle venait de mourir une seconde fois. La religieuse avait même récité un chapelet pour obtenir le repentir et le pardon du coupable, mais Sophie n'avait pu se résoudre à intercéder pour cette brute, même du bout des lèvres. Contrairement à la plupart des gens qui blâmaient toute la race rouge, c'est à l'homme lui-même qu'elle en voulait. C'était un méchant. Il aurait pu être de n'importe quelle couleur, mais c'était un méchant homme.

Pour ne pas accabler Pierrot avec des problèmes qu'il pressent sans les bien comprendre, Sophie se décide à chanter. Sa voix d'abord hésitante s'élève, bientôt accompagnée par la petite voix claire et fausse du gamin.

La Sainte Vierge s'en va chantant
Avec ses beaux cheveux pendants.
Bonne Sainte Vierge, bonne Sainte Vierge…

En passant dans le chemin raboteux de l'emblavure de Tintamarre, deux chiens bruns viennent, comme chaque jour, saluer au passage leur frère Tintin.

Sophie tourne la tête vers la ferme dont on aperçoit le toit de la route.

— Si ce Tintamarre voulait nous laisser ramasser ses pommes sauvages, je ferais de la gelée pour la fête de Bernadette, dimanche prochain. Mais le vieux pingre a refusé. Jean-Marie dit qu'il fabrique en secret de l'alcool de pommes qu'il vend aux soldats de la garnison.

Pierrot, songeur, regarde aussi vers la maison du voisin. Il divise une croûte de pain et la partage entre les trois chiens. Ceux de l'avare sont éperdus de reconnaissance, comme chaque jour, devant ces attentions que seul au monde le petit gars leur accorde.

— Tu penses pas, Sophie, qu'on pourrait comme… emprunter un sac de pommes tombées? Même le vieux Tintamarre compte pas ses pommes. Il le saurait jamais.

— Et Bernadette aurait une gâterie, elle qui en fait toujours aux autres, continue Sophie, tentée.

— Les chiens ne diraient rien, ajoute Pierrot qui doit se défendre contre les caresses trop affectueuses des deux farouches gardiens. Ils nous connaissent bien et je leur donnerais des croûtes.

Sophie, les sourcils froncés, consulte le ciel. Comme tous les gens qui vivent à la campagne, elle a appris à déchiffrer le langage de la nature.

— Il y a apparence de pluie, le vent est du nord-ouest. Et il n'y a pas de lune. Personne ne nous verrait. Tertio est en ville jusqu'à lundi. C'est une chance. Nous descendrons par la lucarne. Nous ferons un *croche** autour de la cabane des Tondu.

— On passera par la *batture***, renchérit Pierrot. On cueillera les pommes à tâtons.

— Ça ne me changera pas beaucoup, achève Sophie en riant, soudain ragaillardie à l'idée de la surprise de son aînée et du bon tour à jouer à ce vieil avare de Tintamarre. Tout souci de prudence s'est envolé. Dans ce voisinage qui lui est si familier et rassurant, rien ne peut arriver.

— Mais je vais encore m'endormir! Je m'endors toujours quand y faut pas, se lamente Pierrot.

— Je t'éveillerai. Ne te déshabille pas. Quand je te secouerai, tu te lèveras en silence.

— C'est ça! Et on dira qu'on ferme la trappe pour ne pas entendre renifler ma tante Bernadette ou pleurer le bébé. Mais qu'est-ce que Fabien va dire?

Sophie sourit, amusée. Cette année, Angèle, plus sage, couche en bas, et c'est le bon gros Fabien, âgé de quinze mois, qui est sous la responsabilité de «Tantso» pendant qu'un nouveau petit Alcide accapare sa mère.

— Si Fabien disait quelque chose, ce serait en baragouin. Il va dormir sagement, comme d'habitude.

À la hauteur de la ferme Cormier, les deux conspirateurs envoient la main aux garçons armés qui escortent

---

* Canadianisme pour détour.
** Rivage.

les écoliers et leurs vaches, car chaque enfant ramène le bétail à la ferme après ses classes.

En l'absence de Tertio, Sophie et Pierrot «font le train» en échangeant des coups d'œil complices. Le Tondu vient les aider, son mousquet sur l'épaule comme il convient. Sous son air perpétuellement attristé, le brave homme est maintenant épanoui de bonheur grâce à la Dosithée. Celle-ci a passé la journée avec Bernadette pour l'aider et, comme elle le dit, pour *catiner** avec les mioches: Angèle et Barbe, toutes blondes, les «bessons» aux cheveux fauves comme ceux de la belle Perrine et le minuscule Alcide, le nouveau bébé de deux mois adoré de ses grandes sœurs.

Ce soir-là, après le repas de soupe aux pois et de lard, Sophie amène les petits jouer autour de la cabane des Tondu. Elle en profite, comme elle le fait souvent, pour prendre une leçon d'iroquoïen. L'adolescente récite maintenant sans erreur le beau poème dicté par Menfou. Son intelligence vive lui fait réaliser de rapides progrès dans cette langue qui est pour tous celle de l'ennemi. Pour Dosithée et pour Sophie, elle représente une porte ouverte sur un autre monde rempli de souvenirs pour l'une, d'une attirance dictée par l'amour pour la seconde.

Chaque mot nouveau est écrit au son dans un calepin que Sophie a fabriqué en cousant des feuillets ensemble dans une couverture de cuir.

Toujours curieuse, Sophie veut connaître le nom de chaque chose en iroquoïen. Peu à peu, elle a acquis un petit vocabulaire, car son âme poétique apprécie les métaphores par lesquelles les Indiens décrivent chaque objet.

---

* Canadianisme pour jouer à la poupée.

Mais ce que la fillette préfère par-dessus tout, c'est quand madame Blaise redevient Asakani pour revivre sa vie à la bourgade des Ours, les anecdotes d'un quart de siècle de vie indienne. Elle décrit la bourgade, la longue cabane, ses voisins, ses rares amies, son époux le guerrier, ses enfants et surtout son fils le jeune dieu bronzé tué par les Ériés. Elle en parle avec fierté et nostalgie, l'associant souvent avec son compagnon de jeu Teharouhiaká:nere, comme lui audacieux, agile, bon chasseur.

Sophie frémit d'émotion lorsque Dosithée décrit les préparatifs du départ pour la guerre de ces deux jeunes braves téméraires. Le fourbissage des armes, le jeûne, la suerie et surtout la phrase d'adieu qui lui rappelle celle des gladiateurs. Les guerriers au départ disent simplement:

— C'est une belle journée pour mourir.

Sophie se voudrait guerrier et elle est certaine qu'elle en aurait le courage. Elle se fait traduire la phrase et l'écrit au son dans son petit carnet avec toutes les expressions qu'elle aime et qu'elle veut retenir. Elle voit très bien Menfou, jeune et farouche, redire pour elle: «C'est une belle journée pour mourir.»

Elle l'imagine même revenant triomphant, poussant autant de cris de victoire qu'il a abattu d'ennemis ou capturé de prisonniers. Transportée dans le contexte iroquois, elle se représente sans répulsion, pendus à sa ceinture ou à son *bâton-de-coup**, les scalps des longs cheveux noirs de ses ennemis les Ériés ou les Algonquins.

---

* Arme relativement inoffensive qui rendait encore plus méritoire le fait de «compter un coup» en touchant son adversaire sans le tuer.

Animée d'une ardeur belliqueuse, Sophie rêve comme à un idéal de cet héroïsme inculqué aux Indiens dès l'enfance.

Dosithée Blaise, replongée dans son passé par ces récits qui le font revivre, constate qu'elle a, malgré tout, connu des joies parmi les épreuves de sa captivité.

— Le secret de la vie là-bas, confie-t-elle à Sophie et au Tondu, c'est de renoncer à ce qu'on était pour devenir une autre personne, pour être comme un Sauvage, du moins en apparence. Tous ceux qu'on a laissés vivre dans les tribus et qui ont refusé ce changement ont été misérables, plus encore qu'ils n'auraient dû l'être. Ils sont morts de languissement, quand ce ne sont pas les Sauvages qui les ont tués, *tannés** de leurs jérémiades. À part les fous, qu'on regarde comme s'ils étaient habités par les esprits, les Indiens ne respectent que le courage.

«Oui, conclut-elle songeuse, il n'y a que deux façons de survivre chez les Sauvages: être timbré ou être brave. Ou ben donc faire accroire qu'on est l'un ou l'autre.»

Le Tondu y va de sa grosse farce:

— Pis toi, ma Dosithée, tu leur as joué la comédie de la berlue? M'est avis que tu n'as pas eu de misère une miette!

— Non, répond sa femme avec gravité, je leur ai joué celle de la bravoure, et ça pas été un rôle facile *pantoute***.

Pour secouer son émotion, la brave femme tire des morceaux de sucre d'érable de sa poche et les distribue

---

* Canadianisme venant des trappeurs pour ennuyé.
** Canadianisme pour pas du tout.

aux enfants que Sophie ramène à la maison, fatigués et poisseux, sous la surveillance du Tondu et de son vieux mousquet.

Dès neuf heures, tout dort dans la maison excepté la conspiratrice. Tintin, discrètement attaché devant l'étable, ne sera pas tenté de suivre les malfaiteurs dans leur excursion au domaine de sa famille.

Pierrot roupille tout habillé, les poches bourrées de croûtes de pain. La corde de l'arbre-échelle est fixée au volet. Le sac qui contiendra les pommes attend, dissimulé sous un buisson. On souffle la chandelle chez les Tondu.

Accoudée à sa fenêtre, Sophie attend l'obscurité complète et la complicité de l'averse qu'on sent dans l'air. Elle répète à voix basse la nouvelle phrase iroquoïenne qu'elle vient d'ajouter à son vocabulaire:

— C'est une belle journée pour mourir.

Où est Menfou Carcajou, en cette paisible nuit du 4 août 1689?

20

Menfou Carcajou et ses compagnons tsonnontouans campent sous la pluie, au nord-ouest du lac Supérieur. Les quatre hommes et les deux femmes de la petite troupe ont traversé sans encombre, en voyageant de nuit, en canot, les territoires de leurs ennemis les Ériés et les Hurons. À partir de là, la dangereuse expédition est devenue presque un voyage de plaisance à la manière indienne, avec de longues étapes, de durs portages et des rations dépendant du succès à la chasse ou à la pêche.

Où qu'ils aillent, les Tsonnontouans conservent leur habitude de marcher à la queue leu leu, chacun posant soigneusement ses mocassins dans les traces de celui qui le précède. En pays amis, ils négligent une précaution habituelle; le dernier de la file n'a pas à effacer au moyen d'une branche feuillue les traces de pas de la troupe. Aucune halte du midi. Tous avalent une poignée de maïs sec ou rongent un lambeau de «pemmican».

Ils ont voyagé dans une région où Français et Anglais ont établi des forts et rivalisent de prévenances pour gagner les Iroquois à leur cause. Chaque fortin est un poste de traite où chasseurs et trappeurs de toutes nationalités sont les bienvenus.

Maintenant, les voyageurs ont abandonné les canots et continuent la route à pied. Ils ont ralenti l'allure et s'accordent parfois deux ou trois jours de répit lorsqu'ils rencontrent un endroit de campement particulièrement agréable. Ils ne sont pas pressés. Les peuplades cree qu'ils ont mission de visiter sont répandues sur un large territoire autour du lac Athabaska*. Ils ne redescendront en Iroquoisie qu'au printemps prochain.

Puisque l'absence sera prolongée, les deux hommes mariés du groupe ont amené leur épouse. Celles-ci suivent facilement la marche, lourdement chargées. Leurs hommes les précèdent, comme il convient, carabine sur l'épaule et arc à la main, prêts au combat.

Aux campements du soir, les Indiennes allument les feux, apportent l'eau et préparent la nourriture, comme il convient aussi. Pas un guerrier ne s'abaisserait à accomplir ce travail tant qu'il y aura une femme pour s'en charger à sa place.

Menfou Carcajou, redevenu Teharouhiaká:nere, se prélasse comme les autres pendant que sa jeune épouse Tsawen:te s'affaire autour du feu. Le «tikinagan» qu'elle a porté tout le jour, en plus du «parflèche», se balance à une branche. Leur fille attend patiemment que sa mère s'occupe d'elle. «Aucun bébé blanc de neuf mois ne serait aussi raisonnable», se dit Menfou avec une certaine fierté.

---

* De la famille des Algonquins, les Cree habitaient à l'époque le Manitoba et la Saskatchewan. Le lac Athabaska est situé au nord du Manitoba.

Il tend à la petite un morceau de «pemmican» dur et gras dans lequel elle mord à pleines gencives, incapable de faire plus que d'en sucer le jus. Cette attention inusitée d'un Iroquois pour son enfant serait acceptable dans l'intimité relative de la longue cabane. Sur le sentier, à la vue des autres guerriers, elle est presque un signe de faiblesse.

Pourtant, Tsawen:te l'a observée avec plaisir entre ses cils baissés. Elle en est reconnaissante à son étrange époux. Elle avait craint de le décevoir en lui présentant une fille à son retour de la Nouvelle-Angleterre. Mais il est revenu blessé et affaibli; sa convalescence dans la longue cabane lui a permis de lier connaissance avec ce bébé magnifique qui a les yeux de sa mère.

Menfou Carcajou se croit semblable à ses frères rouges. Pourtant, sur bien des points, il en diffère. Elle a dû lui faire comprendre discrètement qu'il l'humiliait profondément en voulant l'aider soit à porter sa charge ou à ramasser du bois et encore plus en s'occupant du bébé. Aux yeux des Tsonnontouans et surtout des autres femmes, elle passerait pour une épouse paresseuse, négligente, incapable de prendre soin de sa famille.

Il l'a vite compris. Maintenant, si son campement est plus près de la source d'eau ou à proximité d'un amas de branches sèches, c'est comme par hasard. Tsawen:te est fière de son homme. Il est un bon chasseur. Presque chaque jour il quitte la piste pour revenir quelques heures plus tard portant un chevreuil ou une paire de lièvres qu'il partage avec ses compagnons.

Deux de ceux-ci sont plus âgés, des trappeurs expérimentés qui vont conclure des arrangements avec les Cree au sujet d'échanges de fourrures. Le quatrième voyageur, un adolescent, servira d'interprète, car son père parlait la langue des gens du Nord. Très fier d'être membre de ce groupe choisi, il est, avec Menfou, le pourvoyeur de nourriture. Les deux anciens se laissent servir comme il convient à leur dignité.

Tsawen:te tend une écuelle de «sagamité» à son époux. Celui-ci taille avec son couteau un morceau de viande à demi-cuit du gigot de l'ours tué la veille. Tout en mangeant, il suit d'un œil approbateur le va-et-vient de sa jeune épouse, souple comme une branche de saule et gracieuse comme une biche.

Carcajou à l'âme vagabonde s'attache de plus en plus à cette jolie femme dévouée et soumise qu'on lui a donnée comme compagne. Depuis la déconfiture de son aventure amoureuse avec Perrine, il se méfie des élans du cœur.

Dans les mariages iroquois, «l'amitié et la tendresse discrète remplacent habituellement l'amour aveugle*». Le Canadien a épousé Tsawen:te sur les conseils insistants de sa mère adoptive. Elle espérait ainsi le retenir dans la tribu. Le coureur des bois s'absentait souvent et longtemps. Maintenant, on était raisonnablement sûr qu'il reviendrait à la bourgade.

Menfou Carcajou respectait cette femme vieillissante qui le considérait vraiment comme le fils dont il avait pris la place lorsqu'elle avait «refait la tente». Elle pleurait son époux envoyé aux galères françaises. Le Canadien se sentait obscurément coupable de cette trahison de ses compatriotes. Il avait voulu compenser.

---

* Rapporté par le baron de La Hontan.

Autrement, il aurait attendu pour prendre femme d'être dans la trentaine comme le font la plupart des braves iroquois. Ceux-ci prétendent que «le commerce régulier des femmes les énerve. Ils craignent de n'avoir pas la même force pour essuyer les grosses fatigues, ou les jarrets assez forts pour faire de longues courses et pour courir après leurs ennemis*.»

Cela n'est pas la préoccupation de l'ardent Teharouhiaká:nere. Il a même persuadé sa jeune épouse crédule qu'il était différent des autres et qu'elle pouvait enfreindre les tabous et faire l'amour avec lui même si elle nourrissait son bébé. Cette continence de deux ou trois ans imposée aux époux des mères nourricières ne convenait pas du tout au Canadien.

Les Tsonnontouans repus laissent s'éteindre le feu qui n'est pas nécessaire par cette chaude nuit du mois d'août. Les femmes ont enveloppé les restes de l'ours et les ont accrochés à une haute branche hors de portée des prédateurs. Trois des voyageurs, dont Menfou Carcajou, appartiennent au clan des Ours. Il leur a donc fallu, avant d'absorber la viande de leur «othara», adresser une série d'invocations aux mânes de l'animal pour se faire pardonner cette gourmandise.

On allume les pipes et les trois aînés fument en silence pendant que l'adolescent exécute une ronde d'inspection prudente, même si on est en territoire neutre. La vigilance d'un Iroquois ne se relâche jamais.

Le Canadien se demande ce qui se passe le long du

* Rapporté par le baron de La Hontan.

fleuve Saint-Laurent en ce moment. Il n'est pas dupe de la mission qu'on lui a confiée.

Menfou Carcajou sait exactement pourquoi il a été choisi pour cette entreprise. Les sachems lui ont suggéré de partir, car personne ne donne d'ordres à un guerrier iroquois. On veut l'éloigner de ce conflit où ses allégeances seront partagées. Avec leur respect inné de la liberté des hommes, les anciens lui évitent ainsi d'avoir à prendre parti. Car s'il choisissait de retourner à ses frères blancs, les Tsonnontouans perdraient un fils de la tribu, guerrier courageux, excellent chasseur et habile trappeur.

Tout l'hiver, autour des feux, il a entendu les projets de vengeance. Dernièrement, il a traversé des bourgades d'où étaient absents tous les jeunes hommes. Il connaît aussi l'optimisme incurable des colons, l'aveuglement des armées qui les protègent. Il repense avec une rancune tout iroquoise à l'expédition punitive de Denonville. Le gros gouverneur aurait dû prêter l'oreille à l'avertissement d'un chef onneyout ami, Louis Ataria, qui lui avait dit à cette occasion:

— Tu vas fourrager dans un nid de guêpes; si tu ne les écrases pas toutes à la fois, tu cours le risque de recevoir des piqûres.

Menfou Carcajou hausse ses épaules bronzées. Il a fait sa part. Il a averti du danger les autorités aveugles de la Nouvelle-France. Comment un homme pourrait-il enrayer à lui seul l'attaque de milliers de guêpes déchaînées?

Tsawen:te, assise à l'écart sous un abri de feuillages, nourrit sa petite fille. Elle échange à la dérobée des regards discrets avec son époux qui ose lui adresser un petit clin d'œil complice. Elle baisse la tête et rougit de plaisir.

Oui, assurément, son homme irrévérencieux est différent des autres braves.

Elle installe son bébé pour la nuit et refait soigneusement les nattes sombres qui encadrent son visage rond aux yeux allongés. Elle se glisse sous la couverture de peau et attend, soumise et aimante, que son époux vienne s'allonger près d'elle. Hier, il a même eu l'effronterie de lui tendre l'allumette à souffler, comme au temps où il la courtisait. Comment se refuser à un homme aussi ingénieux? Surtout si on l'aime passionnément…

21

Ce même jour, à Ville-Marie, dans son logement de la rue Saint-Gabriel, Hugo de Rupalest s'agitait au milieu des caisses de livres et des malles ouvertes. Il préparait son départ pour Québec, à bord d'une *pinasse** profitant de la marée du soir. De là, il s'embarquerait sur un navire en partance pour la France.

Plusieurs raisons motivaient l'exode du jeune Parisien. D'abord, son roi était en guerre contre l'Angleterre et sa place était en France où un Rupalest, même civil, pouvait rendre des services. Venaient ensuite les appels réitérés de son père, qui le sommait de reprendre sa place à la cour et son rang parmi les siens.

Hugo avait fait l'expérience canadienne et éprouvait maintenant le besoin de se plonger dans la culture, les arts et les lettres de la métropole. Contrairement à ses amis le baron de la Hontan** et Gédéon de Cata-

---

* Petit vaisseau léger en bois de pin.

** Officier, aventurier et écrivain, auteur de nombreux récits sur les Indiens.

---

logne*, il ne désirait pas une carrière militaire en Nouvelle-France. Sa pénurie financière commençait à lui peser et son travail de secrétaire à l'ennuyer.

Mais ce qui ramenait Rupalest à Paris, avant tout, était un désir d'obtenir pour son fils adoptif les meilleurs soins possibles pour l'aider à corriger son pied-bot. Gonzague d'Alençon avait su gagner son cœur complètement. Lorsque le petit tendait ses bras bronzés vers lui et l'appelait papa avec son zézaiement hésitant, le fier Hugo de Rupalest de Sainte-Foy de Rouvray fondait de tendresse comme le plus commun des manants. Les petites mains qui tiraient ses cheveux dorés toujours fascinants, les éclats de rire flatteurs qui accueillaient ses pitreries, le poids d'un enfant somnolant avec confiance entre ses bras avaient fait de Hugo un père à part entière.

Les *Montréalistes***, pourtant moqueurs, s'étaient faits au spectacle du plus élégant de leurs aristocrates déambulant sur le trottoir de bois, guêtré et ganté, promenant sur son dos le «tikinagan» d'où Gonzague d'Alençon contemplait le changement des saisons sous un bonnet de laine rouge. Le crédit de Hugo auprès des belles n'en avait pas diminué pour autant. Au contraire, cette originalité devenait un attrait supplémentaire. Le jeune homme avait bien confiance que c'est ce qui se produirait à son arrivée en France. Sa famille ferait bon accueil au petit Iroquois.

La première surprise passée, on ne pourrait manquer de succomber au charme de son sourire, à la beauté

---

* Officier, cartographe, arpenteur et constructeur de fortifications.

** Employé à l'époque aussi fréquemment que Montréalais.

de ses yeux sombres, à la grâce de la petite courbette qu'il avait appris à ébaucher. Madame sa mère le prendrait en main, avec cette différence que, contrairement à la coutume des gens de sa classe, son fils Gonzague d'Alençon ne serait pas élevé par des domestiques mais personnellement par son père adoptif.

On était toujours bien vu à Versailles lorsqu'on y faisait preuve d'excentricité. Assumé avec l'aplomb habituel des Rupalest, être le père ou la grand-mère d'un authentique Peau-Rouge aurait ses compensations.

Le Parisien, en chemise et échevelé, rangeait ses habits et ses possessions dans les grandes malles de bois tapissées de papier fleuri dont les couvercles bombés étaient bardés de ferrures. Gonzague d'Alençon prenait une part active sinon utile aux préparatifs dans un fouillis qui lui semblait paradisiaque.

À dix-huit mois, c'était un enfant vigoureux et extraordinairement remuant dont les mille incartades réjouissaient son père et jetaient dans le désespoir la bonne dame préposée à sa surveillance.

Aux premiers jours de l'arrivée du petit à Ville-Marie, cette personne dévouée avait emmailloté l'enfant comme elle l'avait fait pour tous les siens.

Bouton d'Or, lorsqu'il émergeait du «tikinagan», avait été habitué à agiter bras et jambes sur une couverture au soleil ou sur le plancher de la longue cabane. Ces restrictions nouvelles l'exaspéraient et il protestait bruyamment par des cris de rage. Oubliant qu'elle avait affaire à un bébé de six mois, madame Planchon se croyait en face d'un Iroquois féroce.

Rupalest, consterné par ce brusque revirement du

caractère affable de son protégé, consultait à gauche et à droite toutes les mères de famille de la ville, au grand amusement de ses amis narquois. Il finit par s'adresser à une Huronne de la Mission de la Montagne. Celle-ci lui révéla que les enfants indiens grandissaient libres d'entraves et de vêtements, peu contrariés, encouragés à explorer leur environnement, à apprendre le danger du feu en s'y brûlant, celui de l'eau en y tombant. Enhardie par l'intérêt de son interlocuteur, cette femme lui confia même son opinion sur l'éducation comparée des enfants peaux-rouges et européens.

— L'homme blanc gronde ses enfants et caresse ses chiens. L'Indien gronde ses chiens et caresse ses enfants.

C'est pourquoi, au grand scandale de madame Planchon, Gonzague d'Alençon grandissait à demi nu, libre de faire les quatre cents coups parmi les bibelots de l'appartement de son père. Seul le respect des livres, objets sacrés, lui avait été soigneusement inculqué.

Le petit se traînait à quatre pattes avec une rapidité déconcertante. Il se levait aussi, agrippé aux meubles, mais son pied trop faible ne le supportait pas encore assez pour lui permettre de marcher. On remédierait à cela en France.

Rupalest avait fait la tournée d'adieu de ses amis. L'entreprise avait été simplifiée, car le gouverneur Denonville, persuadé que Montréal serait le théâtre de la guerre, «y avait installé sa cour». Tout avait été mis en œuvre pour protéger les deux mille habitants de l'île de Montréal. La garnison de Ville-Marie comptait quatorze cents hommes, dont la moitié logeait dans les forts de la ville et le reste était dispersé dans les postes des alentours.

Un Sauvage, Louis Ataria, baptisé et même filleul du Roy, avait averti Denonville: «Méfiez-vous! Les Iroquois couvent leur vengeance.» Mais Ataria avait été jadis chassé de la Mission du Sault Sainte-Marie* pour mauvaise conduite. Il avait été discrédité par les jésuites. Ceux-ci voyaient en lui un mauvais génie et conseillaient de ne pas l'écouter, ce qu'on s'empressa de faire.

Lorsqu'il avait rencontré Viateur du Nord chez la Folleville, Rupalest avait été frappé de l'air soucieux de son ami. Celui-ci l'avait entraîné à l'écart, dans ce même petit salon que le Parisien réservait autrefois avant que ses deniers ne fondent tous en frais de gouvernante et en nourriture de bébé.

L'aide-de-camp mystérieux avait sorti un rouleau d'écorce qu'il tenait dissimulé sous son pourpoint. Il l'avait montré à Rupalest en disant:

— Voici un nouvel avertissement de notre ami Cormier. Un Indien nommé Atenata** m'est venu voir il y a un mois. Il était envoyé par notre coureur des bois qui l'a rencontré dans un village onnontagué. Tous deux ont été surpris de n'apercevoir aucun jeune brave dans les bourgades. Cela leur a paru louche. Cormier, qu'on avait tenu éloigné à la chasse tout l'été, avait remarqué la même chose chez les Tsonnontouans. Ajoutés aux projets de vengeance couvés autour des feux, ces indices ne pouvaient prouver qu'une chose: l'heure avait sonné. Cormier a rédigé son message d'alerte et encouragé

---

* Mission des jésuites au lac supérieur.
** Les avertissements de Louis Ataria et d'Atenata sont des faits historiques.

Atenata à venir faire part au gouverneur de ses propres conclusions et à lui remettre cette lettre que voici. Après la controverse suscitée par la dernière communication de notre ami peau-rouge au gouverneur, je ne prisais guère le mandat.

— Le résultat fut-il aussi peu convaincant que lors de la débâcle de l'été dernier? On n'a cru Cormier que lorsque tout le pays eut confirmé ses déclarations.

— Non, Dieu merci! Message et messager ont été vus par mon maître qui en a tenu compte... au début.

Viateur du Nord ne cache pas son inquiétude. Le temps passe sans alerte et la vigilance se relâche. On prétend avoir mâté l'ennemi qui ne bouge toujours pas. En attendant la venue de cette ambassade d'Iroquoisie à laquelle on croit encore, les officiers de la région abandonnent leur commandement à des subordonnés et viennent papillonner autour du gouverneur, source de prestige et de promotions. Même Vaudreuil a permis aux habitants de quitter les forts et de retourner à leurs occupations champêtres.

— J'ai fait copier la lettre de Cormier pour les dossiers et j'ai conservé l'original afin de vous le montrer. Le voici.

Le Parisien déchiffre laborieusement le message griffonné à la hâte, avec des moyens de fortune et l'orthographe toujours chancelante de Menfou Carcajou.

Rupalest, songeur, enroule le rouleau et le remet à Viateur.

— Notre ami prend la précaution de mentionner en concluant qu'on l'envoie dans une tribu du Nord, les Cree du lac Athabaska, pour des transactions de fourrures. Ses sachems cherchent à l'éloigner une fois de plus.

Viateur a moins d'illusions. Il remarque:

— Cormier veut plutôt se dissocier des événements à venir.

Rupalest bondit à la défense de son ami le Peau-Rouge.

— C'est faire montre d'une prudence de bon aloi. Que pourrait en vérité un homme seul contre une nation? Mieux encore, contre cinq nations?

Le capitaine du Nord se demande parfois s'il n'est pas le seul de la colonie qui soit prêt au combat. Il conclut:

— En somme, Cormier nous abandonne à nos guerres.

— Qui suis-je pour l'en blâmer? s'exclame Rupalest. N'est-ce pas précisément ce que j'ai dessein de faire dès ce soir en prenant congé de Ville-Marie et du Canada? Quoique dans mon cas, si je ne m'abuse, je ne fais que passer d'une guerre à une autre, puisque la France et l'Angleterre ont repris les hostilités.

— Au moins, là-bas, vous ne risquez pas votre scalp, commente Viateur du Nord avec amertume.

❀ ❀ ❀

Hugo de Rupalest fit une traversée rapide, poussé par des vents favorables. Gonzague d'Alençon, dit Bouton d'Or, devint rapidement l'enfant chéri de l'équipage. Un habile marin lui confectionna avec du bois et du cuir une bottine qui maintenait son pied infirme dans un carcan jusqu'au genou. On n'avait pas contourné les bancs de Terre-Neuve que le petit garçon marchait déjà en traînant la patte sur les ponts agités par les vagues. Ce qui fit dire aux matelots:

— S'il a le pied-bot, il l'a aussi marin!

Son père adoptif, accoudé au bastingage entre deux jolies passagères, était surtout de l'opinion que son fils avait du goût. Les premiers pas de Bouton d'Or l'avaient jeté dans les bras de ces belles dames, qui n'attendaient qu'une occasion d'être présentées à son remarquable père. La traversée fut trop courte selon l'opinion générale.

22

«Le sac est plein, Sophie, chuchote Pierrot. Est-ce qu'on rentre?»

Il n'est pas rassuré, malgré la présence amicale des deux chiens indulgents chargés de garder le domaine de Tintamarre. La nuit est noire comme de l'encre, des éclairs lointains illuminent vaguement l'horizon. Des gouttes de pluie se mettent à tomber avec un bruit mat. En quelques minutes, c'est le déluge.

— Monte me rejoindre sur la grosse branche, appelle Sophie qui a peine à se faire entendre par-dessus le tambourinement de l'averse. Passe-moi le sac de pommes, je vais l'accrocher près de moi.

La cueillette a pris beaucoup plus de temps que prévu. Sophie tend la main et aide son complice à grimper. Elle le fait asseoir entre elle et le tronc du pommier et les recouvre tous deux de sa grosse cape grise apportée comme camouflage.

— Tiens, Pierrot! Mange une pomme en attendant que le déluge diminue. Tu l'as bien méritée.

— Il pleut des cordes, remarque le gamin impressionné.

— C'est trop fort pour durer, assure Sophie. Mais elle se trompe. Bientôt, la pluie se change en grêle et les enfants tapis sous la cape sont bombardés de projectiles durs et cinglants qui pincent leurs jambes nues. L'orage semble ne jamais devoir finir. Sophie qui encercle à la fois l'arbre et Pierrot a peine à ne pas lâcher prise.

Les chiens réfugiés sous le pommier se mettent soudain à gronder puis à aboyer furieusement, tournés vers la rive proche. Leur rage n'est qu'un bruit de plus dans le concert déchaîné de la nature en furie.

Finalement, la grêle diminue et le vacarme cesse. La terre blanchie est jonchée de glace comme en plein hiver. Les chiens, maintenant descendus au rivage, jappent de plus belle. Au loin, on entend l'écho des hurlements de Tintin, toujours enchaîné devant l'écurie. Pierrot demande, intrigué:

— Qu'est-ce qu'ils ont, les chiens? Ils deviennent fous?

— C'est la tempête qui les a affolés. Viens! Descends! Nous allons rentrer au plus vite.

À ce moment, brusquement, les deux chiens de Tintamarre se taisent après un dernier cri étranglé.

— Attends! souffle Sophie en retenant Pierrot. Grouille pas! J'entends des pas!

Les grêlons crissent doucement sous des pieds prudents. Deux, puis quatre ombres courbées passent près du pommier, découpées sur la surface blanchie. Elles se dirigent vers la ferme. D'une pression de son bras, Sophie soudain rigide immobilise Pierrot. Les enfants tournent l'un vers l'autre des yeux épouvantés. D'autres ombres glissent sous eux.

Ce sont des Sauvages qui se coulent le long du fossé de l'«emblavure» et cernent la maison.

«Ils vont entendre battre mon cœur», pense Sophie, angoissée.

Soudain, au loin vers le côté du fort Rolland, un hurlement lugubre retentit, repris par cent voix féroces. Le cri terrible est répété de proche en proche. Aussitôt, on entend au loin le crépitement d'un mousquet. Des coups sourds ébranlent la porte et les volets de la maison de Tintamarre qu'on devine entre les branches. Une voix de femme s'élève dans un appel déchirant, coupé brusquement.

Alors commence pour les enfants figés sur leur perchoir l'horreur d'une nuit qu'ils ne pourront jamais oublier. Les bruits qu'ils ne peuvent identifier sont aussi terribles que ceux qu'ils reconnaissent. Cris désespérés, pleurs d'enfants, coups de feu, clameurs et gémissements, fracas des haches qui défoncent portes et fenêtres. Comme accompagnement constant retentissent les vociférations démoniaques des agresseurs. De loin en loin la lueur sinistre des flammes perce la nuit.

— Ils sont partout, chuchote Sophie. Bouche tes oreilles, Pierrot! Ferme tes yeux! Cache-toi dans ma cape. Je te tiens. Ils ne nous verront pas. Ne bouge surtout pas!

Elle serre entre elle et le tronc le petit garçon tremblant dont le visage blême est trempé de larmes. Elle rabat sur lui le couvert protecteur de son manteau de laine. Pierrot, les poings sur les oreilles, se blottit contre son épaule. Sophie n'a plus de mains pour étouffer le concert effroyable. Cette fois, sa myopie est une protection qui l'empêche de voir les Iroquois. Ils ont barricadé de l'extérieur les fenêtres de Tintamarre et ils repoussent à coups de crosse les malheureux qui essaient d'échapper au brasier qu'est devenue leur maison.

Les hurlements de terreur et de douleur augmentent puis se taisent enfin lorsque le toit de bardeaux s'effondre sur les décombres, découpant les silhouettes des tortionnaires qui agitent leurs armes en une sarabande de victoire. Les animaux de l'étable sont massacrés à leur tour.

Au loin, Sophie entend les cris affreux de gens qu'on torture. Toutes les maisons de la Côte de La Chine ont été attaquées en même temps sur une longueur de sept lieues par une armée de quinze cents guerriers. Comme elle envie ce soir les prudents qui retournaient coucher aux forts sous les quolibets des voisins malgré la dispense du «remplaçant-gouverneur»! Que restera-t-il des trois cent vingt Lachinois après cette nuit de cauchemar?

Les gens surpris dans leur sommeil sont massacrés ou capturés avant de savoir ce qui leur arrive. Il n'y a de refuge nulle part. Les forts trop isolés ne peuvent secourir les paroissiens placés sous leur protection. Les hommes cherchent à protéger la retraite de leurs femmes. Celles-ci tâchent d'atteindre les forts avec leurs enfants. Bien peu d'entre elles peuvent y arriver et ce sont leurs cris qu'on entend au loin, jusque sous les remparts des bastions.

Les soldats enfin alertés exécutent des sorties et tombent à leur tour dans les embuscades pour lesquelles les femmes en détresse ont servi d'appât. Les coups de fusils sont rares et sporadiques. Qui a le temps de recharger son mousquet?

Le canon du fort Rolland tonne le premier dans un signal d'alarme à quatre heures du matin. Celui du fort

Rémy lui répond. En aval, on entend les répercussions lointaines du canon de Verdun. L'alerte est donnée, trop tard pour sauver les Lachinois.

Sophie, figée d'effroi, ne peut, malgré sa vive imagination, se représenter les scènes de barbarie inouïe qui se déroulent partout autour d'elle.

Plus cruels que jamais, les Iroquois assouvissent cette nuit une haine des Blancs accumulée depuis des dizaines d'années.

Sophie voudrait prier, invoquer la protection du ciel. Tout ce qui lui vient à l'esprit, c'est une question angoissante: «Comment pouvez-Vous permettre ça? Comment pouvez-Vous?»

Parce qu'une femme devrait se montrer plus compatissante, la petite fille s'adresse à la mère de Dieu: «Bonne Sainte Vierge, protégez-les! Aidez-les! Recevez-les dans votre ciel! Je vous salue Marie, pleine de grâces...»

Bientôt, un nouveau genre de cris succède aux plaintes lamentables. Les Iroquois chantent et hurlent, enivrés par l'alcool trouvé dans les demeures pillées.

Près de Sophie, Pierrot se fait lourd. Est-il évanoui ou endormi? L'adolescente n'a presque plus la force de retenir le petit corps maigre qui s'abandonne. Le jour levant trace une ligne plus claire au fond du ciel, vers l'est. Le sol détrempé ne garde trace de la grêle traîtresse dont le vacarme a camouflé l'arrivée des Sauvages.

Les bruits s'estompent puis se taisent, à part ici et là des voix égrillardes qui s'interpellent en iroquoïen. On a dû amener les survivants plus loin, pense Sophie, probablement vers le fort Rolland, à l'endroit où la rive basse permet un débarquement en masse.

Que sont devenus Bernadette et ses petits? Sophie qui a absorbé tant d'horreur depuis quelques heures voudrait se cacher pour toujours, comme Pierrot, aveugle, sourde et invisible sous le refuge de sa cape. Mais étant Sophie, elle doit aussi aller au secours de ceux qu'elle aime.

Doucement, la fillette découvre Pierrot dont la tête dodeline, trop lourde pour son cou sans force. Elle le secoue un peu et lui parle tout bas. Le petit garçon ouvre des yeux vides qui s'emplissent d'angoisse et de larmes lorsqu'il voit rougeoyer au loin les ruines des maisons. Une fumée âcre chargée d'odeurs qu'il vaut mieux ne pas identifier les prend à la gorge, courant bas sous le ciel lourd.

— Pierrot! Tu vas m'attendre. Je vais t'attacher au tronc avec mon fichu. Comme ça, si tu t'endors, tu ne tomberas pas. Passe une patte de chaque côté de la branche et accote-toi au tronc. Personne ne te verra d'en bas si tu ne bouges pas. Je dois te quitter une miette.

Le garçon, trop effrayé pour parler, élève la main en une faible protestation. Sophie se penche et embrasse le petit visage tourmenté.

— Il le faut, Pierrot! Bernadette a peut-être besoin de moi. Ne bouge surtout pas. Si je ne suis pas revenue ce soir, essaie de te glisser sans bruit jusqu'au fort Rémy. Fais comme lorsque nous jouions aux Indiens, tu t'en souviens? Je te laisse ma cape pour te cacher.

Elle accroche le sac lourd de pommes à portée de sa main et continue ses recommandations.

— Fais ta prière. Demande à ton bon ange de te tenir compagnie. Ne descends pas surtout, même pas pour faire pipi. Dès que je pourrai, je reviendrai te chercher.

Avant que l'enfant hébété ne proteste, Sophie se laisse glisser sans bruit jusqu'au sol. Sa jupe de coton s'accroche à une branche et la déchirure lui semble une détonation. Courbée en deux, les mains devant elle parce qu'il fait encore nuit et qu'elle n'y voit goutte, Sophie longe les joncs qui la dissimulent de la plage où des canots sont peut-être encore échoués. Les yeux plissés, elle regarde avec anxiété vers la ferme de Tertio et Bernadette, craignant de ne retrouver qu'un tas de cendres. La voici à leur «emblavure».

La petite cabane des Tondu, au bord de la berge, semble indemne. C'est la seule construction qui ait échappé à l'attaque dans tout le voisinage.

Sophie passe devant sans s'y arrêter et sans se douter que Dosithée gît sur son plancher, la tête profondément entaillée d'un coup de tomahawk. Son agresseur l'a épargnée ainsi que sa cambuse, car elle l'a accueilli par un discours virulent dans sa langue. Perplexe, l'Iroquois a laissé son scalp à cette Blanche qui lui a parlé comme une mère irritée l'aurait fait à son fils.

Voici enfin la maison, fumante et noire de suie, mais partiellement intacte. Le magasin s'est effondré et l'étable n'est plus qu'un amas de poutres. La seule porte de la petite forteresse qu'était la demeure de Tertio s'ouvrait vers la route, afin de protéger les habitants d'une attaque venant du fleuve. Sophie réprime un éclat de rire hystérique. Ah! il a bien fonctionné, le sage stratagème de Tertio!

La fillette ralentit son pas, redoutant ce qu'elle va trouver. À côté du seuil elle bute sur le corps ensanglanté du Tondu. Il tient encore dans sa main crispée le vieux mousquet avec lequel il venait défendre Bernadette. Il a dû en tirer un coup, car un Iroquois gît un peu plus loin, abandonné par ses frères dans leur délire alcoolique.

On n'a pas scalpé le Tondu, car c'était déjà fait. Sophie, la main devant la bouche, évite de regarder plus longtemps ce que la vengeance des Sauvages peut faire d'un brave homme qui avait enfin trouvé le bonheur.

La grisaille de l'aube lutte contre celle de la fumée âcre qui flotte dans l'air, prend à la gorge et fait couler les yeux. Sophie, aveuglée de larmes, pleure d'avance le deuil qui l'attend dans la maison de Tertio. Les volets ont été enfoncés, probablement pour éclairer la recherche de l'eau-de-vie. Le magasin en renfermait quelques barils, plus que les résidences privées. C'est ce trésor qui a sauvé la maison. Le feu mal allumé par les ivrognes s'est éteint avant de tout consumer.

Le beau lit à quenouilles fume encore. La table et les chaises ont été débitées en morceaux par des haches destructrices. Les petits berceaux fabriqués avec tant d'amour gisent renversés autour du grand lit, leurs couvertures éparses noircies de suie.

Sophie s'avance dans cette pénombre, murmurant à mi-voix les noms de ceux qu'elle cherche:

— Bernadette? Angèle? Barbe? Les petits? Tu n'es pas ici, Berdouche? Je ne veux pas que tu sois ici!

Les yeux, même ceux de Sophie, s'habituent à l'obscurité. Il n'y a pas de cadavres dans la grand'salle, pas de cadavres de grandes personnes. Sur les pierres noircies du beau foyer crépi à la chaux, à la hauteur du linteau, une grande tache sombre s'étale comme une étoile lugubre où se mêlent le sang, le cerveau et des cheveux roux.

Sophie s'avance à pas hésitants. À ses pieds est étalé le corps sans tête de Guyllette. Elle ramasse une couverture rose crasseuse et l'étend avec tendresse sur le petit cadavre.

Ainsi penchée, elle peut voir dans les cendres calcinées du foyer une jambe minuscule dressée comme une branche sèche. Alcide!

— Non! Non! proteste-t-elle pendant que son cœur bat comme un glas.

Tel un automate, elle cherche les autres enfants dans les premières lueurs de l'aube. Elle tire les couvertures, retourne les petits bers, regarde sous le lit. Personne. À moins qu'ils ne soient dans le magasin écroulé. Mais c'est peu probable, car la porte contiguë est encore barricadée.

Les Sauvages ont amené Bernadette, ses deux fillettes et Fabien. Sophie l'espère et le redoute en même temps. Les récits de Dosithée lui reviennent en mémoire. Dans les bourgades, un Blanc a trois perspectives: périr torturé, devenir esclave ou être adopté. Aucun autre critère que la fantaisie de celui qui a effectué la capture ne régit ces décisions. Tout dépend de l'humeur du village où est conduit le prisonnier. Les femmes surtout décident du sort des victimes et ont droit de vie ou de mort. Elles peuvent crier vengeance et réclamer l'exécution par la torture publique et par le feu, ou exiger un esclave en compensation pour la perte d'un parent. Le malheureux serviteur, traité moins bien qu'un chien, demeure à chaque instant un mort en sursis pouvant être abattu sur un caprice de son maître. Plus rarement, des femmes désirent «refaire la tente» et adoptent, avec une sincérité complète, celui ou celle qui deviendra littéralement ce qu'était le mort dont il prend la place: enfant, sœur, oncle, époux.

Sophie repasse toutes les anecdotes entendues dans les veillées d'hiver, les longues réminiscences de Dosithée Blaise, les récits laconiques de Menfou Carcajou. Grâce à ces deux derniers, elle imaginait l'Iroquois comme un homme et non uniquement comme une brute sans âme. Ce qu'elle voit ce matin autour d'elle la remplit de doutes. Comment peut-on être bon père ou fils respectueux et agir en monstre?

À ce moment, par la trappe fermée dans le plafond noirci filtre un appel joyeux. Fabien Cormier se dispose à entreprendre l'aventure d'une nouvelle journée pleine de découvertes.

En une seconde, sa tante a grimpé les échelons et poussé la trappe de la soupente. Son neveu, assis sur sa paillasse, se frotte les yeux et rit de la voir toute bar-bouillée de noir. Il croit à un nouveau jeu et tousse un peu, agacé par la fumée qui monte par l'ouverture.

Le petit est effrayé par la force avec laquelle «Tantso» le presse dans ses bras. Des larmes coulent sur sa tête, dans les boucles rousses et soyeuses comme l'étaient celles de Guyllette, sa jumelle.

Sophie, le nez dans le cou potelé, respire l'odeur doucereuse et vulnérable d'un petit enfant. Aussitôt, instinctivement, irrévocablement, elle décide de la con-duite à tenir.

Comme les marches d'un escalier, les étapes de son projet s'élèvent devant elle et doivent être franchies une à une. Il faut d'abord mener Fabien en lieu sûr. Et Pierrot qui est aussi sa responsabilité.

À cet instant, sans le savoir, Sophie Quesnel laisse derrière elle son adolescence et l'insouciance de ses quatorze ans. Elle devient le personnage que son évolution a préparé en elle, l'aboutissement d'années d'impressions reçues, de leçons absorbées, d'intuitions accumulées, d'efforts et d'exemples. Comme la chrysalide cachait le papillon, la petite taupe myope se métamorphose. Elle est maintenant, parmi toutes les créatures humaines, la plus héroïque, la plus rusée, la plus dévouée et la plus obstinée à sauver les siens coûte que coûte. Elle est une femme forte.

23

Il est déjà sept heures du matin lorsque Sophie regagne sa soupente au moyen de son arbre-échelle. Elle n'a pas le courage de pénétrer de nouveau dans la maison sinistrée. Elle adresse une dernière prière à la Sainte Vierge, sa seule alliée au ciel lui semble-t-il, pour que Pierrot et Fabien qu'elle a attaché sur le dos du gamin arrivent en sûreté au fort Rémy.

Elle a acheminé Pierrot vers sa mission comme on envoie un chevalier aux Croisades. Elle lui a expliqué exactement par où il devait se faufiler et lui a laissé des provisions de sa réserve personnelle de sucre d'érable pour emplir le bec de Fabien afin d'acheter son silence.

— Pourquoi tu viens pas au fort, Sophie, puisque c'est si facile?

— Parce que Bernadette et les petites ont besoin de moi. Je dois aller les aider. Tu le diras à Tertio.

Maintenant qu'elle a formulé son projet, même à voix basse, Sophie est engagée solennellement. Elle embrasse les deux garçons et les regarde disparaître entre les joncs qui se referment par-dessus leur tête.

En revenant vers la maison, elle a vu, car cette fois elle porte ses indispensables lunettes, une voisine qui marchait sur la route un mousquet à la main, protégeant sa mère qui la précédait en boitillant. Sophie a osé s'approcher et interpeller la femme pour savoir où on avait amené les prisonniers.

— Il est pas chargé. Le mousquet est pas chargé, a répété la malheureuse inlassablement en dirigeant le canon de son arme vide vers l'adolescente qui s'était imprudemment montré la tête au-dessus du fossé.

— Je le pointe vers les Sauvages et ils n'osent pas approcher. Mais il est pas chargé, tu sais. J'amène maman au fort Rémy avec un mousquet vide*. Viens avec nous.

Les deux femmes continuent leur chemin, marchant effrontément au centre de la route, ne remarquant même pas si la petite voisine les suit ou non.

Dans la soupente si familière où flotte une odeur de fumée qui s'imprègne partout, Sophie organise sa propre croisade, comme un guerrier prépare ses armes.

Elle se lave le visage et les mains dans la cruche d'eau de sa toilette. Elle brosse ses cheveux et les natte soigneusement. Elle enfile une chemise propre, un jupon et les trois jupes à la mode de l'époque: la secrète, la friponne et la modeste. Puisqu'elle voyage sans valise, elle doit porter sa garde-robe sur son dos. Malgré la chaleur d'août, elle choisit dans son coffre des bas de laine, un gros chandail qui a été son premier tricot fort malhabile et un châle.

Elle enfouit tous ces lainages dans le «tikinagan» qui attendait, appuyé au mur, le moment où «Tantso» pro-

---

* Incident authentique.

mènerait l'un ou l'autre de ses neveux ou nièces. Elle se sert du berceau comme d'un sac à dos. Elle y entasse pêle-mêle une poignée de rubans de couleurs, collection de sa tante Gelsomina, et les vêtements d'enfants qui attendaient dans son *ouragan** le moment où elle pourrait recoudre un bouton ou réparer un accroc.

Elle chausse ses gros «souliers de bœuf», plus résistants que les mocassins. Elle bourre ses vastes poches de deux mouchoirs, de sucre et de galettes sèches, relief des petits goûters clandestins partagés le soir avec Pierrot et Fabien. Elle y ajoute son chapelet, le calepin de vocabulaire iroquoïen, un bout de crayon, le petit sac de cuir perlé de sa trousse de couture offerte par Perrine pour Noël, son vieux *flatin*** ébréché.

Plongée dans son coffre, elle en fait l'inventaire. Ah! Voici la *catin**** de chiffons fabriquée pour l'anniversaire prochain d'Angèle. Dans le «tikinagan» avec le reste. Les mocassins confectionnés en secret pour être offerts à Bernadette lors de ses vingt-trois ans? Les minuscules chaussures, semblables à celles de leur maman, qui devaient surprendre Angèle et Barbe? Dans le sac. Elle plie et fixe sur le tout sa grande cape grise à capuchon.

Au fin fond du coffre de pin, elle retrouve un trésor oublié, la bague de cheveux entremêlés que Menfou Carcajou avait fabriquée dans sa prison du Grand Nord pour l'offrir à Perrine****. Elle est encore enfilée sur son

---

* Panier à ouvrage.

** Canif.

*** Canadianisme pour poupée.

**** Voir *La baie du Nord*, deuxième volume de la série «Les coureurs des bois».

---

lacet de cuir. Sophie la passe à son cou, pour apporter avec elle un peu du courage de Menfou et de son amour, même pour une autre.

— Est-ce que j'ai tout? Est-ce que j'ai tout? se demande-t-elle en tournant fébrilement dans la chambre basse, bien consciente de dire adieu à ses possessions.

Elle a son étui à lunettes sur la poitrine, ses lunettes sur le nez. Elle avise le petit cerceau de la peau de taupe et l'ajoute au cordon de la bague. C'est son médaillon bien à elle, son ohtara, son bouclier. Elle s'agenouille devant son crucifix rustique et récite à haute voix son acte de contrition.

Un rayon de soleil fait miroiter le ballon de dentellière. Pourquoi pas, tant qu'à faire? Vide, il est assez léger. Elle le fixe solidement par son ruban au sommet du chargement du «tikinagan». «Comme la tête vide d'un enfant transparent», pense-t-elle.

Sophie se penche et place la courroie du «tikinagan» sur le dessus de sa tête, par-dessus sa coiffe blanche, comme elle l'a fait tant de fois. Il est plus lourd que n'importe quel bébé qu'elle a pu y transporter. Au dernier moment, elle décroche la belle épée confiée par Menfou Carcajou.

«Quand tu la voudras, tu n'auras qu'à me chercher», a-t-elle promis cette nuit-là. Espère-t-elle par ce geste attirer Menfou et sa protection? En vérité, elle ne sait plus ce qu'elle pense. Son instinct seul la guide et dirige ses choix hétéroclites. Un regard final fixe pour toujours dans sa mémoire la pauvre soupente où elle a tant rêvé. Lourdement encombrée, elle descend à reculons, avec précaution, son arbre-échelle.

Rendue au sol, elle assujettit le «tikinagan» et empoigne par sa poignée ouvragée l'épée alourdie de son fourreau d'argent. Elle contourne la maison et passe près du Tondu dont le pauvre cadavre est bourdonnant de grosses mouches avides. Sophie lui adresse un dernier adieu. Elle se tourne vers ce qui reste de la jolie maison blanche aux volets verts, son foyer maintenant profané, souillé de suie, de sang et de cadavres.

Lentement, elle élève la main, paume en avant, dans le salut indien. Elle dit à mi-voix:

— Adieu! Adieu! C'est une belle journée pour mourir.

Sophie Quesnel s'engage d'un pas déterminé sur le chemin des emblavures dans la direction du fort Rolland.

24

Les fumées tenaces montent droit dans le ciel pur que leurs colonnes barbouillent de gris. Un silence de mort, véritablement de mort, plane sur La Chine meurtrie. Le chemin de sable est désert, mais de grandes flaques de sang jalonnent de place en place une piste facile à suivre.

Sophie évite de regarder vers les maisons les plus proches de la route. Avec ses lunettes, elle risque de trop bien voir. Un cadavre de femme au bord du fossé l'arrête brusquement. La morte est de petite taille, comme Bernadette. Elle porte une chemise de nuit blanche, comme celle de Bernadette. Elle est couverte de sang qui pourrait être celui de Bernadette. Mais sa tête avec son horrible calotte rouge de scalpée conserve encore des mèches de cheveux blonds. Ce n'est pas Bernadette. Sophie continue son chemin.

C'est donc cela, lever un scalp? Ces trophées qui lui avaient toujours semblés de glorieuses abstractions deviennent tout à coup un acte barbare qui lui donne la nausée. Comme il faut haïr ou être sans âme pour l'exécuter! Pourtant, elle se redit sans cesse: «Les Iroquois ne sont pas tous ainsi, puisque Dosithée a aimé son fils, puisque Menfou a une épouse, des cousins et des amis parmi eux. On doit pouvoir leur parler, lorsqu'ils ne sont pas enragés ou ivres.» C'est son seul espoir, basé sur les témoignages de ses amis.

De nouveau, la fillette s'immobilise devant un obstacle insurmontable. Devant elle, trois Iroquois marchent sur la route, transportant un baril d'eau-de-vie. Ils se chamaillent avec des voix avinées et avancent lentement, en zigzaguant, sans regarder derrière eux. Ils lui bloquent le chemin.

Sophie, portée par elle ne sait quelle grâce et par le souvenir de la femme au mousquet vide, s'avance hardiment, brandit son épée de la main droite et élève son autre paume dans le signe de paix. Elle crie dans leur langue:

— Place! Place! Vois-tu? Je suis en bons termes avec toi. Vois-tu? Je suis vivante! Je suis vivante!

De stupéfaction, les Sauvages se figent sur place. Elle passe entre eux, la tête haute, récitant le poème de Menfou. Si, comme le dit madame Blaise, le courage impressionne les Iroquois, si ces hommes sont trop intoxiqués pour raisonner clairement, s'ils sont superstitieux, elle pourra continuer. C'est la manière qu'elle a choisie pour les affronter, autant voir tout de suite si elle est la bonne. Sinon… c'est une belle journée pour mourir.

Le cœur serré dans un étau, les jambes raides, elle dépasse les Iroquois, sentant dans son dos vulnérable leur regard et leurs armes. Peut-être sont-ils repus de carnage, ou trop ivres ou affectés comme elle l'espère par son courage… ou sa folie? Ils la laissent passer.

Voici ce que les Lachinois appellent «le désert», l'endroit aride où s'élève le bastion du fort Rolland, commandé par le sieur de la Massière[†]. Son fossé est rempli de cadavres méconnaissables, ceux des gens qui ont couru jusque-là pour chercher asile et ceux des soldats qui sont sortis pour les protéger. Partout ce ne sont que corps mutilés, sans tête, sans bras, sans seins et tous scalpés.

Sophie les effleure du regard, comme anesthésiée par tant d'horreur, cherchant, cherchant une jupe connue, une chevelure noire familière. Ces enfants déchiquetés, ont-ils des cheveux blonds commes les blés? Au milieu des civils s'étalent des uniformes militaires.

Une voix d'homme l'interpelle et une tête se montre par-dessus la palissade.

— Viens vite! Nous pouvons tenir ici. Hâte-toi, ils sont partout!

— Où ont-ils amené les prisonniers?

— Plus loin à l'ouest, au bord du lac. Ils sont des milliers. Viens vite! Notre canon nous défendra. Ils sont tous ivres. Tout le monde est mort à part nous.

Le jeune soldat s'étourdit de paroles et ne peut comprendre cette pauvre folle chargée d'un sabre et d'un étrange sac à dos qui va se jeter entre les mains des Iroquois.

L'officier consulté interdit qu'on poursuive et rattrape cette infortunée. On a perdu trop de soldats de cette façon. C'est sans doute une nouvelle embuscade. Il faut garder tous les hommes pour protéger les blessés et les survivants embusqués dans le fort.

Sophie reprend son calvaire, rendu encore plus pénible par la proximité du salut. Elle fait l'expérience d'une cruelle vérité: si la décision de fuir est instantanée, celle de faire face doit être reprise à chaque minute.

Ele ne croit plus à la miséricorde de Dieu, qui a autorisé cette horreur. Sans ce recours auquel elle s'accroche depuis son enfance, elle est désemparée. De plus en plus, des doutes l'assaillent. Si Bernadette et ses petites étaient mortes? Si elle allait en vain se jeter dans la gueule du loup?

Si par contre sa sœur part en captivité, comme cela est arrivé à Dosithée Balise et à bien d'autres malheureuses, et si Sophie refuse cette chance de l'aider, elle ne pourra plus vivre avec elle-même. Bernadette, sa sœur aînée, douce, rêveuse, terrorisée par les Sauvages; ses petites filles qu'elle aime comme les siennes; cette famille que Tertio lui a confiée en partant chercher ses provisions d'hiver au magasin de la rue Saint-Paul. Menfou Carcajou, homme d'action, lui a dit un jour, très sérieusement malgré son air de se moquer de tout: «Ma mie, il vaut mieux regretter d'avoir fait une chose plutôt que de regretter de ne pas l'avoir faite.»

Sophie Quesnel ne marche pas seule. Les gladiateurs, les croisés, les martyrs, les guerriers l'accompagnent sur la voie du sacrifice suprême. Elle sent leur force et leur vaillance autour d'elle dans la grande fraternité des âmes. Dieu, qui a permis tout ce carnage, a peut-être une raison qui la dépasse pour lui faire accomplir ce matin un sacrifice qui la dépasse aussi?

Le soleil de dix heures monte à l'horizon lorsque Sophie surgit brusquement dans le camp de prisonniers des Iroquois. La scène est indescriptible, mais la petite fille qui s'avance la tête haute la voit comme en rêve.

Des centaines de canots sont tirés sur la berge. Le sol est plat à cet endroit, formant une petite plaine entourée d'une centaine d'arbres. Ici et là, les Indiens ont effrontément fait des feux pour cuire leur repas. Ceux qui sont sobres s'affairent autour des chaudrons de fer. Sont-ce là les fameuses chaudières de guerre? Elle refuse de penser à ce qui mijote là-dedans.

Des sentinelles en armes gardent la périphérie du camp. Sophie ose passer entre elles, sans être interpellée. Les guerriers ont le visage barbouillé de peinture de guerre et les cheveux hérissés de plumes. Quelques-uns portent des «tapabords» ou des bonnets de femme confisqués aux maisons pillées. Ce sont les plus sobres qui ont l'air le plus féroce et dangereux.

Mais ce sont les ivrognes que redoute Sophie. Dosithée lui a assez relaté les effets néfastes de l'alcool sur le caractère déjà assez cruel de ces gens. Plusieurs ronflent, d'autres dodelinent de la tête, hébétés. Partout on voit des cruches, des bouteilles, des fûts défoncés. La berge est la scène d'une orgie gigantesque. Les Iroquois perdent toute fierté devant l'alcool.

Les guerriers assez sobres pour constater l'étrangeté de l'apparition qui passe au milieu d'eux sont saisis d'une crainte superstitieuse. Qui est cette Blanche qui brandit son épée d'argent? Sa cape flotte comme des ailes sombres. Son «tikinagan» contient non pas un enfant, mais un monstre à la tête transparente.

Un autre élément qu'elle n'a pas prévu ajoute une touche magique à l'aspect insolite de Sophie. Les verres de ses lunettes captent les rayons obliques du soleil levant et lancent par moment des éclairs.

Ignorant qu'elle est déjà redoutable et redoutée, l'adolescente lève sa paume et entonne son chant de guerre avec l'énergie du désespoir.

Vois-tu? Je suis vivante!
Vois-tu? Je suis en bons termes avec toi!

Le soleil radieux éclaire la désolation des captifs rassemblés au centre du camp, ligotés ou libres, suivant les fantaisies de leurs geôliers personnels. Partout du sang, des vêtements de nuit déchirés, des cheveux hirsutes, des visages hagards. Tous sont plus ou moins éclopés, preuve de leur résistance désespérée. Quelques mères trouvent encore le courage de serrer leurs enfants dans leurs bras pour les réconforter. De cette foule douloureuse s'élève une longue plainte constante faite de souffrance, de peur, de chagrin ou de prière.

Il n'y a en tout qu'une cinquantaine de Blancs dans ce camp de cauchemar, parmi des centaines d'Iroquois. Ce sont ses compatriotes que Sophie dévisage, cherchant, cherchant toujours pendant qu'elle s'avance vers le fleuve entre les groupes affalés sur le sol. Elle s'efforce de distinguer celles qu'elle aime parmi les épaves humaines rassemblées autour d'elle. La plupart des visages sont familiers.

Si son apparence frappe les Sauvages, elle est à peine remarquée par ces gens saturés d'horreur, réfugiés au fond d'eux-mêmes, encore sous l'effet du choc. Elle commence à désespérer. Si elle s'était trompée?

— Sophie! appelle une voix rauque à sa droite. Bernadette est là, assise sur le sol, son visage et sa robe de nuit couverts du sang qui coule d'une entaille à son sourcil.

Près d'elle, leur tête blonde reposant sur les genoux maternels, Angèle et Barbe dorment, à demi nues, en suçant leur pouce. Les cheveux pâles de Barbe sont aussi englués de sang.

Sophie s'avance vers elles lentement, majestueusement, évitant tout geste brusque qui pourrait indisposer les Iroquois. Elle sait que maintenant Bernadette ne s'appartient plus, qu'elle est la possession d'un guerrier. C'est donc à lui qu'elle doit s'adresser.

Près de sa sœur, un sachem emplumé fume solennellement son calumet. La richesse de sa coiffure et la beauté de la couverture de daim décorée qui couvre ses épaules doivent indiquer un rang élevé. Sophie se tourne vers lui. Ses lunettes arrachent au soleil un nouvel éclat et éblouissent momentanément l'Iroquois qui la regarde approcher.

L'adolescente s'arrête, étend de nouveau la main et débite les phrases longuement mûries puisées à même son vocabulaire limité:

— Je suis la Taupe, Otsi'nió:karon. Je cherche ma grande sœur. Oktsé:'a. Je veux l'aider. La protéger. Akhe ia'takéhnha. Je suis la Taupe. Je suis vivante. Je suis en bons termes avec toi. Je viens chercher ma sœur.

D'un geste large, Sophie montre Bernadette. Puis, levant la main, elle se tourne et pointe deux doigts, à l'indienne, dans la direction d'où elle est venue. Dans un aveuglement fou, elle espère soudain que le sachem la laissera partir emmenant sa sœur et les fillettes.

Elle se tait, à bout de souffle et de mots. Un long silence les enveloppe tous, la jeune militante, la mère prostrée, les enfants endormis, le vieux guerrier impassible et les quelques Iroquois qui les entourent avec curiosité. Immobiles comme dans un tableau vivant, ils attendent le jugement qui décidera de l'avenir. Le sachem fume en silence, son visage au nez d'aigle absolument dépourvu d'expression.

Puis il engage ce qu'il croit être un dialogue, convaincu que cette fille magique parle sa langue. Il se frappe d'abord la poitrine en disant:

— Hotahyonni!

Cela signifie: Il-est-le-Loup. Sophie ne comprend pas et peut seulement deviner qu'il vient de se nommer. Elle répète courtoisement en inclinant la tête: «Hotahyonni», et ajoute en frappant aussi sa poitrine et le cerceau de fourrure:

— Otsi'nió:karon. Othara. Taupe. Mon totem.

Elle va recommencer ses tentatives de départ quand le chef l'interrompt brusquement par une longue harangue et un geste de la tête et de la main qui signifie «non» dans toutes les langues. À plusieurs reprises, il pointe vers elle et vers lui-même et elle croit reconnaître leurs deux noms de Taupe et de Loup. Le rêve était irréalisable. Sophie ne pourra amener les siens loin de cet enfer. Mais elle pourra les y accompagner, car l'Iroquois indique le sol près de lui avec une autorité qui ne fait pas de doutes. Il étend un doigt vers l'épée et la fillette lui tend à deux mains la belle rapière ciselée, comme un vaincu rendant les armes.

— Je veux protéger ma sœur aînée, insiste Sophie désespérément, espérant qu'il acceptera le cadeau en échange de quelque clémence.

Mais Il-est-le-Loup indique un Sauvage ivre-mort qui ronfle, affalé sur le dos aux pieds de Bernadette. Alors seulement Sophie remarque la corde qui relie la cheville nue de sa sœur au poignet de l'ivrogne. C'est donc cet énergumène qui a capturé la famille de Tertio et non le chef plein de dignité. Elles ne sont pas prisonnières du même homme et peuvent encore être séparées. Son sacrifice aura été vain.

Bernadette ne s'en doute pas encore. Lorsque sa petite sœur s'assoit près d'elle, elle ne se demande même pas comment elle parvenue jusque-là. Elle tourne vers la silhouette familière un regard vide dans un visage ravagé et elle balbutie d'une voix monotone:

— Sophie, ils ont tué mes petits. Ils les ont tous tués. Ils ont cassé la tête de Guyllette. Ils ont brûlé... brûlé... mon petit Alcide... brûlé... Sophie, ils ont...

— Tais-toi, murmure Sophie en pressant contre sa poitrine la tête de sa sœur. Ne parle pas, Berdouche. Je sais tout ça. Mais Fabien est vivant! Il est sauvé, au fort Rémy avec Pierrot. Berdouche, Fabien est vivant! Et les petites ont besoin de toi.

— Tous mes petits, tous mes petits! sanglote Bernadette qu'aucune parole ne peut plus rejoindre.

Sa sœur se dégage doucement du «tikinagan», et en détache sa cape. Le chaud soleil de midi rend toute couverture superflue, mais Sophie les enveloppe toutes quatre, blotties dans les grands plis protecteurs et réconfortants. Elle berce doucement Bernadette dont elle couvre les yeux de sa main. Peu à peu, la jeune mère se calme et s'endort d'épuisement dans les bras de sa petite sœur qui se sent tendre et forte et vieille comme le monde.

Une paix étrange, inhumaine, tombe sur l'assemblée bourdonnante. Les captifs somnolent, apathiques et

assoiffés. Les buveurs cuvent leur vin. Même les sentinelles sont immobiles, engourdies de soleil.

«Ce serait le moment, pense Sophie, pour les garnisons de quitter la sécurité des forts et de venir surprendre
ce campement d'ivrognes. Jean-Marie et ses deux cents
compagnons de Verdun se qualifient-ils en vain de camp
volant? Nous ont-ils abandonnés?»

Peu à peu la fatigue de sa nuit d'insomnie la gagne
à son tour et elle s'assoupit, entourée de celles qu'elle est
venue rejoindre à tout prix.

À ses côtés, les yeux fixés dans le vide, le sachem
fume toujours, l'épée en travers des genoux. Son étrange
captive volontaire prétend s'appeler la Taupe et lui en a
montré le totem, qui est probablement une puissante
médecine. Mais lui, Hotahyonni le Loup, a déjà choisi le
nom de cette Blanche intrépide. Elle sera Teiotsironion,
Fille-dont-les-yeux-reflètent-le-soleil. Elle lui apportera la
chance et sera un trophée incomparable. Les esprits l'ont
dirigée vers lui, il a été favorisé de préférence à tous les
guerriers du camp. C'est un signe propice. Aujourd'hui
est une bonne journée.

25

La journée du 5 août 1689 demeurera toujours pour Sophie Quesnel un kaléidoscope d'images disparates que son esprit fatigué absorbait sans chercher à les comprendre.

Départ de groupes d'Iroquois armés ameutés par un cri de ralliement. «Encore des massacres», se dit Sophie.

Elle pose un pansement sur le front de Bernadette et constate avec soulagement que c'est le sang de sa mère qui a souillé les cheveux de Barbe et non une blessure.

Coups de feu en direction du fort Rolland. Espoir et attente anxieuse. Est-ce une équipe de secours?

Une captive, Marie Michau*, aperçoit, à la ceinture d'un guerrier, les scalps de son époux et de son fils, reconnaissables à leurs cheveux roux carotte. La pauvre femme se jette sur l'Iroquois pour les lui arracher et est rouée de coups pour sa peine.

On amène de nouveaux prisonniers, un officier, Minaud de la Rabeyre†, et plusieurs de ses hommes, tombés

---

* Incident authentique.

dans une embuscade alors qu'ils tentaient de se rendre du fort Rémy au fort Rolland.

Les Lachinois souffrent de la soif et de la faim. Sous le couvert de sa cape, Sophie refile aux petites des morceaux de galettes et de sucre. Bernadette semble en catalepsie et ne répond à aucune question. Ses yeux tournés vers un cauchemar intérieur, elle revit l'exécution de ses enfants.

Après une nouvelle fusillade plus proche, et de nouveaux espoirs déçus, les Iroquois ramènent triomphalement plusieurs soldats entravés.

L'un d'eux, pieds et poings liés, est jeté près de Sophie. C'est un garçon de seize ans aux cheveux jaunes frisés comme une toison de mouton. Il se nomme Antoine et essaie de crâner malgré sa pâleur, ses yeux dilatés de terreur et ses lèvres tremblantes.

Le sachem le Loup attache l'épée à sa ceinture et s'éloigne dignement pour se joindre à un conciliabule avec d'autres guerriers.

Barbe et Angèle pleurent de soif. Pour les distraire, Sophie sort la poupée neuve du «tikinagan». À son horreur, avant que les petites n'aient pu l'admirer, Bernadette s'en empare, la presse sur son cœur et lui chantonne une berceuse.

«Elle est devenue folle», pense Sophie. Mais cela lui donne le courage d'un geste auquel elle pense depuis un moment. Elle se lève et se dirige d'un pas ferme vers le fleuve où elle remplit d'eau son ballon de verre. L'eau brouillée par tous les pieds est brunâtre et vaseuse. Personne n'arrête la fillette. On la croirait invisible.

Elle désaltère Bernadette, les enfants et le soldat Antoine qu'elle doit faire boire en lui soulevant la tête. Le globe de verre circule ensuite discrètement dans le petit groupe de prisonniers qui entourent Sophie. Heureusement, le Loup n'a pas encore réclamé le ballon qui fait maintenant partie de son butin.

Antoine apprend à ceux qui l'entourent que les deux cents miliciens de Subercase, dont il faisait partie, sont sortis de Verdun sous les ordres de Vaudreuil, le gouverneur de Montréal. Ils ont atteint le fort Rolland*.

L'espoir se lit sur tous les visages blêmes tournés vers le captif. Antoine baisse la tête, comme s'il était personnellement responsable de l'échec des militaires à protéger les civils.

— Vaudreuil a autorisé une sortie, une seule. Il a dit que si elle échouait, la garnison ne bougerait plus, selon les ordres d'extrême prudence de Denonville. Elle se contenterait d'attendre l'ennemi de pied ferme dans les forts**.

— Alors? questionnent les autres sans réaliser encore que la présence parmi eux d'Antoine ligoté est de mauvais augure.

— Monsieur de Vaudeuil et monsieur de Subercase se sont chamaillés. L'un voulait rester, l'autre sortir.

— Alors? insistent encore les auditeurs anxieux.

— Alors, on est sortis. Les soldats, nerveux, ont tiré trop vite. C'a été un fiasco. On a sonné la retraite… et je suis ici, avec les autres prisonniers. Le reste des gars a couru au fort.

— C'est tout? C'est fini?

---

* Gédéon de Catalogne, qui appartenait au camp volant commandé par Subercase, a fait un récit détaillé du massacre de La Chine.

** Faits authentiques.

— C'est fini! Plus de sorties, assure Antoine. Les autres se détournent de lui avec dépit.

«Si Jean-Marie a survécu, il est tout près, au fort Rolland, pense Sophie, atterrée. Il pourrait aussi bien être au bout du monde. Personne ne viendra nous secourir.»

Sophie se rappelle avoir entendu Viateur du Nord se vanter, et Simon de Rouville déplorer, que la guerre défensive avait toujours été la force de l'armée française. Avec plus de huit cents Iroquois dégrisés dans les parages, il n'y aura pas de sorties héroïques.

Les Iroquois allument de nouveaux feux sous les chaudières. Des cris affreux à l'autre extrémité du camp glacent tous les captifs d'appréhension. On a arraché son fils à une malheureuse et on l'a tué sous ses yeux pour le jeter à la chaudière*.

Bernadette presse la poupée de chiffon sur son sein où le lait s'est tari. Pièce à pièce, subrepticement, «Tantso» habille ses nièces avec les petits vêtements déchirés et sans boutons qu'elle a apportés. Elle les chausse de mocassins perlés qui les ravissent, pauvres innocentes désemparées par le mutisme de leur mère.

Antoine cherche des encouragements auprès de Sophie. Celle-ci lui promet de lui détacher les poignets et les chevilles à la nuit. Le jeune homme préfère les risques d'une évasion à ceux du poteau de torture. Il est

---

* Ces scènes de cannibalisme sont relatées dans les comptes rendus de l'époque, dont ceux de l'abbé Vachon de Belmont, curé de Ville-Marie, supérieur des sulpiciens et auteur d'une Histoire du Canada écrite entre 1680 et 1700. Les Relations des Jésuites en parlent également.

terrorisé à l'idée d'être brûlé vif. «Si tu arrives au fort, chuchote Sophie, dis à Jean-Marie Cormier que j'ai bien pensé à lui.»

Le ravisseur de Bernadette se réveille finalement et vomit partout aux pieds de sa captive. Il détache la corde de son poignet et tend la main vers une des petites filles. «Veut-il la manger?» se demande Sophie, épouvantée. Elle se lève et étale sa cape sur Bernadette et les enfants, les couvrant complètement. Elle se plante devant elles, bras et jambes écartés, et déclare très fort avec assurance, dans son iroquoïen sommaire:

— Je suis la Taupe! Ma médecine est très puissante! Le Loup est mon...

Ne sachant pas le mot pour maître, ou propriétaire, Sophie y substitue père.

L'Iroquois, estomaqué, fixe de ses petits yeux cruels cette effrontée qui ose le contredire. Il lève un tomahawk menaçant. Sophie lui tient tête, défaillante de peur, résistant au réflexe de jeter ses bras devant sa figure pour se protéger. Elle défie son agresseur:

— C'est une belle journée pour mourir.

Ses bravades n'impressionnent pas le butor mais un ordre bref derrière lui arrête le coup qui partait. Le Loup, superbe et arrogant, indique d'un même geste les deux femmes et les deux enfants. Visiblement calmé, le maître de Bernadette ramasse la corde toujours fixée à la cheville de sa captive et en attache l'autre extrémité à un buisson voisin. Il s'éloigne après avoir confié la garde de son butin de guerre à un comparse posté près de ses propres prisonniers.

Sophie se tourne vers son bienfaiteur, joint ses

mains sur sa poitrine avec soumission comme le lui a enseigné Dosithée et affirme:

— Hotahyonni est un grand chef.

Pour plus de sûreté, elle ajoute:

— Vois-tu? Je suis en bons termes avec toi.

Le Loup lui tourne le dos, et elle ne peut voir le regard fier qu'il lance à la ronde. Sa captive vaut mille fois toutes les autres.

Brisée d'émotion, la jeune fille s'étend près de sa sœur, cache sa tête sous la cape grise et pleure silencieusement entre ses doigts. Ce n'est que la première journée. Comme le calvaire sera long!

La nuit tombe. Les feux rougeoient. Les silhouettes emplumées se découpent dans leur embrasement. Les sentinelles se succèdent à la manière iroquoise.

Sous le couvert de la cape, Sophie coupe laborieusement avec son «flatin» les liens d'Antoine. Celui-ci souffle un merci, mais ne bouge pas, attendant sa chance.

Dans la nuit, à quelques reprises, des commotions soulignent des tentatives d'évasion dont plusieurs sont fructueuses. Peut-être ces fuyards exigeront-ils des forts qu'on vienne délivrer les captifs?

Par des mouvements imperceptibles, Sophie passe à Bernadette des bas de laine, les mocassins neufs, deux de ses jupes et le chandail de laine. Sa sœur s'habille docilement, en automate, murmurant merci à chaque nouveau vêtement. Puis elle s'étend, la poupée dans les bras, et ne bouge plus. Malgré ses prévisions, Sophie s'endort, dos à dos avec sa sœur, serrant contre elle ses nièces esseulées.

Au matin, Antoine n'est plus là. Sophie se réjouit pour lui. C'est sa seule consolation de la journée, car les

Indiens, à grands cris, embarquent leurs prisonniers et leur butin dans les canots. Ils s'éloignent vers le sud-ouest, en diagonale sur le lac Saint-Louis sous un ciel lourd et gris.

Bernadette, brutalement tirée par son geôlier, est jetée dans un canot, sa poupée sous un bras, Barbe dans l'autre. Sophie qui va la suivre est arrêtée par un ordre sec du Loup. Il fronce les sourcils lorsqu'il voit qu'elle a gardé Angèle avec elle, mais il ne proteste pas.

Pour ne pas l'irriter, Sophie retient les adieux qu'elle a sur les lèvres. Est-ce la dernière fois qu'elle voit sa sœur? Elle aurait voulu lui laisser sa cape, mais il est trop tard. La jeune mère, la tête penchée vers ses enfants, celui de chiffon et le réel, semble insensible à ce départ qui l'arrache définitivement à son foyer et à son époux. «C'est mieux ainsi, peut-être», se dit sa sœur sans conviction.

Sophie fourre son ballon de verre dans le «tikinagan» et prend place derrière le Loup dans un des grands canots d'écorce. Avec elle embarquent de force, à grands coups de crosse de fusil, un cultivateur qu'elle connaît, Pierre Barbary [†], et son fils de vingt ans, Philippe. La femme et les deux jeunes enfants de Barbary sont traînés vers un autre groupe et le couple se crie, par-dessus le tumulte, des adieux déchirants.

«Reverrai-je Bernadette et Barbe? Est-ce qu'on me laissera Angèle?» Sophie s'assoit au fond du canot sur sa cape pliée et place sa nièce sur ses genoux. Elle pose ses lèvres sur la chevelure blonde et soupire. «Nous aurons été vite séparées.»

Elle tourne la tête, en ayant soin d'éviter les mouvements brusques, pour contempler une dernière fois la Côte de La Chine avec ses forts dérisoires sur le fond d'arbres de la forêt si proche. De minces fumées obstinées montent encore de quelques ruines entrevues en haut des emblavures.

Jean-Marie et Antoine les regardent peut-être partir, des remparts du bastion. Au moins, elle aura sauvé le jeune soldat de la fin affreuse qu'il redoutait. «Et moi? Et nous?» On brûle aussi parfois les femmes, lorsque la haine n'est pas assouvie par l'exécution des hommes.

— Autrefois, lui a raconté Dosithée, on m'a affirmé que les captives étaient épargnées. Mais depuis que les Blancs massacrent les femmes et les enfants indiens, plus personne ne trouve grâce.

N'a-t-on pas failli brûler Xavier Cormier autrefois, lorsqu'il n'avait que douze ans? Et dans la terrible chaudière, les enfants ne sont-ils pas des morceaux de choix? Sophie tremble si fort qu'Angèle en est inquiète.

— T'aimes pas ça, «Tantso», le beau tour de bateau?

— Chut, ma chouette! Ne parle pas. Monsieur le Sauvage ne veut pas nous entendre. Sois sage et plus tard, je te raconterai une histoire.

— Rien qu'à moi? Pas à Barbe et aux autres?

— Rien qu'à toi. En secret dans ton oreille.

De chaque embarcation, des visages angoissés regardent glisser sur leur droite la rive de La Chine, le dernier lien avec la sécurité, les êtres aimés, l'appartenance. Le clocher de la petite église tend sa croix au-dessus des pieux du fort Rémy. Chacun lui envoie un ultime adieu.

Sophie est arrivée à un compromis avec Dieu. Depuis sa naissance, son éducation religieuse l'a trop habituée à intercéder avec le ciel pour qu'elle puisse abandonner ce réconfort dans des moments aussi cruels. Sans mesurer la naïveté de sa décision, Sophie a choisi de Lui accorder le bénéfice du doute, de croire qu'il y a une raison derrière ces événements déraisonnables.

Si elle a des incertitudes sur Sa miséricorde, elle n'en a pas sur Sa puissance. Sous le coup de l'émotion, elle oublie qu'elle est fâchée avec Lui. Elle récite, en remuant les lèvres, le De Profundis, prière des agonisants, la seule qui lui semble appropriée lorsqu'elle voit autour d'elle la flottille des morts en sursis:

> *Du fond de l'abîme j'ai crié vers vous, Seigneur.*
> *Seigneur écoutez ma prière.*
> *Que vos oreilles soient attentives au cri de ma*
> *supplication.*

Devant elle, le Loup élève tout à coup son aviron au bout du bras. Il se tourne vers le village ravagé et crie, d'une voix puissante, ces paroles qu'on traduira plus tard aux survivants:

— On nous a trompés, Ononthio! On te trompe aussi*.

Après quoi, avec un ensemble parfait, de tous les canots en enfilade monte une interminable série de clameurs lugubres. C'est le chant de victoire des Iroquois, l'oraison funèbre des vaincus, un hurlement pour chaque mort, chaque chevelure, chaque captif de l'expédition.

Ce 6 août 1689, les Sauvages traversèrent le fleuve en poussant quatre-vingt-dix cris de triomphe, pour autant de prisonniers. C'était le triste bilan du «grand saccagement de La Chine».

---

* Paroles rapportées par l'abbé de Belmont dans son Histoire du Canada.

26

À Ville-Marie, c'est la désolation. Même le départ des canots iroquois ne rassure pas la population. D'ailleurs, des bandes de maraudeurs s'en sont détachées, et il est impossible de prévoir où ils frapperont ensuite. Pendant un mois encore, maîtres du terrain, ils massacrent, pillent et torturent. La paroisse de la Chenaye, sur la rive sud, est dévastée à son tour.

Le marquis de Denonville jugeait que pour contre-attaquer avec succès, il lui aurait fallu une armée de deux mille hommes. Avec les maigres renforts que lui envoyait la France, il était loin du compte. D'ailleurs, convaincu que cette agression était le prélude d'une vaste offensive iroquoise, il réserve ses forces pour cet assaut. Il se contente donc d'adopter le grand principe de l'art militaire de l'époque, la défensive, tactique efficace équivalant souvent à une victoire.

Tous ne sont pas de cet avis. Au moment du massacre, deux cents Outaouais étaient à Montréal où ils venaient chaque année pour la traite de leurs fourrures. Ces guerriers avaient offert leurs services à Denonville.

Plusieurs d'entre eux avaient participé à la sortie désastreuse de trente hommes sous les ordres de La Rabeyre. Cet officier avait été capturé et ses gens, miliciens et Indiens, décimés entre le fort Rémy et le fort Rolland.

Les Outaouais survivants étaient ivres de vengeance et prêts au combat. On leur demanda de ne plus mener d'attaques et de participer à la défense de Montréal. Ce rôle pacifique ne convenait pas à des guerriers belliqueux. Ils étaient déçus d'Ononthio.

À la fin du mois d'août, les Outaouais retournèrent à leurs villages et à Michillimakinac*, convaincus de la supériorité des Iroquois sur les Français. Plusieurs songeaient même à changer carrément de camp pour être du côté des plus forts.

Denonville, décidé à garder tous ses effectifs à Montréal pour l'hiver qui s'annonce mal, ordonne de démolir les forts Niagara et Katarakoui.

Pendant ce temps, dans l'île de Montréal, c'est le règne de la terreur. Encore une fois, les Iroquois mettent le pays à feu et à sang.

Les habitants s'enferment dans les forts, abandonnant fermes, champs et récoltes. Le curé Rémy de La Chine s'est réfugié à Ville-Marie. Sœur Catherine Soumillard y conduit aussi ses pensionnaires. Les Iroquois chrétiens de la mission de Kahnawake craignent les représailles de leurs frères païens. Ils déménagent à Montréal où ils enterrent leur réserve de blé sous les voûtes de l'église. Le gouverneur doit les héberger et les nourrir à grands frais.

---

* Poste de traite entre les lacs Huron et Michigan.

Quelques âmes pieuses voient dans ce massacre une punition du ciel. Comme tous les postes de traite, La Chine était connue pour ses abus dans l'usage et le commerce de l'alcool. Les vertueux ne manquent pas de jeter l'anathème et de rappeler Sodome et Gomorrhe, trop heureux de se ranger eux-mêmes dans le camp des justes.

Cette sentence est confirmée par un prophète tragique, un des survivants de La Chine, Tourangeau, le père de Jeanne, dont l'assassin a été grâcié la veille même du massacre. Cet homme parcourt les rues à moitié fou de désespoir et clame partout en gesticulant:

— On n'a pas fait justice; Dieu l'a fait*!

Le «grand saccagement» a au moins un effet positif. Il décide les Canadiens à assumer leurs responsabilités et à prendre eux-mêmes la défense de leur territoire, sans attendre tout le secours des forts et des soldats du Roy.

Alors que la colonie agonise, un vaisseau parti de La Rochelle après un retard de six semaines combat des vents debout qui retardent sa traversée. Ce vaisseau ramène au Canada deux illustres passagers: monsieur de Callières, gouverneur de Montréal, revenant après avoir accompli sa mission auprès du Roy, et le comte Louis Buade de Frontenac.

Ce dernier venait remplacer le marquis de Denonville que la Couronne ne jugeait plus assez fort pour dominer la situation explosive qui se dessinait en Nouvelle-France. D'ailleurs, le marquis épuisé avait lui-même demandé son rappel, renonçant à tous ses espoirs pour le pays.

---

* Fait authentique rapporté dans l'Histoire de Montréal de Robert Rumilly.

Les deux gouverneurs, celui de la Nouvelle-France et celui de Montréal, ramenaient à leur bord les survivants des galériens iroquois capturés deux ans plus tôt. Ils s'efforçaient tous deux, par des honneurs et des prévenances, de faire oublier leur esclavage aux anciens forçats. Un seul chef goyogouin, Curehouaré [†], se laissa gagner par l'amitié tardive des Blancs.

Ce rapatriement que les Français se plaisaient à considérer comme un geste magnanime ne serait peut-être pas perçu de la même manière par les Iroquois. Lorsqu'ils apprendraient que, des trente-six prisonniers embarqués sur le *Fourgon* pour rejoindre la chaîne des galériens de Marseille, treize seulement avaient survécu aux misères et aux maladies, les Cinq Nations n'éprouveraient peut-être pas toute la gratitude qu'on pouvait en espérer[*].

Mais le comte de Frontenac, dans son immense orgueil, se percevait comme le sauveur de la colonie, son «Redemptor Patriæ», toujours convaincu que les Sauvages le regardaient comme leur «Ange tutélaire». Il s'était laissé dire en France qu'il était «le meilleur appareil pour le Canada».

Pour ne pas porter ombrage à la gloire que Frontenac s'attribuait, on donna ordre dans la colonie de ne pas souligner les regrets que suscitait le départ du marquis de Denonville, connu comme un homme juste et affable et un pacificateur.

---

[*] La plupart étaient morts durant la traversée vers la France, car on les avait embarqués sur un transport de troupe contaminé par la rougeole.

L'abbé Brisacier écrivit même de Paris aux prêtres du Séminaire de Québec: «Pour ce qui regarde M. de Frontenac si vous voulez le gagner à son arrivée, il est essentiel qu'en témoignant à son Prédécesseur la douleur que vous avez de son départ, vous ne luy fassiez pas entrevoir à luy que vous êtes affligés de son retour.»

Ceux qui avaient connu Frontenac lors de son premier règne redoutaient les tracasseries et les emportements du bouillant gouverneur. Comme beaucoup de Français en place, il avait l'autorité cinglante. Seul son courage indomptable pouvait faire pardonner son détestable caractère.

Frontenac, enchanté de la réception enthousiaste sinon sincère qu'on lui fit à Québec, ne craignit pas d'affirmer, sans fausse modestie, par la plume de son secrétaire: «Ce peuple estoit véritablement Inspiré de Dieu lorsqu'il L'appeloit son libérateur*.»

Lorsque le nouveau gouverneur met le pied à Québec, le 15 octobre, on peut au moins lui faire part d'une bonne nouvelle parmi toutes les mauvaises qui l'attendaient.

Au début d'octobre, après quelques semaines d'accalmie, Denonville avait envoyé deux douzaines d'hommes, coureurs des bois et Algonquins, en reconnaissance sous les ordres de Duluth † et de d'Ailleboust † pour s'assurer que les Iroquois étaient vraiment partis.

Alors que la patrouille longeait le lac des Deux-Montagnes en canot, elle se trouva nez à nez avec vingt et

---

* Monseignat, «Relation de ce qui s'est passé de plus remarquable au Canada depuis le départ des Vaisseaux au mois de novembre 1689».

un Tsonnontouans qui naviguaient tranquillement, se croyant les maîtres du monde.

Daniel Greysolon Duluth est un fameux coureur des bois, et un explorateur expérimenté qui côtoie les Indiens depuis dix ans. De fréquentes attaques de goutte n'ont pas refroidi son ardeur. On dit de lui qu'il était rompu à la «petite guerre», ce qui voulait dire qu'il était rusé comme un Sauvage.

Il le prouve en faisant placer ses canots en file l'un derrière l'autre, dos au soleil, et en disant à ses gens «d'essuyer le feu de l'ennemi». Les Iroquois aveuglés ratent leur première et seule salve. Les Canadiens visent calmement chacun sa cible et dix-huit Iroquois, touchés, basculent dans l'eau. Un chanceux s'enfuit à la nage. Les deux survivants sont faits prisonniers.

C'est le premier succès de la colonie depuis la nuit fatale du 5 août. Il remonte le moral de tout le monde. On accorde une promotion à Duluth en le nommant capitaine et on note dans les annales de l'époque: «Mm. Duluth et d'Ailleboust donnèrent le plus beau combat qui se soit donné dans cette guerre.»

En récompense de leur zèle, on avait autorisé les Algonquins du groupe à brûler un des captifs sur-le-champ. Quelques jours plus tard, Denonville fait brûler l'autre publiquement à la Montagne, sous les yeux des Montréalais accourus à la fête*. Ce qui prouve que les nations barbares peuvent apprendre des choses aux nations civilisées.

---

* Cette escarmouche et ses suites sont des faits historiques relatés par l'abbé Vachon de Belmont dans son Histoire du Canada.

Le Tsonnontouan, stoïque comme ceux de sa race, chantait sa haine et son défi. Les curieux qui voulaient connaître le sens des mots qu'on entendait encore à travers le rideau de flammes apprirent que le mourant lançait la malédiction rituelle de son peuple: «Que quelqu'un se lève de mes os pour me venger!»

Cela en fit réfléchir plusieurs et gâta le plaisir d'un grand nombre.

27

Le campement de ce premier jour de voyage des prisonniers de La Chine et de leurs ravisseurs vers l'Iroquoisie est organisé quelque part sur la rive sud du fleuve. En débarquant des canots, les captifs s'embrassent et se réjouissent de se retrouver. Leur joie est de courte durée.

Les Iroquois plantent des poteaux, allument des feux et font brûler cinq Français dans des tortures qui durent une partie de la nuit. Pour ajouter à l'horreur de la scène infernale, les barbares arrachent cinq enfants à leurs parents et les jettent dans leurs diaboliques chaudières*.

Les hurlements des agonisants, les pleurs des femmes, les chants de victoire des Iroquois forment un concert si affreux que le seul refuge semble être d'enfouir sa tête entre ses bras, de se recroqueviller les oreilles bouchées et d'implorer avec rage d'un ciel sourd et insensible la mort rapide des martyrs.

Sophie et ses trois protégées sont unies dans les bras l'une de l'autre. Les petites gémissent de terreur et il faut

_____

* Toujours selon l'abbé Belmont.

_____

les réconforter. Bernadette semble maintenant plus lucide malgré sa pâleur et sa chevelure ébouriffée. Lorsque le canot a abordé, c'est Barbe qui tenait la poupée de chiffons.

Son ravisseur se nomme Tekahón:wake. Sophie a entendu un guerrier l'interpeller. En consultant son carnet, par un heureux hasard, elle trouve la traduction de ce nom sans éclat: Deux-Canots. Le caractère ombrageux de l'Indien n'est pas amélioré par les suites d'une cuite magistrale. Il-est-le-Loup, par contre, ne s'est pas objecté lorsque sa propriété personnelle l'a quitté pour rejoindre sa sœur aînée. Il est assuré que, dorénavant déjà assez loin dans la nature sauvage, une Blanche ne saurait s'enfuir. Pour les hommes habitués des bois, c'est une autre affaire, aussi les prisonniers sont-ils ligotés et surveillés.

Sophie a assité, le cœur brisé, à des séparations atroces lorsque les bourreaux ont arraché Pierre Barbary des bras de sa famille pour le conduire au poteau. Puis ça a été au tour d'un ami de la famille, Jean Moufflet [†] dit Champagne, d'être traîné au supplice. Sophie se souvient de la touchante histoire de son changement de fiancée lorsqu'il avait rencontré la jolie Anne Dodain. Ils étaient venus, heureux et unis, au banquet des Cormier l'été précédent.

Anne Dodain sanglote et se roule sur le sable dans son désespoir. Sophie la serre dans ses bras compatissants et ne trouve aucune parole pour consoler une telle peine. Elle-même répète pendant que les hurlements des victimes lui vrillent les oreilles: «Comment pouvez-Vous? Comment pouvez-Vous?» Et elle ordonne, dure, rancunière, furieuse: «Qu'ils meurent! Vite! Qu'ils meurent!»

Mais ce soir il semblerait qu'aucune prière ne soit exaucée, car Sophie a vu deux Iroquois tirer et porter un soldat qui protestait, suppliait et se débattait entre leurs mains pendant qu'on le liait au poteau. Ce soldat à la tignasse de mouton blond était Antoine. Il n'avait pas échappé à son sort, finalement, et cela parut à la jeune fille la suprême injustice.

Après de telles scènes, comment peut-on ouvrir les yeux sur une aube nouvelle et trouver la force d'avaler la poignée de maïs séché qu'un jeune brave dédaigneux verse, à même un sac de cuir, sur la jupe ou dans la main des captifs prostrés?

Et pourtant, telle est faite la nature humaine, magnifique de ressources dans sa détresse, que les Lachinois qui vivent encore s'embarquent pour une nouvelle étape de leur chemin de croix. Cinq poteaux carbonisés sont les monuments funéraires d'Antoine, de Pierre Barbary, de Jean Moufflet et de deux autres victimes.

Le voyage se poursuit ainsi, interminablement. Il n'y a plus d'holocaustes. On réserve les survivants pour les amener triomphalement dans les villages où le conseil des tribus et les femmes décideront de leur sort. Le second soir de bivouac, un incident qui aurait pu mal tourner oppose la Taupe audacieuse et le misérable butor, Deux-Canots.

Cet homme, après s'être penché sur la chaudière noire que personne n'ose maintenant regarder, a sans doute conclu que le chevreuil abattu par un chasseur ne suffirait pas à le nourrir. Il s'est avancé vers les deux sœurs et a soulevé par une cheville Angèle qui jouait dans le sable. Sophie faisait boire Barbe à même son ballon de dentellière lorsqu'elle s'est retournée brusquement au cri terrible de Bernadette.

Sa sœur s'était jetée sur Deux-Canots et essayait de lui arracher sa fille. D'un coup à la figure l'Indien l'avait assommée et se détournait déjà, sa petite victime au bout du bras, lorsque Sophie se précipite sur lui comme une furie. Ne sachant plus comment l'arrêter, elle balance le ballon plein d'eau au bout de son ruban vert et en frappe l'Iroquois en plein visage.

Sous la force du choc, la vitre éclate en morceaux, coupant profondément le nez et la joue du barbare. Celui-ci, étourdi, recule d'un pas et s'assoit brusquement par terre, le sang et l'eau dégoulinant sur son torse épais. Au bruit, tous les Sauvages des alentours se sont retournés, surpris.

Angèle a couru à quatre pattes se réfugier dans les bras de sa mère qui saigne du nez. Sophie sent qu'elle vient de signer son arrêt de mort et peut-être celui des siens. Il-est-le-Loup n'est pas dans les environs pour la protéger cette fois. Jouant le tout pour le tout, elle imite les shamans, les redoutables sorciers dont Dosithée lui a relaté les exploits, les cures et les malédictions.

C'est à ce troisième attribut qu'elle s'exerce ce soir. Bras étendu, deux doigts en V pointés vers Deux-Canots toujours figé au sol, elle clame pêle-mêle tous les mots iroquoïens utiles qui lui reviennent et qu'elle a ressassés et répétés pendant sa journée en canot:

— Je suis la Taupe! Ma médecine est puissante. Vois-tu? Je suis en bons termes avec tout ce qui est beau. Elle, (ici Sophie désigne sa nièce de ses doigts accusateurs) elle belle. Moi protéger. La Taupe Ohtara. Totem puissant.

Cherchant les effets dramatiques, elle indique ses lunettes, puis frappe le cerceau de trappeur où est étalée la petite fourrure et pointe de nouveau son V fatidique vers l'homme qui grommelle et se relève, hésitant.

Il regarde autour de lui, cherchant quelle attitude adopter. Mais tous ses voisins superstitieux ont vu le crâne de l'enfant invisible éclater au contact de la tête de Deux-Canots en le blessant, ce qui prouve la supériorité de l'esprit qui habite cette Blanche. Ses yeux ne sont-ils pas aussi protégés par la même écaille de glace rigide? Un grand nombre d'entre eux n'ont jamais vu de lunettes. Tous se détournent, soudain très occupés à leurs diverses tâches.

Deux-Canots est furieux, mais il a peur aussi. Son regard haineux ne présage rien de bon pour Sophie, mais au moins il s'éloigne et on le revoit plus de la soirée.

— Tu t'es fait un ennemi dangereux, chuchote Bernadette, éperdue de reconnaissance. Elle ajoute en serrant les doigts glacés de sa sœur:

— Sophie, si nous sommes séparées, si nous ne nous revoyons plus, je veux que tu saches ce que ton arrivée a signifié pour moi. Je réalise maintenant que tu es venue de toi-même, pour nous aider. Sophie, c'est ce que j'ai vu de plus brave au monde... à part ton exploit de tantôt. Je ne savais pas que ma petite sœur était plus courageuse qu'un guerrier.

D'une voix qui se brise, Bernadette achève tout bas:

— Même si je meurs demain, si nous mourons toutes les trois demain, Sophie, ne pense pas que tu as échoué. Parce que... parce que... Oh Sophie, qu'allons-nous devenir? Et tous ces malheureux autour de nous?

Sophie se dit que c'est probablement elle-même qui est maintenant le plus en danger, après son assaut contre ce vilain Deux-Canots. Aussi profite-t-elle de ce qui sera peut-être une de leurs dernières soirées ensemble pour comploter avec Bernadette la seule stratégie qui peut encore aider sa sœur aînée.

Elle lui rapporte les paroles de Dosithée et lui recommande de jouer la folie, à partir de maintenant, sans se démentir, sans défaillir, aussi longtemps qu'elle ne sera pas secourue.

— C'est ta seule chance, Berdouche. On respecte les fous, chez les Sauvages. On croit qu'un esprit les habite et qu'il se vengera sur ceux qui les *maganent**. Une fois rendues dans les villages, le cannibalisme cessera et les petites seront en sûreté. Madame Blaise m'a affirmé que les Indiens aiment les enfants… je veux dire qu'ils les aiment réellement, pas… pas pour…

Toutes deux évitent de se regarder. Bernadette murmure:

— Mais je sais pas faire la folle! C'est malaisé.

Sophie ne peut réprimer un petit sourire, preuve que son humour a survécu à ses épreuves.

— Tu donnais une très bonne imitation le premier soir de mon arrivée, avec la «catin» de guenilles. Tu m'en as même laissé *accroire*. Reprends ce rôle et ne le lâche pas. Espère une miette. Tu as bien des raisons. Tertio est vivant. Tout ça lui est épargné. Il pense à toi.

Mise en confiance, elle révèle un de ses secrets:

— La nuit, regarde la lune et pense bien fort que la

---

* Canadianisme pour maltraiter.

même lune éclaire Tertio. C'est comme un pont avec ceux qu'on aime. Tu verras. Pense que Fabien aussi est vivant. Il t'attend.

L'optimiste entretient peut-être un espoir déjà presque éteint. Qui sait si Pierrot et son passager ont rejoint le fort? Après la recapture de l'infortuné Antoine, que peut-on encore espérer? Mais Bernadette ne doit pas partager ses doutes. Sa petite sœur ajoute:

— Nous sommes chanceuses. Plus que tous ces gens autour de nous! Nous avons un Iroquois dans la famille. Penses-y quand tu seras découragée. Ça sera long avant que Menfou apprenne notre enlèvement et qu'il nous retrouve dans les bourgades. Mais dis-toi toujours qu'il viendra. Comme il est venu chercher madame Blaise. Menfou Carcajou ne nous abandonnera jamais.

Elle n'ajoute pas: «Si nous sommes mortes, il nous vengera», parce qu'aux yeux de Bernadette, cela ne serait pas d'une bonne chrétienne, mais dans son cœur de femme forte, soutenue par la rage autant que par le courage, elle se répète: «Menfou nous sauvera… ou il nous vengera.» Cela suffit pour l'instant.

Le lendemain, par un hasard des plus opportuns (mais le hasard n'existe pas pour les Indiens fatalistes), Deux-Canots fait une chute dans un des portages. Peut-être incommodé par son nez tuméfié, il glisse sur une roche et se tord la cheville. Lorsqu'il passe devant Sophie qui trône au milieu de ses protégées, il est soutenu par deux guerriers car il ne peut s'appuyer sur son pied. Avec une joie méchante, la Taupe se redresse, lui jette un petit sourire méprisant et caresse de ses deux doigts en V la fourrure de son «othara» à la puissante médecine.

Deux-Canots pâlit. À partir de ce moment, il ressent pour elle une crainte maladive, lui attribuant tous ses malheurs, grands et petits. Bernadette avait raison, la Taupe s'est fait un redoutable ennemi.

❀ ❀ ❀

La pauvre femme, Marie Michau, poursuivait inlassablement le rêve de reprendre les scalps flamboyants de son époux et de son fils. Un soir, elle réussit à s'en emparer. Avec un cri de triomphe, elle les lance dans le feu, consciente d'avoir rendu aux siens un dernier hommage. Maintenant, ils reposent en paix. Il ne lui importe plus que son ravisseur enragé la frappe à coups de couteau et lui arrache son propre scalp en remplacement. Elle meurt satisfaite et vengée. Peu de gens dans le groupe amorphe des Lachinois prennent le temps de pleurer son départ. Plusieurs même lui envient cette mort rapide.

On remonte le Saint-Laurent en quinze longues journées de marche accélérée, de brefs passages en canots, de portages exténuants. Chaque captif lourdement chargé transporte le butin de son maître. Les sœurs se partagent le «tikinagan» et changent de petite à chaque occasion par une convention qu'elles-mêmes ne s'expliquent pas bien. Souvent, elles passent plusieurs jours sans se revoir, car la troupe disséminée sur les rapides ne campe plus au même endroit.

Bernadette est résignée à se trouver définitivement séparée de l'une ou l'autre de ses filles lorsque leurs maîtres respectifs quitteront le groupe pour rejoindre chacun leur village. Elle voit bien que sa sœur est en meilleure position qu'elle ne l'est elle-même pour protéger les enfants. Mais

Deux-Canots n'acceptera pas de laisser partir les deux petites à la tête pâle qui proclameront en rôdant autour de sa cabane les actes de bravoure de leur ravisseur. Aussi dans une loterie terrible, chaque jour, leur mère confie une puis l'autre, Angèle ou Barbe, à «Tantso» pour la journée et peut-être pour toujours.

Malgré toutes ses questions demeurées sans réponse, Sophie n'avait pu savoir à quelles tribus appartenaient le Loup et Deux-Canots. Elle ne croyait pas qu'ils soient tsonnontouans, car leur coiffure différait de celle de Menfou et de son cousin La Tortue. Elle essayait en vain de se remémorer les descriptions de madame Blaise à ce sujet.

La troupe passe triomphalement au large du fort Katarakoui, dont la garnison réduite et cernée depuis plusieurs jours ne peut rien pour les prisonniers. Quelques semaines plus tôt, Clément de Valrennes [†], commandant du fort, a envoyé deux estafettes avertir le gouverneur de la présence de nombreux guerriers iroquois massés à l'entrée des rapides. Il ignore encore que ses deux messagers sont morts depuis longtemps aux mains de leurs tortionnaires.

Valrennes attend les ravitaillements pour l'hiver. Il recevra à la place un ordre signé du gouverneur et daté du 24 septembre lui ordonnant de démanteler le fort, de faire sauter les bastions et de regagner Montréal dans les premiers jours de novembre.

Après avoir contourné le lac Ontario jusqu'à l'Anse de la Famine, site de la déconfiture du gouverneur de la Barre, les Iroquois commencent à se disperser. Chaque jour, avec un bref salut de la main, plusieurs canots se détachent du groupe pour piquer vers la forêt, qui semble impénétrable mais où se dissimulent les voies d'eau qui mènent à dix ou vingt kilomètres à travers les terres jusqu'aux bourgades.

Ce sont d'abord les Agniers qui partent, puis les Onneyouts, emmenant les parents, enfants ou époux de ceux qui continuent vers l'ouest. C'est la dernière station du chemin de croix. Une résignation silencieuse a remplacé les lamentations des premiers jours. Il n'y a plus de mots ni de larmes qui puissent rendre justice à la désespérance des Lachinois.

Sophie, assise au centre du canot, regarde le dos musclé d'Il-est-le-Loup qui avironne sans jamais se lasser. Depuis toujours, elle a rêvé de voyages, de départs comme ceux de Menfou et des coureurs des bois. Elle a désiré connaître l'univers sauvage où vivait son ami. Son rêve réalisé dans ces circonstances tragiques lui emplit la bouche d'un goût de cendres. Et pourtant, un espoir tenace au fond d'elle-même refuse d'abandonner et de croire à la mort. Elle pense à Dosithée qui a passé un quart de siècle chez les barbares. Malgré toutes les preuves du contraire qu'elle a autour d'elle depuis trois semaines, Sophie persiste à croire que Menfou et madame Blaise ne l'ont pas trompée. Les Iroquois si inhumainement cruels sur le sentier de guerre peuvent être humains dans leurs foyers. Elle doit le croire. Il faut que ce soit vrai. Il le faut. Elle berce sa nièce et lui fredonne à l'oreille son refrain d'espérance:

Vois-tu? Je suis vivante.
Vois-tu? Je suis en bons termes avec la nature.
Je suis vivante! Je suis vivante!

À suivre dans
Les Chemins d'eau

NOTE DE L'AUTEUR

La délégation des Cinq Nations iroquoises, dirigée par Otréouati, dit Grande Gueule, est réellement venue à Montréal en juin 1688. Un an plus tard, aux rapides des Galots, Kondiaronk, le Rat, a vraiment «tué la paix». Les incidents impliquant ces chefs indiens sont exacts, en exceptant la part active prise par Menfou Carcajou dans les événements réels.

La descente des rapides du Sault Saint-Louis, exploit rare et dangereux, a été effectuée plusieurs fois avec succès, même si on entend surtout parler des noyades.

Les événements survenus aux forts Niagara et Frontenac sont réels, y compris la démolition de ces forts sur les ordres de Denonville.

Tous les gouverneurs de Nouvelle-France et de Nouvelle-York sont évidemment des personnages historiques: Frontenac, Denonville, de Callières, Vaudreuil, Dongan et Andros.

Monsieur l'abbé Pierre Rémy de Saint-Rémy a été curé de Lachine de 1680 à 1707. Il me pardonnera de le faire revivre temporairement pour veiller sur des ouailles aux noms fictifs. Sœur Catherine Soumillard, nièce de Marguerite Bourgeoys, a, elle aussi, vécu au fort Rémy.

Parmi les autres militaires, on retrouve des noms connus de notre histoire: le chevalier Pierre de Troyes, Daniel Greysolon Duluth, Jean-Baptiste d'Ailleboust, Arnaud de la Rabeyre, Daniel Auger de Subercase, Clément de Valrennes, commandant du fort Katarakoui, le sieur de la Massière, commandant du fort Rolland.

Je mentionne le père jésuite François Vaillant, et des historiens de l'époque comme l'abbé Vachon de Belmont, Gédéon de Catalogne, ingénieur, le baron de La Hontan, militaire et aventurier.

Les Lachinois dont le nom est suivi d'une † ont réellement existé. J'ai puisé les renseignements sur leur famille et le sort qui leur a été réservé pendant le massacre du 5 août 1689 dans le livre: *En ces lieux que l'on nomme La Chine* de l'archiviste Normand Moussette, dans l'étude sur *Le Vieux Lachine* de l'historien Désiré Girouard, et dans l'article intitulé «Les Fastes de Montréal» publié par Victor Morin dans le *Cahier des Dix* en 1946.

Ces Lachinois, dont on retrouve aujourd'hui les noms sur des plaques commémoratives à l'endroit même où étaient situées leurs fermes, sont: Dalny dit Tourangeau de Grande Anse, René Chartier, son épouse Marguerite, leurs deux fils et un jeune esclave Panis, Jean Moufflet dit Champagne marié à Anne Dodain, la famille de Pierre Barbary, Marie Michau dont on n'a pas retrouvé le corps auprès des cadavres scalpés de son époux et de son fils, le marchand François Lenoir dit Rolland. Même Tintamarre le bien nommé vivait à La Chine à cette époque.

Plus tard, on sut que le massacre de La Chine avait fait vingt-quatre morts, sans compter la centaine d'infortunés captifs dont on n'entendit plus parler dans la plupart des cas. Plus de deux cents Lachinois avaient survécu à cette nuit de cauchemar. Leurs récits d'horreur semèrent l'épouvante dans la colonie pour des années à venir.

Les Iroquois n'avaient perdu que trois de leurs guerriers dans cette échauffourée. Les trois seuls Iroquois capturés pendant cette guerre-éclair furent enfermés dans les caves du fort Présentation. Ils y firent un tel ravage qu'il fallut les tuer. Bien mince consolation.

Avant d'oser aborder des sujets aussi délicats que l'infanticide et le cannibalisme chez les Iroquois, je me suis abondamment documentée. C'est un fait établi dans tous les récits de l'époque. Les Indiens étaient durs, plus par éducation que par instinct. Le courage, le stoïcisme représentaient pour eux des qualités essentielles. Ils trouvaient tout naturel de faire mourir leurs ennemis dans d'atroces souffrances, comme ils s'attendaient eux-mêmes à en subir entre leurs mains, ce qui donnait à chacun l'occasion de démontrer sa force d'âme.

Il ne s'agit pas dans ce livre de faire le procès des Européens pour leur arrogance, leur ingérence paternaliste et leurs conquêtes injustes, ou celui des «Sauvages» pour avoir défendu leurs territoires et leur mode de vie contre les envahisseurs. Le XVIIe siècle était une époque rude pour tous, Blancs comme Amérindiens.

Au sujet de l'infanticide: «Si par hasard elles [les Indiennes] ont des enfants [illégitimes] ces derniers leur appartiennent en propre; il arrive qu'elles les abandonnent ou les tuent, le plus souvent par noyade.» (*Des Indiens du Canada*, D. Douville et A.D. Casanova)

Les *Relations des Jésuites* mentionnent aussi cette coutume de se débarrasser des bébés indésirables. Elle n'est d'ailleurs pas pratiquée uniquement par les nations soi-disant barbares, mais a eu cours en Chine et par bien des peuples à travers l'histoire.

Pour le cannibalisme, on dit qu'il n'a jamais été qu'accidentel et provoqué par instinct de vengeance en temps de guerre ou pour «absorber un peu du courage de la victime […] Le rite des festins au cours desquels le mets principal est le corps dépecé d'un prisonnier mis en chaudière diffère du cérémonial des festins ordinaires.» (*Des Indiens du Canada*, Douville et Casanova)

Les *Relations des Jésuites* décrivent de nombreuses scènes semblables: «On le hache [un Huron mort au poteau de torture] en morceaux, on en emporte les plus délicats pour les manger […]» (tome 5, 1660)

Le père Vachon de Belmont, qui a été en quelque sorte un reporter des événements de son époque, a basé son récit de La Chine sur des interviews et des rapports des témoins et des survivants. Lui aussi parle de la terrible chaudière de guerre.

Et finalement, un Iroquois nommé Gagnyoton s'est vanté, en 1690, auprès de M. de Callières, gouverneur de Montréal: «J'avois huit prisonniers pour ma part de l'affaire de la Chenaye... J'en ayé mangé quatre, et les quatre autres ont icy la vie...» (cité par Désiré Girouard dans une conférence sur le Vieux Lachine).

Dans la collection
GRANDES HISTOIRES

Suzanne MARTEL
Jeanne, fille du Roy

❀ ❀ ❀

Suzanne MARTEL
Dans la série « Les coureurs des bois »
1. *Menfou Carcajou*
2. *La baie du Nord*
3. *Une belle journée pour mourir*
4. *Les chemins d'eau*

❀ ❀ ❀

Robert de ROQUEBRUNE
Les habits rouges

Achevé d'imprimer
en mai 1997
sur les presses de
Imprimerie H.L.N.

Imprimé au Canada – Printed in Canada